DU MÊME AUTEUR

LA PART ANIMALE (roman), Gallimard, 1994 (Folio n° 4643)

LE RÊVE DE MARIE (poèmes), Le temps qu'il fait, 1995

CLÉMENCE (poèmes et proses), Le temps qu'il fait, 1999

LE NOCHER (roman), Fayard, 2000

LES TERRES FROIDES (récit), Fayard, 2000

PEAU NOIRE PEAU BLANCHE (illustrations de Mireille Vautier), Gallimard Jeunesse, 2000

LA FEMME DIEU (roman), Fayard, 2001

CHAIR (roman), Fayard, 2002

LE PAPELET (roman), Fayard, 2004

LA PAPESSE JEANNE (roman / réédition en un volume de *La femme Dieu, Chair* et *Le papelet*) Fayard, 2005 (Le Livre de poche, 2007)

LE PORTEUR D'OMBRE (roman), Fayard, 2005 (Le Livre de poche, 2007)

RESPLANDY (roman), Seuil, 2010

L'HOMME QUI MARCHE (roman), Mercure de France, 2014 (Folio, n° 6008)

L'ÉTÉ CONTRAIRE (roman), Mercure de France, 2015 (Folio, n° 6290)

INDOCILE (roman), Mercure de France, 2017

TROIS ENFANTS DU TUMULTE

Yves Bichet

TROIS ENFANTS DU TUMULTE

ROMAN

MERCVRE DE FRANCE

L'auteur a bénéficié pour cet ouvrage d'une bourse d'écriture
de la région Auvergne-Rhône-Alpes.

La Région
Auvergne-Rhône-Alpes

Pour pouvoir dire la vérité, il nous faudra en faire une fiction.

PAUL AUSTER

1

Fin de l'ancien monde. Une page se tourne. Les lycéens débarquent, indifférents aux discours et aux stratégies politiques. Ils installent partout leurs comités d'action et impriment une feuille de chou intitulée *Liaison* qu'ils distribuent devant les grilles de chaque établissement. C'est le retour de la loyauté et de l'incandescence, le renfort de la jeunesse, la preuve par le corps. Défier, courir, irradier… Rien ne laissait augurer pareille implication. Ils ont pris la mouche d'un coup avec leurs yeux brillants et leur verbe haut. Ils déambulent d'une rue à l'autre en ignorant le Parti communiste, la CGT, les maos ou autres corpuscules trotskystes qui fleurissent ci et là. Ils répugnent à se laisser canaliser. À Brossolette, ils ont commencé par brûler leurs bulletins de notes avant de voter la grève et l'occupation des locaux. Moi qui ai brûlé publiquement mes papiers militaires, j'imagine à quel point ce doit être jubilatoire d'en finir avec les notes et les appréciations. Ils ne sont à la botte de personne, refusent de chanter *L'Internationale* et ont des rêves plein les yeux. Ils manifestent en rigolant, en pleine lumière, insensibles aux soubresauts de ce monde qu'ils abandonnent. Ils sont beaux et sauvages. Ils piaffent, ont envie de tout abolir, de tout embrasser.

Je vais écrire un article à leur sujet dans *Le Journal du Rhône*, cet hebdomadaire des nouvelles résistances dont je suis devenu correspondant depuis que *Le Progrès de Lyon* s'est mis en grève. Vingt-cinq pages, dix mille exemplaires distribués gratuitement pour supplanter la presse régionale. *Le Progrès* ne paraît plus et c'est une victoire. Les ouvriers du livre ont voté un premier arrêt de travail et la direction a réagi comme d'habitude en s'attaquant aux petits, aux précaires. J'ai été mis à pied après le rassemblement de jeudi dernier où deux palettes de journaux ont été détruites dans le hall d'honneur, cinquante-quatre liasses de quotidiens brûlées symboliquement pour dénoncer la relégation en pages intérieures du seul article évoquant les événements incroyables qui agitent la France. Ça n'a démonté personne. Avertissements, révocations et, le lendemain, trois colonnes à la une avec photos pleine page sur la fête de la Société française des roses organisée en l'honneur du maire de la ville, Louis Pradel. La Société des roses françaises faisant la nique aux révoltés de mai 68…

Fin des repentirs et de la mélancolie. Maintenant c'est la ville qui gronde, la rue qui brûle. Mon père Julien Combas va tirer son épingle du jeu grâce à son ancienneté dans l'entreprise, moi je suis viré. Pas grave. Je continue à observer, à témoigner, à courir de droite à gauche. Ce rôle de témoin agace Mila. Les photos, elle comprend à la rigueur, les commentaires, elle s'en fiche. Réfléchir ou analyser revient à gaspiller l'énergie et refuser de plonger dans l'action. Je ne suis pas aussi inactif qu'elle le dit, mais tout l'énerve ces jours, à commencer par cette révolution qui n'avance pas comme elle voudrait et notre vie de couple qui sombre dans le conformisme petit-bourgeois. Elle m'en veut de quelque chose. Moi, je ne lui en veux pas, je l'aime et l'admire autant qu'au début, et ça aussi c'est petit-bourgeois. L'analyse, l'attachement, la consolation, tout est petit-bourgeois. J'ai raté deux fois l'examen du CREPS. J'ai abandonné l'idée de devenir prof de gym ou guide de haute montagne et j'ai paré au plus pressé exactement comme elle, en acceptant le premier boulot venu. Réflexe petit-bourgeois ! Cinq piges par semaine payées au lance-pierre, une rédaction méprisante qui charcute chacun de mes articles, un job se résumant à quelques papiers sur la fête de la saucisse, les vendanges, l'anniversaire des mamies centenaires, le percement du tunnel de Fourvière et autres chiens écrasés. Pas folichon, tout cela… Sauf que Mila elle aussi est rangée des voitures. Plus du tout asociale, ma petite grilleuse. Elle est serveuse dans un bistrot du vieux Lyon, le Café du Soleil. Elle travaille la nuit et elle roupille le jour. Comme je pars chaque matin avec mes carnets et mon appareil photo, on se croise. On ne fait que se croiser. Au retour, on s'engueule. Normal. On s'engueule et on baise. On se débrouille assez bien dans les deux activités. Même passés de mode, nos corps arrivent encore à se combler. Ils s'agrippent et jouissent avec une belle minutie, bredouillant des bouts de phrases sans queue ni tête qui nous étonnent nous-mêmes. C'est peut-être ça, l'amour, un besoin toujours recommencé de se transvaser l'un dans l'autre. Mila me rétorque que l'amour n'a rien à voir avec une quelconque vidange. Nous ne sommes pas des animaux… Après quoi elle prend ma tête dans ses mains et, paradoxale, souveraine, avec un râle de bête acculée, me tire jusqu'à son ventre. Elle serre les cuisses et m'emprisonne le visage comme si le temps s'arrêtait là, entre ses jambes contractées et immobiles. Je suis emmuré dans ses muscles. Je respire son odeur et me dis qu'on revient toujours à la prison de chair. Nous l'avons fuie avec des vagissements de nourrissons et nous y revenons avec des ritournelles d'amoureux. Aucune gloire à cela, aucune excuse non plus, aucune nostalgie. Mila est enragée. Mila est pleine de grâce. Mila sent le papillon et la pomme reinette. Sa peau est infiniment plus douce que ses paroles. Voilà notre existence. Un influx chaotique, outrancier, fantasque, une façon de résister par le corps alors que tout autour la déliquescence de la société saute aux yeux. Le vieux monde est à bout de souffle.

Lyon, 24 mai 1968

Mila a les cheveux longs et porte toujours le même foulard bleu autour du cou. Elle m'attend de pied ferme sur la rive droite du Rhône. Les compagnies de CRS commencent à se déployer le long du quai. Les flics semblent complètement désorganisés. Ils courent partout. Je dépasse une colonne de fourgons alignés sous le couvert des arbres, brandis ma carte de presse et désigne l'autre rive, le côté opposé. Bizarrement ça marche. Trop occupés par leur manœuvre, les gendarmes mobiles me laissent passer. Je les remercie d'un signe de tête, traverse le pont Lafayette au pas de course et rejoins la presqu'île et les beaux quartiers. Trois cents mètres plus bas une barricade flambe, tenue par un groupe d'étudiants au milieu duquel trône Mila Galpérine qui harangue les passants en tapant sur une bassine… Je sors mon Instamatic et tire le portrait de mon amour debout devant le barrage, les pieds dans les gravats, ma belle égérie de la révolution cheveux au vent et drapeau noir à la main. Elle me gueule d'arrêter mes conneries. L'ambiance est nettement plus pesante de ce côté-ci du Rhône. Les sirènes retentissent au loin, la fumée tourne à l'angle des immeubles, les explosions se multiplient, des jeunes gens casqués et chevelus filent d'un groupe à l'autre en proposant de suivre les consignes du Mouvement du 22 Mars, rejoindre la préfecture, attaquer carrément le cœur du système, encercler le bâtiment, amener la révolte devant ce lieu hautement symbolique et, pourquoi pas, prendre deux ou trois fonctionnaires en otage pour montrer notre détermination, matérialiser la violence ailleurs qu'à Paris. Dès le lendemain, les gardes mobiles disponibles dans la région devront se concentrer autour de l'agglomération lyonnaise, ce qui allégera la pression sur la capitale et attisera l'incendie dans l'hexagone. Mila rigole. Connerie… On n'y arrivera jamais. Elle renvoie les maos et les trotskards à leur stratégie de troufions et accueille les lycéens avec son beau sourire confiant, leur distribue des casseroles et des foulards mouillés, leur ordonne de rester là, de renforcer le barrage.

La fumée est en train d'envahir les quais. Des lacrymogènes explosent derrière nous aux Cordeliers et rue de la République. Les fenêtres des grands immeubles bourgeois se ferment les unes après les autres, les lumières s'éteignent, les volets claquent. Plus un véhicule ne circule. On se demande ce que fabriquent le Parti communiste et la CGT. Ils traînent comme d'habitude. Ils vont se pointer avec leurs mots d'ordre calibrés, leurs banderoles, leur service d'ordre. Les maos idem, mais avec des barres de fer. Ces théoriciens de la révolution et de la lutte des classes tentent de prendre le train en marche et paniquent à la perspective d'être dépassés par les événements. Ils courent après l'ancien monde. Ils ont peur. Ils se feraient un plaisir d'attaquer plus impulsifs et plus déterminés qu'eux. Par chance ce sont souvent leurs propres enfants qui défilent dans les rues et, au milieu de cette ambiance de folie, de jubilation et d'irrespect général, on espère qu'ils n'oseront pas trop montrer leurs muscles.

Deux cortèges distincts tentent de s'organiser de part et d'autre du pont Lafayette. Sur la rive gauche, les grévistes de Berliet et de la Rhodiacéta ont pris les flics en sandwich et érigent de vraies barricades cette fois, bien plus imposantes que les nôtres, plus efficaces. Quelques habitants de la Croix-Rousse nous rejoignent en affirmant qu'une unité de gardes mobiles est encerclée place des Terreaux. Mila exulte. Je ferme mon blouson et part au pas de course. Je dois prendre des photos. Chacun son rôle, Mila sur les barricades, les flics sur le pont Lafayette avec leur casque et leur bouclier ridicule, les étudiants en médecine avec leur blouse blanche, les journalistes avec leur Nagra et moi dans les rues avec mon Instamatic Kodak. Je file en direction de la passerelle du lycée Ampère. De là-bas j'aurai une vision panoramique et surplombante. La place de la Bourse est étonnamment calme. Je remonte vers le nord. Les abords de l'hôtel de ville sont bouclés. Je reviens vers le fleuve par les petites rues et rejoins le gros des manifestants au niveau du passage Ménétrier déjà noir de monde. Profs, étudiants, grévistes, mais aussi badauds et même quelques familles se fichant pas mal des mises en garde du maire et de la préfecture. Elles baguenaudent nez au vent sur le quai, conscientes qu'il se passe quelque chose d'inédit ce soir dans leur ville et comptant bien ne pas en perdre une miette.

Je m'arrête pour discuter avec un conducteur de bus qui

distribue des tracts devant la passerelle, casquette sur les yeux, cigarette entre les lèvres. Il ne cesse de remonter la bretelle de son débardeur. Son mégot file à toute vitesse d'une commissure à l'autre. Je sors mon briquet, rallume la boyard collée au bout de sa langue. La clope fait de nouveaux allers-retours fulgurants et j'essaie d'immortaliser ce manège labial. Les passants commencent à nous bousculer, je photographie quand même la mine réjouie du bonhomme, les brins de tabac accrochés à sa lèvre inférieure, le papier maïs humide et aplati, la coulure de nicotine sur son menton. Il me désigne la rue de la République au loin avec son beau sourire édenté. Presque plus de circulation là-bas non plus. Il suffirait d'immobiliser les derniers tramways, de décrocher leurs perches pour que tout se bloque. Les câbles se télescoperaient, la circulation deviendrait impossible. Le type hoche la tête puis, sans attendre ma réaction, bougonne qu'il y a déjà trop de monde de ce côté-ci du Rhône. C'est dangereux. Le jeu n'en vaut pas la chandelle. Le tablier de la passerelle est tendu à se rompre, prêt à fléchir. Il grimace. La clope fait un dernier aller-retour quasi instantané. Je le laisse à ses chicots, ses tracts et son mégot baladeur et file là-bas. Je photographie la foule, les garde-fous, les haubans qui vibrent et gémissent. Je grimpe sur le parapet, m'accroche aux câbles, monte le plus haut possible. Je vois parfaitement les deux groupes de manifestants qui tentent de se rejoindre aux entrées du pont Lafayette. Je ne reste pas longtemps sur mon perchoir car les CRS surgissent en masse le long du quai. La passerelle se vide comme par enchantement. Je prends la fuite avec les manifestants les plus jeunes, m'enfile entre deux immeubles. La ville est en ébullition. La tension augmente de minute en minute. Le bonhomme à la boyard a disparu, les familles aussi. Des commandos casqués et très mobiles surgissent des rues parallèles et se mettent à harceler les CRS. Des grenades explosent. L'atmosphère devient irrespirable. C'est une bataille rangée qui se prépare.

Le tumulte monte encore d'un cran avec le déploiement d'une nouvelle brigade du côté des Cordeliers. Nous sommes cernés de toutes parts. Des fourgons de gendarmes mobiles se regroupent sur le quai Jean-Moulin. Tout près de moi une mémé recule dans une cour d'immeuble en tirant frénétiquement la laisse d'un petit roquet qui veut aller pisser au pied des arbres. Le caniche n'a que faire de la révolution. Ce sont les odeurs qui l'intéressent, les pistes concurrentes disséminées entre les platanes. Le reste n'a aucun intérêt. La grand-mère est tellement paniquée à l'idée de voir son clebs lever la patte dans ce tohu-bohu que je me baisse, le prends dans mes bras et le lui ramène. Il essaie de me mordre au passage, le connard. Une beigne sur la truffe et voilà, retour à l'envoyeur... Le précieux colis atterrit dans les bras de la mémé avec un gémissement. Elle le récupère en écarquillant les yeux, la bouche ouverte comme une carpe. Je lui souris. Elle recule dans son encoignure. Au moment de refermer la porte de l'immeuble, elle fouille dans son sac, attrape un mouchoir, l'imprègne d'eau de Cologne et me le tend en disant de me méfier des zazous. Je plaque le mouchoir sur mon nez. L'odeur est délicieuse. J'ignore qui sont les zazous mais soudain tout me paraît simple et beau. La révolution est belle, le grand chambardement est en marche, les mamies ne sont scandalisées par rien, nous allons encercler la préfecture et il faudra en premier lieu se méfier des zazous. J'ai un parfum inoubliable contre le visage. Je retourne vers la barricade de Mila Galpérine.

Echt Kölnisch Wasser 4711... Les badauds fuient autour de nous. Je hume le mouchoir de la grand-mère avec une sorte de délectation frondeuse, déplorant qu'un parfum aussi sublime puisse disparaître un jour, se diluer dans la révolution, dans l'odeur de transpiration et de fumée.

L'air est saturé de gaz lacrymogènes. Les manifestants se scindent en deux groupes qui refluent vers la place des Terreaux et vers la Bourse. Je bats en retraite moi aussi après avoir repéré une présence insolite de l'autre côté du pont : un cheval. Ou plutôt une jument au vu de son apparente tranquillité et de la finesse de ses attaches. Oui, en plein chaos une jument trottine paisiblement sur l'autre rive. Aussi saugrenu que cela puisse paraître, il y a bien cette alezane en face de nous, probablement échappée de l'École militaire, conduite par une étudiante échevelée, une jument très gracieuse qui minaude et se fiche complètement de la révolution. J'appuie sur le déclencheur de mon Kodak. J'immortalise la jument avant de rejoindre la barricade.

Elle tient toujours. Mila distribue des chiffons imbibés d'eau. Un groupe de lycéens finit d'arracher les lampadaires du quai et les rassemblent avec d'autres poubelles, mettant le feu à tout ce qui traîne, cassant du goudron, tapant sur des couvercles. Une poignée de grévistes des grands magasins et quelques trimards de la Croix-Rousse nous ont rejoints. On les connaît, ceux-là. Ce sont eux les vrais gardiens du temple, recrutés dès le début du mouvement pour surveiller les entrées de la Doua et de la fac de lettres. La solidarité de classes s'est vite arrêtée là car ils boivent comme des trous, fument des pétards et adorent la baston. Ils sont totalement imprévisibles, trop foutraques pour vraiment intriguer. La révolution les amuse. Ils se croient historiques et sont juste manipulés par les maos qui abusent d'eux sans vergogne, surexploitent cette caution prolétarienne et au fond la méprisent. En attendant, les trimardeurs de la Croix-Rousse filtrent l'entrée des facs comme personne et vénèrent Mila Galpérine parce qu'elle a passé trois années en taule. Surtout Raton, le SDF qui fait penser à Raimu et traîne derrière lui ses potes Danton et Bibi, hirsutes, bourrés d'acné, maigres et bigleux, secs comme des coups de trique.

Raton surgit à l'angle de la rue Grenette en poussant un caddie plein de barres de fer et de cocktails Molotov. Danton suit derrière. Je les immortalise en pleine course, puis recule jusqu'à la place de la Bourse toujours aussi étonnamment vide. Une carcasse de voiture brûle au beau milieu mais n'intéresse personne. Je tourne le dos à ce temple de la finance, rejoins Mila sur sa barricade, photographie les poubelles en flammes. Mila fait la moue, échevelée et garçonne comme jamais. Le foulard bat sur ses épaules. Elle se fiche des lacrymogènes. Je lui souris. On se sourit. Elle a beaucoup gagné en assurance ces dernières semaines. La trace de l'ancien coup de foudre réapparaît par instants autour de son cou. Je m'approche. Déclic. Cette cicatrice ne la préoccupe plus guère tandis que moi, oui, elle continue de me fasciner. Peut-être que je m'égare, convoquant un passé et des souvenirs qui ne m'appartiennent pas. Le vent de folie qui souffle sur le pays ébouriffe tout le monde mais ne me libère pas complètement. J'agis, je manifeste, je défile, je jette des pavés, j'escalade des haubans, et n'abandonne jamais mon Instamatic. Cette réserve, ce besoin de tout inscrire sur mes carnets ou mes tirages photographiques est ma façon d'affronter le réel. Mila dit que c'est ringard. Cette manie l'agace, surtout l'envie de tout figer, tout fixer sur la pellicule. Je tourne le dos à la révolution. Je suis inféodé à une mémoire délétère et bourgeoise alors qu'elle-même en a complètement fini avec ces vieux trucs.

Pause. Le silence retombe sur la ville. Les affrontements ont diminué d'un coup comme si quelqu'un sonnait brusquement la fin de la récré. Coda. Tout redevient grave et paisible. Les explosions s'espacent. On se tait, on chuchote, on reprend souffle, on se dévisage. Évidemment ce n'est qu'une illusion… Le vacarme continue, l'effervescence a même tendance à augmenter mais le silence est pour nous deux, ma bien-aimée, rien que pour nous deux, le temps d'interroger ce qui nous lie, les années clémentes, l'ardeur renouvelée et cette tendresse que tu balaies d'un geste tout comme la fidélité, la constance ou la jalousie. Ces termes-là sont devenus inaudibles. Oui, nous les désavouons. C'est dans l'air du temps. Pas question pour autant de réfuter l'amour. On conteste juste son corollaire, ce besoin de consolation qu'on dit impossible à rassasier. Choisir, élire, discerner, discriminer. Cesser de servir tout le monde. C'est toi que j'ai choisie, Mila, pas la révolution. De nouveaux cars de CRS surgissent tous feux éteints et se garent le long de l'Hôtel-Dieu. Un moteur de camion empli de gravats ronfle au loin. Il s'approche de nous. Il manœuvre dans les ruelles. On l'ignore. On se sourit au milieu des fumigènes et du fracas des grenades lacrymogènes, deux amoureux électrisés, toi immobile sur ta barricade, moi assis sur l'escalier des Halles juste en face. Les quais du Rhône sont noirs de monde. Nous sommes les acteurs d'une ville en ébullition, mythique, coupée par deux fleuves, écartelée entre jubilation et incrédulité. Halte. Je tends la main vers toi. Nous nous regardons. Il faut se cramponner l'un à l'autre en rompant les digues. La foudre va tomber de nouveau, je le sens. C'est la raison de ce brusque silence, de ce temps suspendu. Parenthèse. Éclipse. Besoin de consolation. Orage consigné dans ta chair. Nul n'effacera l'ancienne trace de foudre inscrite entre tes seins. L'orage t'a marquée quand tu avais onze ans et rien ne servirait de le nier. On ne revient pas en arrière même si tu ne veux plus entendre parler de la maison au toit rouge, des grottes superposées, de la falaise en safre et du mont Blanc qu'on aperçoit tout au bout de la nuit. Moi, si. J'y reviens sans cesse.

Le vacarme reprend. Nous ne sourions plus. Le camion Jouannin surgit dans la rue Grenette, suivi par une meute d'enragés dont nous faisons partie à la seconde. Tu te précipites derrière les trimardeurs et nous filons vers le pont Lafayette où les affrontements se poursuivent. Les étudiants des Beaux-Arts acclament l'arrivée de notre engin, démontent leurs barrages en une seconde, puis nous emboîtent le pas avec des hurlements de joie. Le camion a perdu une partie de son chargement en escaladant les remblais. Il hésite à s'engager sur le pont, tousse, pétarade, ralentit un instant en apercevant les rangées de gardes mobiles loin devant, certains en train d'enfiler leur casque. Les forces de l'ordre bloquent le pont et nous empêchent de traverser. Alors oui, on continue, on fonce. On court comme des damnés. Tu t'accroches à la portière du camion et moi, l'instant d'après, j'agrippe la ridelle du plateau arrière. La clameur enfle, le pont est bien dans l'axe, les flics sont en face. On y va. On ne réfléchit plus. Je balance l'Instamatic dans mon sac car il va falloir s'éjecter rapidement, sauter en marche. Tu te rétablis sur le marchepied, ton bras gauche flotte un instant au-dessus du fleuve, tu bascules à plat ventre sur la banquette à côté de Raton et de Munch. Aussitôt dans la cabine, tu te retournes, frappes au hublot communiquant vers l'arrière et réclames quelque chose de lourd, un parpaing, une caillasse. Le camion fonce vers le barrage. Daniel fouille dans les gravats et te tend un pavé par le fenestron. Tu plonges sous le tableau de bord. Je ne sais si c'est toi qui enfonces la pédale d'accélérateur, puis la bloques avec la pierre mais le moteur s'emballe. Tu es si belle, si souriante… Tu te relèves et, d'un coup, la révolte change de main. Elle est là, notre erreur, au milieu du pont, juste en face, devant la rangée de gardes mobiles. Elle est là, notre première victime. Il est là notre mort, blême, pétrifié par la peur. Il hésite. Il est épouvanté. Nous aussi. Nous nous éjectons les uns après les autres. Raton lâche son volant et saute au tout dernier moment. Le camion rugit, fait une embardée et fonce droit devant.

2

Journal des barricades

Je manque de photos. Je n'ai pas eu le temps d'en prendre sur le pont Lafayette, il me reste quand même quelques tirages intéressants, quatre ou cinq peut-être, la barricade en feu avec Raton poussant son caddie, le cliché du type à la boyard devant le passage Ménétrier, les fourgons alignés le long du quai, les flics casqués et bottés qui s'ébranlent. La photo du papy, surtout, est parfaite. On distingue même le grain de sa casquette en tweed, les poils de sa moustache et, en arrière-plan, la façade d'un immeuble en rénovation coupée à mi-hauteur par des inscriptions que je n'avais pas remarquées au moment d'appuyer sur le déclencheur. Les slogans apparaissent un à un au développement, provocateurs comme on les aime, jubilatoires, vaguement désenchantés.

QUE C'EST TRISTE DE TANT AIMER LE FRIC...

PLUS QUESTION DE PERDRE LA VIE EN LA GAGNANT

Oui, plus question… Je déplace mon négatif, règle l'agrandisseur et essaie de déchiffrer le panneau en bois fixé à l'entrée de l'immeuble. J'attrape une loupe et quelques bouts de phrases apparaissent sous mes yeux, décrivant la nature des travaux en cours, leur durée, le nom du propriétaire. C'est peut-être de ce chantier-là qu'a surgi le camion Jouannin. Les maximes autour sont floutées, émouvantes, la plupart écrites d'une même écriture appliquée et enfantine.

LA SOCIÉTÉ EST UNE FLEUR CARNIVORE

Mila regarde mes tirages en crispant les poings. Elle se détourne, fait mine de sortir du labo. Je la retiens par la manche. Nous avons bombé nous-mêmes des dizaines de slogans du même genre sur les murs de la ville, pourtant ils ne comptent plus, semble-t-il. Ce sont des poèmes sans lendemain, à l'image de cette proclamation près de l'entrée, sous la pancarte.

SOYONS CRUELS

La fête va bientôt s'achever. Mila serre les lèvres, puis me dit dans un souffle qu'elle ne connaît rien de plus intensément politique que la poésie. Elle pose une main sur mon épaule et me désigne une maxime sur la gauche, quasiment illisible.

MANGEZ DE LA SALADE !

Elle esquisse un sourire, éparpille les clichés sur la table, ne me laisse pas le temps de les ramasser, se penche, m'embrasse, me mord la bouche et murmure que le commissaire Lacroix a succombé à ses blessures dans la nuit du 25 mai. Je le sais. Elle me mord une seconde fois plus vivement. Je la repousse vers le lit. C'est la fin du jeu. De tous les jeux, les tendres comme les cruels. Elle se lève et pivote sur ses talons avec un rictus qui me retourne le cœur. Il va falloir avancer masqué dorénavant. Elle ne le supporte pas. Les devises simples et sentencieuses comme *Mangez de la salade* la mettent dans tous ses états. Elle est à bout de nerfs. C'est notre passé qui la perturbe et, en toile de fond, ce qui pourrait maintenant nous advenir. Je lui montre une autre phrase.

LA PRATIQUE DE LA JOIE

Accablant… Elle murmure que c'est accablant. Que faire ? Côté salade, ça risque d'être compliqué en effet à cause de la pénurie de produits frais. Quant à la joie, il faudra bien s'y remettre un jour ou l'autre. Mila ouvre la fenêtre de notre chambre et désigne la foule au loin, qui s'amasse devant le pont Lafayette. Il y a des travaux partout, des grues, des palissades. On ne voit pas très bien ce qui se passe. Un camion-poubelle sort de la contre-allée et s'engage lentement sur le quai. Elle le suit du regard. Il déborde de planches et de gravats comme le camion Jouannin avant-hier soir. Il pétarade avec insouciance sous le beau soleil de fin de matinée. Mila pense à la manif. Elle pense au mort. Moi aussi. Je la regarde. Je balaie des yeux les toits de la ville. Devant tous ces immeubles en construction, je ne peux m'empêcher de songer à une autre palissade, un autre véhicule de chantier, plus étroit, plus déglingué, en embuscade derrière l'hôpital militaire Desgenettes ce

12 septembre 1961, alors que je venais de fêter mes dix-huit ans. Mon pote Antoine végétait dans le coma et moi je regardais la friche industrielle alentour. Je peinais à discerner les enjeux de ce conflit algérien qui n'en finissait pas. Je ne pouvais plus rien faire pour mon copain. Je ne voulais pas aller me battre. À l'époque, j'ignorais même qu'on pouvait refuser de partir à la guerre. Je m'illusionnais sur beaucoup de choses. Un jeune ouvrier grimpait dans la structure d'une grue devant la fenêtre de l'hôpital. C'était Mila, que je prenais pour un garçon. Je la revois escaladant le mât avec son pied-de-biche à l'épaule et son bonnet sur la tête, puis essayant de décoincer la câblerie, évitant de justesse le contrepoids de la grue et retombant dans les bras de son père juste au-dessous. Retombant dans les miens un peu plus tard au lac de Paladru… Six ans ont passé. Mila dit que le piège amoureux se referme, que c'est la routine à présent, le train-train quotidien. Je hausse les épaules, remise mes souvenirs et reviens au présent, au type à la boyard, à l'immeuble en travaux. Je montre un dernier slogan en espérant la faire sourire.

FAITES L'AMOUR ET RECOMMENCEZ

Elle ne sourit pas. Elle se tord les doigts… Elle ne supporte pas qu'il y ait eu un mort. Je lui murmure pour la centième fois que oui, il y a eu un mort et que ce n'est la faute de personne. Je la serre contre moi, lui tends les bras comme je l'ai fait dès le premier jour, sans hésiter, spontanément, en me trompant sur son sexe. J'ai tout de suite étreint cet éphèbe voltigeur. Ensuite j'ai aimé Marianne Delcourt, la mère de mon ami Antoine revenu dans le coma de la guerre d'Algérie.

Il se mourait et elle, Mila Galpérine, je venais de la perdre, j'avais manqué notre second rendez-vous, je ne connaissais ni son nom ni son adresse… Mila ne supporte pas d'y repenser. Cet amour contrarié nous autorisait-il à débrancher Antoine quelques semaines plus tard, au moment de nos retrouvailles ? Elle en doute davantage chaque jour. Elle a tort. C'était une libération pour lui, un soulagement pour nous. Oui, nous sommes allés jusqu'au bout de l'amour. Nous ne nous sentions pas criminels. Nous avons agi sans réfléchir et, plus tard, après nos sorties de prison respectives, nous avons essayé de reconstruire quelque chose, un abri, une chambre, un écrin minuscule pour nos vies plus ou moins sacrifiées. T'en souviens-tu ?… Elle ne m'écoute pas. Elle se blottit entre les accoudoirs du fauteuil, retient sa respiration, pense au camion fonçant sur le pont Lafayette et se met à pleurer. Elle marmonne qu'elle en a assez des souvenirs et des slogans. Elle préfère la fiction, les histoires inventées. Elle me demande de lui écrire un petit récit inventé exactement comme me l'avait demandé l'instituteur de Kouif à la fin de la guerre alors que je tentais de récupérer le casque de mon copain Antoine sur les lieux mêmes de l'embuscade.

— Tu ne racontes plus d'histoires.

Je lui réponds qu'on est en train de l'écrire, l'histoire. Elle s'essuie les yeux, bredouille que j'ai raison et me demande de la photographier comme ça, en slip, en tee-shirt sale, pour le procès à venir.

— Quel procès ?

Elle hausse les épaules et me fixe de ses yeux noyés d'eau. OK, je la photographie. Cheveux en pétard, visage défait, ongles rongés. Jamais elle ne m'a paru si belle. Nous voilà de nouveau sur le devant de la scène. C'est une habitude. Mila a reçu un premier coup de semonce à l'âge de onze ans en faisant sa toilette sous l'orage. La foudre est tombée sur la maison, a dévalé les chenaux et l'a frappée de plein fouet dans la salle de bains. Son collier de naissance a fondu, s'est désagrégé, s'est volatilisé en s'incrustant dans sa peau. Son enfance s'est arrêtée net. La cicatrice est toujours là, qui l'isole du monde. Ensuite j'ai été en première ligne à mon tour avec Antoine qui végétait à l'hôpital militaire, qui se mourait, que j'ai fini par libérer. C'était la fin de la première manche. Nous étions révoltés. Elle répète machinalement ces mots : fin de la première manche, puis ajoute à voix basse que la mort la pourchasse. Elle se met à déambuler à grands pas au milieu de la pièce, ôte son tee-shirt, le balance par la fenêtre, murmure que c'est son destin. La mort la poursuit et l'adule… Je me lève d'un bond. Ça suffit ! Y en a marre. Ça fait des heures qu'on discute. On n'a pas fermé l'œil de la nuit et finalement, oui, j'attrape mon Instamatic, c'est la seule chose à faire. Elle m'exaspère avec ses phrases définitives, ses moues, ses lèvres rétractées. Je lui arrange les cheveux, remet le pull en place, la ramène vers le fauteuil. Elle se laisse porter, se met à sucer son pouce comme une gosse. Au dernier moment elle lève la main pour ajouter quelque chose mais n'arrive même plus à parler. Elle ferme les yeux. Je la photographie. Nous sommes épuisés. Je la photographie, l'embrasse. Je la photographie encore. Oui, j'irai seul à l'enterrement. Je me mêlerai au cortège le plus discrètement possible. Elle glisse le bout de sa langue sur ma lèvre mordue, s'excuse, me remercie avec un soupir.

Que faire ? Poursuivre la lutte ? Continuer à batailler avec la société de consommation ? Lutter contre le pouvoir en place, le fric, la bombe atomique, les ventes d'armes, la guerre du Vietnam ? Ou alors renoncer, oublier la langue morte du communisme et revenir au quotidien et à la simple compagnie des corps ? Notre révolution sans victime était exemplaire. Elle est devenue crasseuse en une nuit. Mila dort en slip, les jambes nues, recroquevillée sur elle-même dans son pull défraîchi, fatiguée, le visage ravagé. Elle a pris un coup de vieux. Elle a une ride d'amertume au coin des lèvres et un doigt mâchouillé glissé dans la bouche. Je lui caresse le bras. Elle réagit à peine. Je me souviens de cette photo où on la voit toute petite à la kermesse des Terres froides, en arrêt devant la rangée de chevrettes, estomaquée par l'alignement de pis minuscules, doutant de la fonction de ces musettes oblongues, doutant de la vie même, du féminin, de la fonction du lait, de l'origine des fromages. Gamine déjà elle évitait le lait. Elle préférait le pain. Maintenant, elle prétend que l'humanité se divise entre amateurs de lait et amateurs de pain. Je ne l'ai jamais contredite, inclinant juste un peu la tête, souriant à peine, glissant un doigt sur les fossettes qui lui creusent les joues lorsqu'elle est contrariée. Elle ne sourit pas. Ne souriez pas. Des années plus tard, bien plus tard, emprisonnée dans les geôles de la RFA, séparée de son enfant de six mois, elle confectionnera de minuscules fromages humains avec son lait méprisé et inutile, avec ses sécrétions mammaires ne servant plus à rien, n'intéressant plus personne. Fromage de femme privée de la chair de sa chair. Fromage de criminelle tirant son lait vaille que vaille dans les quartiers de haute sécurité allemands. Petits produits laitiers rabougris fabriqués à la barbe des matons, insolites, incorrects, que ses codétenues goûteront des semaines durant et qui feront beaucoup pour sa légende.

Pour l'heure, pas de légende.

Un aéroplane traverse le ciel de Lyon en traînant une banderole qui invite la population à se rassembler pour l'hommage au commissaire Lacroix. Difficile d'imaginer qu'un bimoteur publicitaire ait sa place aujourd'hui dans le ciel de la capitale des Gaules. Il tourne, vire, multiplie les rotations d'une colline à l'autre. Je m'intercale entre la vitre et Mila, mais elle ne le voit pas, elle ronfle. La bannière frôle la basilique de Fourvière, bascule vers le tunnel en construction, puis fonce vers le Rhône, là où la foule s'amasse déjà. Déclic à nouveau. Louis Pradel, le magistrat des autoroutes, le « Zizi béton » lyonnais, chantre de la droite dure et de la pétrochimie n'hésite devant rien. Il a loué cet aéroplane pour convier les habitants de sa ville à rejoindre le grand rassemblement funèbre. Il compte sur leur sens civique. Il se garde bien de préciser que le commissaire était un sympathisant de gauche. La bannière disparaît un instant, avant de revenir flotter entre les fleuves. Je tire les volets, ferme la fenêtre avec un haut-le-cœur.

Les violences ont continué jusque tard dans la nuit. Des vitrines ont été brisées, des magasins pillés. La façade du Grand Bazard était méconnaissable. Les Galeries Lafayette ont été saccagées aussi. Le calme est revenu aux alentours de trois heures du matin. Une partie des étudiants s'est réfugiée à la faculté de lettres, lieu sanctuarisé de fait puisqu'on y filtre les entrées le jour et que, la nuit, portes et grilles sont solidement verrouillées. Dorénavant, personne ne pourra y pénétrer sans reconnaissance visuelle. Des contrôles ont été mis en place aux différents accès, musclés, suspicieux, systématiques, faisant penser aux méthodes des flics. À partir du 26 mai au soir l'ambiance se dégrade. Certains étudiants dénoncent haut et fort cet écrémage contraire à l'esprit de la révolte. Les heurts se multiplient à l'entrée de la fac. La joyeuse effervescence des débuts fait place à une sorte de pagaille alcoolisée qui augmente le soir après le départ des permanents. Confrontations rhétoriques la journée, chaos éthylique la nuit. Les dégradations continuent de plus belle, les portes sont dégondées par les trimards pour cuire des merguez, les radiateurs arrachés, les bureaux dégradés. Des foyers d'incendies naissent ci et là. Les rares enseignants présents sur place ont toutes les peines du monde à modérer la violence des ultras. Le dépit et le découragement s'imposent partout. La protestation étudiante est en train de perdre son âme. Pragmatique, stratège, le gouvernement Pompidou joue le pourrissement dans les facultés et jette de l'huile sur le feu partout ailleurs.

Dans une dépêche à l'AFP, le 25 mai à midi, le Premier ministre déclare que le pays fait face à une tentative de déclenchement de guerre civile. Les mots sont durs, incisifs, porteurs d'effroi. La mort du commissaire Lacroix tombe à point nommé pour dramatiser à l'excès l'état de la France. La violence vient de changer de camp. Le drame lyonnais éclipse les bavures policières qu'on déplorait depuis le début des événements et qui ont tant fait pour populariser le mouvement. À présent, les étudiants sont coupables de meurtre. Personne ne sait exactement ce qui s'est passé sur le pont Lafayette mais l'émotion de la population est immense. La course du camion fou s'est achevée en percutant un innocent. C'est la version officielle, attestée par une dizaine de récits et de témoignages.

Cette version est fausse. Nous le savons tous.

Raton, Mila Galpérine, les trimardeurs Bibi, Munch, Danton, Gitan, Gilbert Legoff l'apprenti psychiatre du Vinatier, Moumoute aussi et bien d'autres savent pertinemment comment s'est déroulée la charge, mais ils ont peur. Témoigner reviendrait à admettre sa présence sur les lieux et assumer sa part de responsabilité. Impossible dans ce contexte de répression massive… Une partie de la France prie. L'autre retient son souffle. La population défile en silence sur le pont Lafayette. Les partis politiques lui emboîtent le pas, à l'instar des grands syndicats, choisissant peu à peu de mettre un pied dans le système répressif. La CFDT parle ouvertement de guerre civile. La CGT désigne nommément certains éléments perturbateurs repérés dans les manifs et va jusqu'à alpaguer elle-même les personnages qu'elle juge suspects. Des milliers de perquisitions ont lieu dans la région lyonnaise. Plus de deux cents personnes sont interpellées au cours de la seule matinée du 25 mai. Les négociations de Grenelle, commencées le même jour, piétinent. Le mouvement de révolte libertaire du début échappe à ses initiateurs. Mai 68 fonce dans le mur.

Les obsèques de René Lacroix ont lieu le 28 mai en présence d'une foule considérable. Le cortège, parti de la préfecture, est conduit par le préfet Moulin en personne, un homme austère qui a choisi de s'exprimer sobrement. La mort d'un père de famille ne souffre ni exploitation abusive ni excès de commentaires. Les tourments de la famille et l'affliction de ses collègues suffisent à rendre compte de la gravité des événements. La procession officielle arpente les rues de la capitale des Gaules. Étrange chemin de croix retransmis en direct à la télévision. Le cortège franchit le pont Lafayette dans un silence impressionnant, s'arrête sur les lieux de l'accident jonchés de fleurs, puis rejoint la presqu'île et l'église Saint-Bonaventure près des Cordeliers, l'un des foyers de la nuit d'émeute. Le bimoteur de Pradel a cessé ses rotations publicitaires. La foule se disperse. René Lacroix, déjà cité à l'ordre de la Nation, est promu commissaire principal à titre posthume avant d'être inhumé à Oullins dans la plus stricte intimité.

À Paris, de Gaulle est en train de perdre les pédales. Il s'apprête à filer à Baden-Baden pour mettre au vert les membres de sa famille et consulter discrètement le général Massu, responsable des troupes françaises stationnées en Allemagne. Fils, fille, gendre, petits-enfants, tout le monde doit se planquer loin du pays natal où la grande fiesta débridée et poétique commence pourtant à battre de l'aile. Les réserves d'or de la Banque centrale fondent comme neige au soleil. Le commissaire Lacroix est mort. Le franc est attaqué de toutes parts. Les forces armées se rassemblent autour des grandes villes.

Deux jours passent et là, soudain, grâce au général Massu, Charles de Gaulle renaît. Il prend les choses en main dès son retour d'Allemagne. Revigoré, impérial comme jamais, il annonce à la radio sa décision de dissoudre l'Assemblée nationale et de maintenir Pompidou dans ses fonctions. Les rumeurs les plus folles ont couru depuis son départ. Il les tourne à son avantage, apostrophe, tance et régule. La majorité des ouvriers en grève vient de rejeter les accords de Grenelle et Paris, capitale de la discorde et de la contestation, s'en fiche complètement. La droite réagit vigoureusement. La ville s'apprête à connaître sa plus imposante manifestation depuis la fin de la Seconde Guerre mondiale, cette fois aux Champs-

Élysées, menée par les ténors de la majorité silencieuse. Il faut rendre la France aux Français et mettre fin aux désordres. La normalisation avance à grands pas dans la capitale. À Lyon, les anarchistes se terrent. Le fils du camionneur Jouannin est en prison. Le bruit a couru parmi les journalistes que le véhicule de son père n'aurait pas suivi le trajet rectiligne que les autorités tentent d'accréditer. C'est la vérité. Nous le savons. Le camion a calé en route. Le pavé a glissé de l'accélérateur, le véhicule a hoqueté au milieu du pont, puis, emporté sur son élan, est allé percuter un trottoir qui l'a renvoyé de l'autre côté, en travers de la chaussée, droit sur le barrage. La benne a fini sa course folle contre le parapet nord. Le commissaire Lacroix était là effectivement, aux avant-postes, mais déjà titubant, plié en deux par la douleur. Nous l'avons vu s'appuyer au parapet avant que le camion ne l'effleure. Impossible de mentionner ce malaise qui contredit la version officielle. Le président de Gaulle suit les funérailles à la télévision. Il contemple cette foule silencieuse dans laquelle Théodore Combas déambule sans appuyer sur le déclencheur de son Instamatic. L'étau se referme autour des révolutionnaires. Mila Galpérine, consciente des risques qu'elle encourt, est partie se réfugier à la Croix-Rousse.

3

Rue des Os rangés... Un passage entre de vieux immeubles décrépits, borgnes pour certains, au pied desquels on prétend que les os de centaines de pestiférés furent rangés et blanchis lors de la grande épidémie de 1348. Os de victimes expiatoires disposés côte à côte sur des claies de sureau. Crânes et fémurs assemblés pour contrecarrer les œuvres du Malin, en tenir registre et implorer la clémence divine. À présent, ce n'est plus la peste noire qui hante les esprits, c'est la partition de la nation, la perspective de la guerre civile. Ce n'est pas Dieu qu'on implore, c'est le bon sens du peuple. L'effervescence est en train de retomber en région lyonnaise. Les condamnations pleuvent de tout côté sur les étudiants qui espéraient encore réveiller le pays. La vague d'indignation est telle dans la majorité silencieuse que la révolte enchantée du début est en train de se replier sur elle-même, s'étioler, se muer en affrontements idéologiques stériles. Les appels à l'ordre gaulliste se multiplient dans les grandes villes. Ordre gaulliste contre pugilat anarchiste, paix civile contre émeutes et confusion générale. Côté révolutionnaires, la haine se profile. Les corpuscules d'extrême gauche sont dans la ligne de mire des autorités, pourtant ils trouvent encore l'énergie de se défier les uns les autres. Ils se noient, suffoquent, peinent à maintenir la tête hors de l'eau. Qu'en est-il de l'insouciance communicative des débuts ? Où sont passées la grâce et la désinvolture des premiers rebelles ? Les étudiants et les lycéens ont l'estomac noué. Où va le joli mois de mai ?

JOUISSEZ SANS ENTRAVES, BAISEZ SANS CAROTTE

L'appartement de Delphine est étrange.

Aménagé dans les combles, il est haut de plafond, étroit, de petite taille et n'a qu'un seul point d'eau à côté des W-C, dans une cuisine minuscule. Pas de douche, pas de salle d'eau. Une mezzanine coupe la pièce au-dessus de l'entrée, augmentant considérablement la surface habitable, éclairée par un vasistas et desservie par une échelle de meunier. Les locataires précédents ont établi leur bureau à cet étage et, un peu plus tard, contre toute logique, ont eu l'idée d'y aménager leur salle de bains. La faible hauteur entre le plancher de la mezzanine et le toit en soupente interdisait d'installer une douche ou un lavabo dignes de ce nom. Ils ont donc choisi d'incruster la baignoire à même le sol, entre les poutres. Les rebords de ce baquet en plastique transparent prennent appui sur le plancher et la cuve ressurgit au milieu de la pièce du dessous. Ses quatre pieds battent l'air, ses tuyauteries longent les solives. Le soir venu, cette suspension insolite révèle une foule d'objets bizarres : gants de toilette, bouts de savon collés aux parois, canard, brosse à dents ou flacon de shampoing flottant entre deux eaux, mais aussi paires de fesses au vu et au su de tout le monde, hanches, cuisses, mollets, plantes de pied, reins lovés entre les lambourdes, cheveux éployés sur les rebords. Tout est visible dans le minuscule appartement de la rue des Os rangés. On ne se formalise pas de ces apparitions épisodiques de croupes, de cheveux ou de seins, pas plus que du clapotis au-dessus des têtes. C'est la règle : si l'appartement est vide, on peut se laver en paix. S'il est plein, chacun fait confiance à la discrétion des invités et – advienne que pourra – révèle derrière les fibres jaunâtres et translucides du baquet ce qu'il faut bien dévoiler un jour ou l'autre.

Delphine Valladon, étudiante en médecine, a aimé dès la première seconde cet arrangement insolite. La suspension est astucieuse du point de vue de l'occupation des sols et plutôt dans l'air du temps pour le reste, un pied de nez à l'ordre puritain que les insurgés sont en train d'abolir. Elle convient aussi au propriétaire de l'immeuble qui en a profité pour augmenter sensiblement son loyer. Peu importe, les visiteurs pouffent de rire, parfois détournent les yeux ou font mine de ne rien voir, très peu s'offusquent alors qu'à l'extérieur on grince des dents. On ne sourit plus, on retient son souffle. Les tenants de l'ordre ancien tergiversent comme ceux de l'insurrection, les jeunes comme les vieux, les patrons comme les ouvriers… Le mouvement est en train de s'assagir, la révolte bat de l'aile mais la tendance reste à une forme d'impudeur joyeuse, à l'exposition des chairs. Le corps est peut-être l'ultime creuset de résistance quand le navire menace de couler. Les gauchistes s'égarent dans leurs luttes intestines. La droite a récupéré les rênes du pouvoir, la chair pourtant continue à primer ici, joyeuse, s'affichant sans complexe dans le cuvelage suspendu. Le soir, en lumière rasante, malgré sa structure jaunie, on reconnaît les carnations, des à-plats de chair dorée, des ventres surgis comme par enchantement, des fesses aplaties.

Femme terreuse. Femme aérienne.

Delphine est plutôt terreuse, Mila plutôt aérienne. Elles se sont rencontrées ce fameux soir du 24 mai au barrage des Cordeliers. Delphine, blouse blanche et croix rouge dans le dos, évacuait les blessés vers l'arrière tandis que Mila paradait sur sa barricade avec son foulard et son drapeau. Chacune son lieu, chacune sa fonction. Les rangs de CRS venaient de se mettre en branle. L'ordre de charger avait retenti à moins de cent mètres et l'assaut commençait, compact, puissant, irrépressible. Il fallait quitter les lieux au plus vite. L'offensive fut très brutale. Les étudiants reculaient et s'évanouissaient par grappes dans les rues adjacentes. La jeune Delphine Valladon, elle, restait là, indécise, son brancard à la main. Les bombes lacrymogènes éclataient partout. Mila n'arrivait pas non plus à abandonner la barricade. Les deux femmes se fixaient au milieu du tumulte, chacune délaissée par les siens. Mila se ressaisit la première. Elles allaient se faire laminer. D'un geste, elle attrapa la main de l'étudiante en médecine et la tira dans une rue parallèle, échappant de justesse à la meute de boucliers et de casques qui balayait la zone. Elles prirent la fuite en courant, zigzaguant d'une ruelle à l'autre, buttant sur une seconde barrière en feu, s'enfilant dans une impasse et finalement poussant la porte du premier immeuble venu avec un escalier en colimaçon au fond de la cour, sans lumière. Six étages avalés quatre à quatre. Pas de minuterie non plus en arrivant dans la soupente. Elles remontent un corridor qui dessert des chambres de bonnes, avancent à tâtons jusqu'à une sorte de réduit servant à la fois de chiottes, de dépotoir et de placard à balais. Ça pue fortement mais qu'importe l'odeur, qu'importe cette cuvette à la turque, ces emballages qui dégringolent autour d'elles, il y a un cagibi fermé par un verrou qui ne les protège nullement mais leur apporte quelques instants de répit. Soulagement, respirations impossibles à maîtriser alors que le silence retombe peu à peu autour d'elles, rassurant et trompeur. Elles ne sont pas seules. On entend des pas au-dessous, des bruits de bottes. Delphine se serre contre son aînée en bredouillant que ses hésitations ont failli les perdre toutes deux, elle est comme ça, elle tergiverse, elle panique, incapable de se décider pour une action ou une autre. Mila pose un doigt sur ses lèvres car la traque se précise dans l'escalier. Les flics arrivent au dernier étage, arpentent bruyamment le couloir et se mettent à frapper aux différentes chambres de bonnes. Les portes s'ouvrent, se referment. Les flics continuent leurs recherches malgré les protestations des locataires et se rapprochent irrémédiablement du réduit. Ça pue. Ça pue vraiment tout au bout. L'odeur est insupportable. La porte d'une dernière mansarde s'ouvre à trois mètres de là et l'occupant du lieu gueule qu'il ne paiera plus un kopeck, qu'il en a marre de vivre dans ce gourbis, que les chiottes sont bouchés depuis plus d'une semaine et que certains soirs la merde filtre même sous la cloison. Le flic balaie le sol avec sa lampe torche, éclairant quelques taches suspectes entre ses pieds. Il fronce les sourcils, frotte ses chaussures sur le paillasson du bonhomme, tourne les talons et déclare que ça doit salement dégorger en effet. Un vrai cul-de-basse-fosse !... Il emmène son collègue loin de ce foutoir nauséabond. Ils descendent à l'étage inférieur en gueulant qu'ils vont faire venir l'hygiène, et n'abandonnent pas la partie pour autant. Les deux salopes se sont enfilées dans l'escalier de service. Ils les ont vues. Ils vont bien finir par les coincer.

Le bruit de pas décroît. Les fugitives ont eu si peur qu'elles se serrent l'une contre l'autre sans vraiment percevoir les miasmes, sans réaliser que la puanteur émane précisément du réduit où elles sont réfugiées. Le sol est glissant sous leurs pieds. Pas de lumière, pas de chasse d'eau, un lavabo qui goutte, une targette, un pot en fer-blanc. Elles s'étreignent au-dessus de ce bac à la turque qui régurgite de toutes parts. Ventre noué, elles commencent à identifier l'odeur et retiennent un fou rire, un grand fou rire nerveux car oui, ça empeste, ça chlingue, ça pue terriblement.

La rue des Os rangés n'est pas loin, il suffit de monter vers la Croix-Rousse et de bifurquer à mi-pente. Elles gravissent les paliers de la Grande-Côte, puis s'enfilent entre les immeubles, suivent une ruelle sur deux cents mètres, arrivent devant leur immeuble, claquent la porte d'entrée, gravissent de nouveau un escalier – en colimaçon cette fois –, ouvrent une porte et restent là, dans l'appartement minuscule, sous la baignoire suspendue, hors d'haleine, sales comme des peignes, épuisées mais saines et sauves. Mila glousse de rire en apercevant le baquet. Son sourire efface les fatigues de la journée et la rajeunit de dix ans. Delphine sourit à son tour. L'appartement était déjà aménagé ainsi quand elle en a pris possession. Elle n'y est pour rien. Elle récupère une serviette de bain et monte dans la mezzanine ouvrir le robinet d'eau chaude. L'échelle de meunier est raide, bien plus raide que ce qu'elles viennent de grimper, elles s'y engagent allègrement l'une derrière l'autre. Elles ont vraiment besoin de se décrasser. Mila jette au loin ses vêtements et plonge dans le bac en exultant. Delphine met plus de temps à se dévêtir. Elle s'assied sur le lit, repère la cicatrice dans le cou de son invitée mais se garde de faire le moindre commentaire, se contentant de regarder ses seins, son corps nerveux, son ventre plat. Mila commence à se savonner. Delphine jette un coup d'œil sur son propre corps trop lourd et trop blanc, puis se glisse à son tour dans la baignoire. L'eau est très chaude. Les deux filles se font face et, pour dissiper leur gêne, évoquent de nouveau la puanteur des chiottes. Mila remue les orteils au fond du bac, jette un coup d'œil sur l'échelle de meunier, demande à voix basse si la baignoire ne risque pas de se décrocher sous leurs poids. Delphine est plus grande qu'elle, plus ronde aussi. L'étudiante en médecine hoche la tête en reconnaissant qu'elle doit perdre des kilos, mais il n'y a pas lieu de s'inquiéter, on se baigne souvent à deux ici. Mila regarde sa peau magnifique. Elle s'excuse. C'est précieux, la peau, le meilleur atout qui soit. Delphine est très belle. Son corps un peu lourd n'a rien à envier aux autres corps. Mila se met debout, rassemble ses cheveux en arrière et, piteuse, exhibe la trace du coup de foudre qui plonge entre ses deux seins. La chaleur et la vapeur d'eau commencent à l'irriter.

— Cette balafre m'a valu des mois de prison, deux ans à m'ébrouer parmi les putes.

Elle s'assied sur le rebord. La cicatrice est indolore et change tout le temps de couleur. Elle arrête de balancer les jambes au moment où Delphine lui demande comment c'est arrivé. Elle avait onze ans. L'orage tournait au-dessus de la maison de la grand-mère comme souvent en été. Le tonnerre se rapprochait, les volets claquaient. La pluie s'est mise à tomber en rafales. Elle est sortie de la caravane, a traversé la cour avant que la foudre ne tombe à deux reprises, deux impacts quasi instantanés, l'un au sommet de l'arbre, l'autre au faîtage de la maison. Les gaines électriques ont fondu en zébrant le crépi. Les vitres ont explosé, l'arbre s'est fendu en deux. Nouveau coup de foudre : la fillette a été projetée contre la cloison de la salle de bains où elle était en train de se déshabiller. Il y avait de la buée partout. Mila se retourne, secoue la tête et cache sa poitrine. Delphine observe les gouttelettes en train de se former sur la vitre du vasistas et jette un coup d'œil à la nuque duveteuse de son invitée. Mila murmure qu'elle se sent de plus en plus nerveuse, plus du tout guerrière. La mort du commissaire l'obsède. Elle en a assez de se battre contre des moulins à vent. Elle a mal partout. Ses yeux la brûlent comme après chaque manif. Delphine se penche vers elle, tend la main, soulève ses paupières. C'est sûrement la poussière, les fumées, les lacrymogènes. Il faudrait de l'eau, un peu de citron et de sel. Elle redescend l'échelle, file à la cuisine, ramène deux petits godets en plastique qu'elle rince sous le robinet de la baignoire. Elle les remplit d'eau tiède, presse une demi-tranche de citron, goûte avec sa langue, rajoute un peu de sel, demande à Mila d'incliner la tête en arrière et plaque le premier godet sur son œil droit. Mila bat des paupières, le bien-être est immédiat. Delphine place le second opercule sur l'autre œil et ainsi la vie reprend son cours, nuque ployée, yeux apaisés par le liquide chaud et salé. Delphine écarte une mèche de cheveux sur le front de Mila, caresse sa joue, puis lui demande de tenir elle-même les petits récipients. L'autre s'exécute, assise en tailleur sur le bord de la baignoire. Delphine va chercher une serviette et la pose sur ses épaules. Il ne s'agirait pas de prendre froid. Ses yeux s'égarent à nouveau du côté du vasistas embué, elle se penche, tend la main, glisse l'index le long de la cicatrice puis stoppe immédiatement son geste, hésitant à suivre le tracé jusqu'au bout. Mila sursaute. Delphine recommence son manège, nuque, cou, clavicule. La marque est singulière. Mila, yeux grands ouverts dans l'eau salée, sent avec précision le doigt qui la frôle.

— Je pourrais rester des heures aveuglée comme ça...

Delphine lui dit de renverser la tête. Elle bascule en arrière et se laisse aller dans les bras de l'étudiante en maintenant les deux godets. Un peu de douceur renaît après l'effervescence des barricades. Delphine continue de suivre la trace de l'ancien médaillon de naissance, effleurant à peine les seins de Mila, posant à peine les lèvres sur la pastille rougeâtre. Elle l'embrasse sans hâte ni passion. Que faire d'autre ? Mila relève la tête, ouvre les yeux, contemple le corps blanc de Delphine Valladon penchée sur elle. Elle lui demande son âge et, sans attendre de réponse, déclare qu'elle est plus vieille qu'elle, mais qu'il lui faut encore apprendre beaucoup de choses, par exemple si on rangeait effectivement les os des pestiférés dans la ruelle d'au-dessous, ou si les étudiants en médecine font toujours des dissections dès la première année, s'ils viennent aux manifs pour faire la révolution ou pour se donner bonne conscience. Ou encore si un baiser qui soulage engage à quoi que ce soit... Delphine lui dit de replacer les opercules. Oui, un corps qui soulage engage, mais c'est une opportunité, jamais une promesse. Mila secoue la tête, se glisse de nouveau à l'intérieur du baquet. Delphine plonge à sa suite, l'attrape par les épaules et ôte les récipients. L'eau ruisselle sur les joues de la rebelle des barricades. On croirait qu'elle pleure. Delphine bredouille un mot d'excuse. Elle ne regarde plus le visage de Mila, ni sa nuque, ni même sa cicatrice, seulement de très près ses pupilles étrécies et rincées par le sel. Elle semble moins sûre d'elle soudain. Elle ouvre la bouche, ne parle pas, écarte juste les lèvres avec un sourire timide et fiévreux. Mila murmure que rien n'engage jamais à rien et fixe le rayon lumineux qui caresse leurs corps à travers l'eau savonneuse. Difficile d'admettre que cette lumière vient du plafonnier de la pièce d'au-dessous.

— Tu es sûre que la baignoire est bien arrimée aux solives ?

Delphine glousse. Tout est éprouvé ici. Tout est solide, translucide, accueillant. Tout est visible et caché à la fois. Elle se penche, caresse de nouveau son amie, si paisiblement que Mila, d'ordinaire battante et impulsive, se laisse aller avec une sorte de nonchalance qui l'étonne elle-même. Elle frémit. Ressortant du bain, s'accrochant aux rebords du baquet, contemplant le corps dense et blanc de l'étudiante, son regard éperdu, elle a l'impression que la baignoire suspendue de l'appartement de la rue des Os rangés est comme un lac, une mer sans fond, un océan des possibles. Elle se met debout et prononce ce mot que Delphine n'entend pas : immensité.

4

Théodore a immédiatement photographié la baignoire.

C'était la première chose à faire en arrivant, sous tous les angles, par-dessus, par-dessous, sous différents éclairages. Puis il a jeté un coup d'œil à l'appentis que leur proposait l'étudiante et s'est retourné vers Mila qui déjà regardait ailleurs, ne paraissait pas concernée. Elle est bizarre ces jours. Elle n'a pas l'air dans son assiette. Ils emménagent à l'arrière de cette cuisine minuscule sans vraiment le désirer, semble-t-il, emmenant avec eux le strict nécessaire, une trousse de toilette, quelques habits et un vieux matelas qu'ils installent tant bien que mal au fond du réduit. Mila tire la gueule. La passivité ne lui convient pas. Elle croit aux vertus libératrices du désordre et déteste tourner le dos au danger. Le commissaire Lacroix est mort. Elle le regrette infiniment, mais la perspective de cette planque analgésique la dérange, elle qui a toujours prôné la révolution à visage découvert. Elle râle, fulmine dans son coin et, en ce qui concerne Delphine, choisit le silence et l'évitement. La période est à l'effervescence, pas au désarroi amoureux. L'amour est une histoire infiniment plus vertigineuse, dont personne ne doit se préoccuper pour l'instant. Et puis il ne s'est rien passé de notable hier soir avec l'étudiante, pas d'étreinte, que des frôlements, des caresses, des regards, rien avec les lèvres, rien avec la bouche. Est-ce le visage seulement qui ordonne et engage ? Pas sûr… Elles ont connu la confusion des peaux qui se frôlent par mégarde, puis se rejoignent sur un coup de tête, sans jamais s'être hantées au préalable. Une simple balade. Un agrément. L'émoi n'a guère de place au milieu des bourrasques de mai 68. On se fiche des baisers à venir, des dents qui s'entrechoquent, de la salive échangée pour sceller une quelconque promesse. Il n'y a pas de pacte, pas d'engagement, seulement des parenthèses ou des péripéties.

Mila s'installe rue des Os rangés et ferme les écoutilles.

Aimer est trop dangereux. Elle n'attend rien de ce déménagement, se montre franchement réservée avec l'étudiante et plutôt irascible envers Théo. Il semble qu'elle leur en veuille de quelque chose, qu'elle répugne à profiter de l'hospitalité sans contrepartie qu'on lui offre. Elle boude, s'énerve pour des broutilles. On ne la reconnaît pas. Où est passée la révolutionnaire indocile, l'égérie enjouée des barricades lyonnaises ? Bougonne, passablement irritable, elle part au boulot en claironnant qu'on devrait ignorer l'enquête des flics, qu'avec la pagaille qui régnait sur le pont Lafayette il leur sera impossible d'identifier qui que ce soit. Inconséquente, provocatrice, sûre d'elle-même, elle balaie les soupçons pesant sur elle avec la même désinvolture qu'elle ignore l'hospitalité de leur hôtesse.

— On devient barjot, tu comprends, à force de paniquer pour des conneries.

Delphine, mortifiée, ne comprend plus cette femme qu'elle a accueillie bras ouverts et qui maintenant la regarde de haut, la méprisant presque.

— Tu as peur de moi ?

— On perd tous la boule. T'es cinoque comme les autres, Delphine. Notre révolution ratée nous rend dingos. Ne fais pas semblant d'être normale.

L'interne a beau protester, Mila redit que la lâcheté rend maboul. Elle se traite elle-même de pleutre, de désaxée, dit qu'elle a un petit vélo dans la tête, claque les doigts et s'en va. Quand elle revient, elle leur tourne ostensiblement le dos. La vie à trois s'organise dans cette sorte de désenchantement mortifère, avec la baignoire en embuscade, cet étrange guetteur plastique accroché au-dessus des têtes qui ne donne plus le tournis à personne. Ambiance morose et désincarnée. De plus, la suite des événements semble donner raison à Mila. Les perquisitions s'espacent dès le lendemain. La première vague d'arrestations, ultra-médiatisée, a l'air de suffire aux autorités. La traque s'arrête là pour le moment. Théo et Mila sont peut-être passés entre les mailles du filet, mais, par prudence, ils décident de rester une semaine ou deux planqués dans leur refuge bien que leur complicité du début soit en train de s'étioler. Mila, méfiante, évite de se retrouver seule avec l'étudiante. Elle s'absente de plus en plus souvent, saute la plupart des repas, prend sa douche quand Delphine est au travail. Théodore, de son côté, peine à admettre ces accès de pudibonderie. Vu l'étroitesse des lieux et les contraintes horaires des uns et des autres, c'est assez malpoli envers leur nouvelle compagne qui partage son appartement avec eux, son frigo, sa télé, une partie de son argent, parfois même quelques vêtements. À la fin de la première semaine, il se demande ce qu'ils fichent là tous les trois, à se regarder de biais, entassés sans confort dans vingt mètres carrés habitables.

Un matin, avalant son café devant le fenestron de la cuisine, il entend l'étudiante qui se brosse les dents à l'étage. Elle branche la radio, ouvre grand les robinets de la baignoire, règle la température en chantonnant. Il lève les yeux. Cela fait deux jours qu'il n'entend plus craquer les barreaux de l'échelle pendant la nuit. Elle ne descend plus aux toilettes. Elle a dû se trouver un pot de chambre. Théo ne peut s'empêcher de jeter un coup d'œil à la baignoire suspendue et, dans un premier temps, ne voit que deux plantes de pied appuyées au fond du baquet et, sur l'autre bord, une main qui cherche un gant de toilette. La paroi n'est pas si translucide que cela. Delphine reste debout un moment puis, une fois le bain rempli, se glisse dans l'eau. Ses cuisses apparaissent, d'un étrange blanc laiteux, puis sa hanche et, de biais, la tache incertaine du ventre. C'est beau. Un tableau vivant généreux, sans licence, proche de l'épure, de la graphie. Théodore repense à ses équipées d'adolescent à la foire de Beaucroissant, au Musée des Curiosités, au Palais des Délices. Les souvenirs se bousculent et l'image d'une autre femme s'impose, au sexe épais, au corps puissant et familier, qui ne l'a jamais quitté et resurgit toujours aux moments les plus insolites. Il la revoit, cette amante des tout débuts, la mère de son copain Antoine alanguie sur le sable de la calanque du Mugel. Il se rappelle leur escapade amoureuse à La Ciotat, son grand corps vénéneux qui attendait sous les falaises de roche poudingue. Antoine était au plus mal. Peut-être n'y avait-il déjà plus le moindre espoir qu'il sorte du coma. Il ne sait plus… Sa mémoire se brouille. L'eau du baquet aussi, savonneuse et lénifiante. Tout a tendance à se troubler ces jours. Théo se détourne et va préparer du café pour Mila qui émerge de l'appentis en se frottant les yeux. Il lui montre la baignoire. Elle fait la moue. Le corps remue au-dessus de leurs têtes. La chair est en train de se décoller là-haut. Les plantes de pieds s'agitent autour de la bonde de fond, les robinets s'arrêtent, le siphon gargouille et, l'instant d'après, Delphine Valladon surgit en peignoir en haut de l'escalier, une main cachant son ventre.

Théo sourit. Il lui demande si elle a entendu parler des tableaux vivants à la foire de Beaucroissant. L'étudiante secoue la tête. Mila gravit les marches de l'échelle de meunier et, aimable de nouveau, lui murmure à l'oreille qu'aucun homme ne résiste jamais aux tableaux vivants. Théodore Combas tombera sous le charme comme les autres... Mila entrouvre le peignoir de l'étudiante, retient un sifflement admiratif devant la touffe dense et sombre qui contraste avec le reste de son corps de lait, puis explique qu'au siècle dernier, chez les aristocrates, on embauchait de jeunes personnes pour prendre la pose sur le perron des hôtels particuliers, devant les escaliers, parfois au fond d'une niche ou à l'entrée d'une véranda. Des corps immobiles, gracieux et nus pour la plupart qui, les jours de fête, composaient des saynètes censées évoquer les grands thèmes de la mythologie ou de la peinture classique. Cette tradition qui a disparu depuis longtemps perdure chez les forains de la vieille école, au Musée des Curiosités de la Beaucroissant par exemple, au Palais des Délices et peut-être même ici dans la baignoire de la rue des Os rangés. Mila écarte de nouveau le peignoir de son hôtesse. Le contraste est saisissant entre le noir lustré du sexe et la pâleur de la peau tout autour. Le lait valorise le touffu. Elle ignore si les mots conviennent, mais elle pense que c'est à la fois gracieux et piquant, que le spectacle vaut la peine. La mère Galotte, tenancière du Palais des Délices, aurait apprécié… Delphine baisse les yeux. Deux fossettes surgissent au coin de sa bouche, émouvantes comme toutes les fossettes, mais elle ne fait aucun mouvement en direction de Mila, aucun geste doux et halluciné. Elle referme doucement son peignoir. Le blanc crayeux disparaît d'un coup, le grand corps se drape dans du tissu-éponge et Mila éprouve une sensation de dépit qui l'étonne elle-même. Elle redescend l'échelle en se mordant les lèvres. Delphine précise qu'elle n'avait aucune intention de s'exhiber, seulement de faire sa toilette avant leur réveil. L'autre bat des paupières. Les temps sont incertains, la vie tumultueuse. La promesse des corps contredit violemment tous les autres engagements. Delphine lui attrape le bras. Elle n'a rien à cacher, son anatomie pas plus que le reste, et elle veut bien replonger dans le bac si ça leur fait plaisir.

— Quelle allumeuse tu fais !…

Mila la dévisage durement. Delphine rougit, plaque la main sur sa bouche. Elle a dit cela sans penser à mal. Elle ne comprend plus. Ce n'est pas grave… Mila lui tourne le dos et rassemble ses affaires. Elle lève à nouveau les yeux, contemple d'un œil sévère la silhouette de l'interne puis, d'une voix étranglée, lui conseille de poursuivre sa médecine, de laisser de côté les corps sains et de retourner à ses corps malades. Delphine se retient de trembler. Elle voulait juste leur ouvrir les bras. Les tableaux vivants l'indiffèrent. Pourquoi tant de rancœur ? Mila bafouille qu'elle n'a pas besoin qu'on lui ouvre les bras. Elle attrape son sac, sort sur le palier et dévale d'une traite les trois étages. Parvenue en bas, elle sent ses yeux qui piquent et ça l'énerve. Elle les frotte avec sa manche.

Les jours passent.

Mila Galpérine retourne à son militantisme débridé. Elle croise le fer comme avant avec les maos, les trotskistes, les trimardeurs. Elle part au boulot le soir et rentre tard la nuit avec des provisions de bouche récupérées au Café du Soleil que Delphine cuisine docilement le lendemain. Qu'en est-il de leur connivence du début ? Les deux femmes ne s'adressent quasiment plus la parole, comme si elles n'avaient jamais couru main dans la main devant la charge des CRS, ne s'étaient pas pelotonnées l'une contre l'autre dans les toilettes nauséabondes, n'avaient pas plongé ensemble dans la baignoire. La semaine s'achève sur ces silences, ces non-dits pleins de sous-entendus. Théodore se demande ce qu'ils fichent tous trois à se regarder en chiens de faïence dans le minuscule appartement. Certaines nuits, Mila ramène l'un ou l'autre des marginaux qui traînent avec elle dans les assemblées générales. Ils partagent une bière, fument un dernier joint. Delphine retrouve le trimardeur chez elle au petit matin, ronflant comme un bienheureux sur son coin de moquette. Le type s'en va la queue basse, le cerveau embrumé par l'alcool et les pilules d'acide.

L'horizon a l'air de se boucher ailleurs aussi. Une réunion vient d'être organisée dans les facultés de médecine pour décider de la suite à donner au mouvement. La rébellion s'essouffle, la fin des grèves se profile et c'est la première fois qu'on en discute aussi ouvertement. Delphine, ventre noué, finit par rejoindre la majorité des étudiants s'apprêtant à voter la motion en faveur de la reprise des cours. Mila l'apprend et s'empresse d'inscrire un nouveau slogan devant la porte de l'immeuble.

Elle le tague en trois lieux différents de la rue des Os rangés, puis l'inscrit au feutre noir sur la paroi du baquet suspendu. Delphine proteste. Elle ne mérite pas ces commentaires et ce ton fielleux. Mila l'écoute une seconde, puis se laisse tomber sur un pouf. Devant le visage accablé de son amie, prête à fondre en larmes, elle évoque à nouveau la mère Galotte, mais l'autre en a sa claque de leurs histoires d'adolescents, de la mère Galotte et du Musée des Curiosités. C'est pourtant à la foire de Beaucroissant que tout a commencé, là-bas que Mila a rencontré Théo, là-bas qu'on peut encore composer des tableaux vivants et se donner en spectacle. Mila le répète comme une évidence. Delphine murmure qu'il n'y a d'évidence nulle part. Elle lui tend la main. Mila hésite à la prendre, se détourne et fait la moue en murmurant que les corps qui se ressemblent s'abolissent. Delphine hausse les épaules. Mila répète que les corps qui se ressemblent s'assemblent sans panache. Ils se reconnaissent, puis s'annihilent… L'étudiante lui rétorque qu'elles ne se ressemblent guère toutes les deux, l'une est mince, avec des yeux clairs et des muscles bien dessinés, l'autre ronde, grande, plantureuse. Mila, plus chiffonnée qu'il n'y paraît, approuve de la tête, murmure que les tableaux vivants de jadis étaient réservés aux aristocrates, mais ici, dans la baignoire, c'est pour eux seulement. Pas pour les aristos. Encore moins pour la révolution. Si on accepte de s'y glisser, c'est qu'on se fiche des querelles amoureuses autant que du paraître. Le baquet est un présentoir sans credo ni enjeu. Il faut juste réapprendre la nudité.

— Sauf qu'on n'apprend plus rien ces jours-ci. On court, on s'agite, on proclame.

Mila hésite à évoquer les doutes qui la traversent.

— On se cache et on se retient de respirer. On devient tous frappadingues.

Fêlé, instable, désaxé, excentrique... L'amour est un drôle de fusil. Elle y a glissé sa première balle il y a quelques années – une seule balle –, elle a tiré en l'air et oublié de récupérer la douille. Est-elle déjà en train de réarmer ? Théo serait la cartouche vide et Delphine une sorte de munition d'un autre ordre, une nouvelle recharge ?... Elle l'a prise de court l'autre soir, peut-être même comblée à sa manière, et pourtant, c'est vrai, le sexe l'attire moins qu'avant, infiniment moins.

— Et les peaux ?

Mila ne croit pas aux miracles des peaux. Celle de Delphine est gorgée et laiteuse, mais elle n'aime pas le lait. Le lait ne lui convient pas. Les lubies du sexe non plus. La révolution s'essouffle, les grèves s'arrêtent, les ouvriers reprennent le travail, les idéaux s'envolent. L'élan se brise. La vie redevient besogneuse. C'est désespérant. En creux, l'action directe se profile.

Mila claque la langue, puis file s'habiller.

Delphine recule dans le corridor. Elle guette son départ, lui attrape l'épaule au sortir de l'appentis, lui passe la main dans les cheveux, caresse sa nuque. Les deux jeunes femmes restent un instant face à face. Mila ne peut s'empêcher de frémir devant cette gamine qui la supplie à nouveau de s'expliquer, qui s'effondre devant elle, s'appuie au mur en lui offrant son sourire navré et ses deux fossettes. Elle se sent vieille tout à coup, trop vieille pour réagir correctement. Trop lasse. Trop blessée. Elle relève Delphine, la plaque contre la porte et finalement colle sa bouche sur la sienne. Le monde chavire un instant, et le baiser cesse. Fin des sortilèges. Delphine se tasse à nouveau le long du mur.

— Parle-moi.

L'interne lui demande juste de parler. Elle n'a que faire de ses baisers, elle veut des explications. Mila lève la main pour la saluer, peut-être pour se rassurer elle-même avant de partir, peut-être même pour la gifler. Elle n'en sait rien. Son bras retombe. Les mots sont inopérants. C'est comme ça, elle en a fini avec l'arrogance, elle ne jouit plus, elle ne consomme plus grand-chose, elle n'a envie de rien. C'est la révolution qui la consume.

5

Où vont-ils tous les trois? Que veulent démontrer ces personnages qui s'agitent dans l'ombre? Le temps affadit la parole des témoins et c'est privée de contrôles et d'attestation véritable que l'histoire trouve peu à peu son rythme, sa raison d'être. Les vrais héros n'en finissent pas de chercher leurs marques. Ainsi Mila Galpérine, la rebelle, l'insoumise, qui croupit à présent au fond d'une geôle allemande, non loin des terroristes de la bande à Baader... Elle s'est rapprochée de son enfant soufflé comme une bougie dans les prisons françaises. Elle a rejoint les sacrifiés de Lyon: Mougin, Gaspard, Marsella, Gélineau et tous les autres. Chimérique ou non, son incarcération est légitime pour la majorité des observateurs, une décision de justice, un simple retour de manivelle. Mila Galpérine est bien réelle, et les conditions de sa détention sont si scandaleuses que l'enquête ne suffit pas.

Il faut évoquer la suite, imaginer le jour d'après.

Il faut accepter de ne plus rien certifier, s'accaparer les événements, les gauchir en filant d'une vérité à l'autre, se laisser enivrer par le jeu du réel et de l'imaginaire sans savoir si ces histoires tourbillonnantes sont irisées du dehors ou du dedans, si elles se télescopent, si elles résonnent, si elles risquent d'exploser comme des bulles fantasques ou si ce qui est révélé, vrai ou faux, ne nous entraînera pas dans la même spirale judiciaire infernale que Mila Galpérine. Il y a là une vraie prise de risque. L'imagination est un lanceur sans lequel les témoins peinent à admettre que leur époque sombre peu à peu dans l'oubli. Les récits que le réel valide se désagrègent au rythme des saisons. On ne retient que la vanité du narrateur. À ses flancs pourrait surgir une histoire plus intemporelle, plus vertigineuse car ne célébrant aucun événement précis, seulement accordée à l'intime, au rythme de la phrase, aux mondes potentiels qui s'entrouvrent.

À présent, quoi qu'il en soit, le visage de Mila s'impose, Mila sans cheveux, Mila frappée par la foudre, Mila gamine sidérée par le pis des chevrettes, Mila fédérant les terroristes d'Italie ou d'ailleurs, Mila rassemblant autour d'elle ses jeux d'enfant, les Doris Girls, les tubes de Mistral gagnant, le sabre de barbier, le mannequin sans tête. Ces images sont floutées, grises et pathétiques. Mila n'est rien, mais sa fiction est immense. C'est une icône dont le souvenir se dissout dans l'imaginaire, sans présence réelle. On ignore son destin, on ne la reconnaît nulle part et pourtant elle est légitime au-delà de toute figuration historique, de tout récit attesté. Elle est réelle et infiniment troublante comme ces vies humaines dont on sent la présence dans le bestiaire des anciennes grottes, le fabuleux bestiaire des peintures pariétales où caracolent des animaux de toutes sortes, mais où les hommes d'autrefois avaient choisi, vraiment choisi, de ne jamais se montrer.

Deux jours après les obsèques du commissaire Lacroix, alors que l'immense contre-manifestation parisienne triomphe sur les Champs-Élysées, Delphine propose à Théodore d'aller relever la boîte à lettres de leur logement de la Guillotière. Personne ne s'est pointé là-bas depuis près d'une semaine. L'étudiante revient avec une convocation pour le locataire en titre, rien concernant Mila. Théo est rassuré. Il se rend au commissariat du troisième arrondissement avec sa carte de presse et ne fait aucune difficulté pour reconnaître sa présence à la manifestation du 24 mai. Il était là en tant que journaliste et a pris quelques photos, principalement depuis la passerelle du lycée Ampère. Il cite les noms de deux ou trois amis croisés devant le passage Ménétrier qui pourront témoigner qu'il se tenait en retrait, loin des agitateurs et des manifestants les plus agressifs. Il n'a rien noté de particulier sur le pont Lafayette sinon ce que tout le monde voyait, les affrontements sporadiques, les bombes lacrymogènes, les explosions, le tumulte croissant, la tension, le mouvement anarchique des étudiants côté presqu'île et le barrage des CRS en face, compact, infranchissable. Théo termine sa déposition en mentionnant une incongruité qui a manifestement échappé aux autorités chargées de l'interroger, la présence d'une jument alezane sur la rive gauche du Rhône, devant les cars de police, montée à cru par une jeune cavalière hirsute. L'ambiance était bizarre ce soir-là, la météo plutôt changeante, un peu de crachin se mêlant parfois aux fumées, aux jets de pierres et aux explosions. Théo a photographié la jument, il ne sait rien en revanche du camion fou et de son conducteur. La pellicule est en cours de développement chez un photographe.

L'été approche. Les manifestations étudiantes se font rares après l'immense démonstration de force de la droite et des conservateurs sur les Champs-Élysées. Les gens ne se parlent plus comme avant, cessent de s'interpeller, ne discutent plus à chaque coin de rue. Les stations-service sont de nouveau approvisionnées. Les voitures recommencent à circuler. C'est la revanche des anxieux, des chafouins, des archivistes. Le vent de mai 68 est en train de tourner. Il est peut-être temps d'expérimenter autre chose, des formes de vie radicalement différentes, plus communautaires, plus libres, accordées au rythme de la nature et de la germination plutôt qu'à celui des manifs et des grenades lacrymogènes. L'essence est revenue, plus grand monde ne s'arrête quand on lève le pouce. Il faut réapprendre à patienter sur le bord du chemin, à dévisager les conducteurs qui détournent les yeux. C'est la fin du pot commun, d'un certain art de vivre centré sur l'entraide et la solidarité. La société française convoque à grands frais l'ordre ancien. Le général de Gaulle, après sa défaillance allemande, a repris les rênes du pouvoir. Deux ou trois compagnies de chars ont convergé sur Paris. Des unités de l'armée française se sont regroupées dans un camp bizarrement nommé *Frileuse*, près de Versailles. Des consultations ont été organisées dans les usines encore en grève, parfois truquées, parfois purement symboliques. La reprise du travail s'amorce branche par branche. Les politiques respirent. Les rotatives des organes de presse tournent de nouveau à plein régime. *Le Progrès de Lyon* vient juste de reparaître.

À la faculté des lettres les marginaux et les trimards semblent de plus en plus ingérables. Cocktails Molotov et bouteilles de whisky s'entassent dans les couloirs, dans les bureaux, sous les estrades. Les dégradations et les batailles rangées deviennent quotidiennes. Les instigateurs de la révolution commencent à prendre distance avec ces asociaux qu'ils ont recueillis au début puis défendus bec et ongles contre le PC et les syndicats. Dans la journée du 4 juin, des commandos d'extrême droite organisent un assaut en règle contre les derniers bastions de la contestation, particulièrement à la faculté du quai Claude-Bernard. Les affrontements durent jusque tard dans la soirée. La police laisse faire, joue le pourrissement, n'intervient qu'à la toute dernière extrémité.

Les trimardeurs Raton et Munch sont en prison.

Michel Raton, l'ouvrier fondeur de dix-huit ans, et son compère Marcel Munch viennent d'être officiellement accusés d'homicide volontaire après avoir lancé le camion fou sur la personne du commissaire Lacroix. Ces inculpations, bientôt suivies par celle de Michel Mougin, arrangent tout le monde. On connaît mal les prévenus, ils sortent du caniveau, du fin fond de la campagne, se sont montrés violents à maintes reprises, n'ont pas fait d'études, n'ont aucun diplôme. La norme sociale est respectée. Après une semaine d'interrogatoire, Michel Raton finit par admettre qu'il a délibérément dirigé le camion Jouannin sur l'officier supérieur qui commandait le barrage empêchant les manifestants de traverser le pont. Les circonstances de sa confession ne sont pas claires. On apprendra quelques mois plus tard qu'il a avoué sous la torture, pour l'instant on l'ignore, on ne veut rien savoir. Fin de la chienlit. L'enquête est bouclée et les Français attendent le procès avec impatience. Certains faits troublants ont commencé à filtrer dans la presse, essentiellement autour de la personnalité de la victime qui, paradoxalement, était un homme de gauche.

Il semblerait que René Lacroix souffrait d'une maladie de cœur et qu'il n'aurait jamais dû être présent cette nuit-là sur le pont Lafayette. Il y serait venu de son propre chef, espérant limiter les dégâts et contenir les heurts entre manifestants et forces de l'ordre. Il a mal évalué la détermination des étudiants et la mobilisation ouvrière sur l'autre rive du fleuve. Il n'a pas anticipé le pillage des grands magasins. La révolte grondait, la violence déferlait en vagues successives. La confrontation avec les forces de l'ordre était inéluctable. Le commissaire n'a vu le camion fonçant sur lui qu'à la toute dernière seconde. Effroi, moment de panique face aux déchaînements de la jeunesse. Il s'est effondré avant même d'être touché à l'épaule. Nous le savons pertinemment. Les flics aussi, et ils se taisent.

Liberté, égalité, choucroute.

Ainsi le décès d'un seul homme va-t-il interrompre le cours de l'histoire, stopper un mouvement que le monde entier observe avec fascination. Le vent est en train de tomber, l'élan s'essouffle, les enjeux s'inversent d'un coup. Marianne Delcourt, conseillère juridique, n'a que faire de ces calculs et de ces stratégies politiciennes. Depuis le début de la révolte, de cette pseudo-fête libératrice, elle parle de gabegie, de subversion et de cacophonie. Elle est chargée d'instruire pour la municipalité de Lyon une enquête parallèle sur les émeutiers du 25 mai. Elle doit mener ses recherches en toute discrétion et bénéficie pour cela de la pleine confiance du maire dont elle est l'amante et avec lequel elle est partie saluer l'immense foule réclamant la restauration de l'ordre ancien aux Champs-Élysées. Elle s'est mise au travail aussitôt après et n'a pas tardé à trouver quelques pistes intrigantes parmi les documents de ses ennemis politiques, en particulier la feuille de choux gauchiste, *Le Journal du Rhône*. Les photos publiées par ce périodique sont disparates mais révélatrices, témoignant sans hypocrisie de l'ambiance débridée de ces derniers jours. On y aperçoit une mémé empêchant son caniche de lever la patte sur un fourgon de CRS, des rues noires de monde, des rues vides, des vitrines brisées, le trimardeur Raton poussant un caddie rempli de cocktails Molotov, un groupe d'étudiants sur leur barricade, des poubelles en feu, un immeuble en chantier place de la Bourse et même le fameux camion Jouannin immobilisé à l'entrée ouest du pont Lafayette avec une jeune femme courant dans sa direction. Ce dernier cliché est particulièrement intéressant, car on distingue à la fois le véhicule et les rangs des forces de l'ordre déployées en face, au milieu du pont. Marianne Delcourt a interrogé les gendarmes présents sur place et certains ont confirmé qu'une femme avait sauté dans le camion peu après Raton et Munch. L'assistante du maire a du flair et de l'obstination. Elle est sur le point de découvrir qui a posé la pierre.

En parallèle, et certains s'en réjouissent dans la capitale des Gaules, les derniers leaders historiques de l'OAS viennent d'être graciés par le président de la République. Ils sortent de prison la tête haute. Les Algériens de France se taisent et se remettent au travail. Le retour à la normale s'impose pour tout le monde. Mila Galpérine, serveuse au Café du Soleil, ronge son frein mais est obligée de courber l'échine elle aussi. Elle suit le mouvement. Théodore Combas, son ami, son amant, son amour de toujours vient de réintégrer *Le Progrès* grâce à l'intervention de son père typographe. Les ouvriers du livre, en dépit de leur tradition anarcho-syndicaliste, ont repris le boulot comme les autres. Ils n'avaient guère le choix.

Ils bénéficient des accords de Grenelle et se bouchent les yeux à propos du reste. Courage, fuyons. Les flics patrouillent au coin de chaque rue. La société tourne le dos à ses rêves de printemps et les Français, soulagés de voir revenir la paix sociale, appréhendent la suite, se demandent ce qui les attend quand tout sera rentré dans l'ordre. Ils ont perdu leurs illusions, beaucoup de choses sont chamboulées – à commencer par leur libido –, et ils éprouvent un regret lancinant pour le spectacle des corps adolescents arpentant les rues autour d'eux, lycéens, étudiants, protestataires candides et enchantés, silhouettes en liberté se fichant pas mal de la politique et rejoignant les manifestations pour aérer de vieux placards, ouvrir les portes, faire entrer la lumière. On les a célébrés pendant ces deux mois chaotiques. Le sexe s'est immiscé partout et, n'en déplaise aux maos, au PCF et aux syndicats, il semble être le grand gagnant de mai 68. Secoué, mis à mal, magnifié, il va imposer de nouvelles pratiques. Sa vie tumultueuse et indocile est reconnue. Il bouscule joyeusement l'édifice. Il modifie en profondeur les codes de la société.

Un soir Delphine invite Danton et Bibi à nous rejoindre rue des Os rangés. Elle a préparé un gueuleton pour célébrer notre départ. Nous buvons beaucoup, mangeons abondamment, faisons la fête jusqu'au petit matin et au bout du compte notre hôtesse semble rassurée, peut-être même soulagée de nous voir quitter son appartement. Les deux trimardeurs, bourrés comme des coings, finissent à poil dans le baquet suspendu. Ils plongent dans l'eau tiède afin de comparer leurs différents attributs, les briquer, les soupeser, peut-être même les raidir, eux qui méprisent tant les tafioles, pédés, queens ou autres tarlouzes plus ou moins à voile et à vapeur. Ils se renvoient ces noms d'oiseaux à la figure, mais gazouillent eux-mêmes comme des pinsons et détrempent complètement la mezzanine. Notre hôtesse, à moitié ivre elle aussi, finit par leur désigner la porte de sa chambre. Danton et Bibi n'en reviennent pas. Ils sont partants bien sûr, ne prennent même pas la peine de se sécher, dévalent l'échelle de meunier et lui tombent dans les bras. Ils disparaissent tous trois à l'intérieur. Nous, nous filons à l'anglaise. Nous partons sur la pointe des pieds.

La révolution aussi part sur la pointe des pieds.

Fin de l'innocence, des heures chaudes et généreuses. Quelque chose aurait pu sortir de toute cette pagaille, les politiques auraient dû relever la tête. Rien, ou si peu. Les slogans et les mots d'ordre continuent à fleurir ci et là, sans passion néanmoins. Il y a encore quelques manifs de lycéens, des assemblées générales, des discussions stériles ou exaltées. En réalité chacun attend la sortie du tunnel. D'après Mila il n'y aura pas de sortie du tunnel. Pour elle le désordre est premier, envoûtant, carnassier. Seule la remise en cause de la société, son interpellation outrancière et jubilatoire peut encore prendre de court les grands argentiers qui dirigent le monde. C'est notre seule planche de salut.

Et l'amour ? Retour à la case départ là aussi ? On ne saura jamais si l'eau du baquet suspendu a permis de briquer à fond les deux trimards, et avant eux nos propres corps, évacuer toutes les fatigues, nettoyer les scories et la crasse de notre mai 68 mal aimé ou s'il a révélé autre chose. Mila est partie en griffonnant de nouvelles maximes sur la baignoire en plastique et Delphine a souri. Cela faisait longtemps qu'elle n'avait plus souri.

LE CAPITAL EST UN PÉCHÉ
QUI NE MANQUE PAS D'INTÉRÊT.

Puis cette seconde phrase, en caractères énormes, barrant tout le flanc du baquet litigieux.

CACHE-TOI, OBJET !

Delphine pense que ce slogan-là survivra à mai 68. De quel objet voulait-on parler ? Des quelques broutilles matérielles qui nous embarrassent au quotidien ou du corps-objet se glissant dans la baignoire en prélude à l'amour ? Mila hoche la tête et sourit à son tour. Il n'y a pas de prélude à l'amour. Seulement une dilution, une dispersion, un grand chaos épidermique et, en filigrane, à l'en croire, quelques miettes à ramasser sur fond de théorie du jeu et de la joute.

La messe est dite.

Fin des paroles murales.

6

Août 1970, la Marmite du diable.

Plus d'un millier de détenus de toutes origines mijotent dans cette immense bâtisse édifiée en plein centre-ville et reliée à la prison Saint-Joseph attenante par un souterrain assez étrange, cintré, étayé de traverses de chemin de fer. Les fenestrons de la Marmite donnent sur le Rhône au levant et, au nord, sur les voies ferrées de la gare de Perrache. Au sud, on aperçoit l'angle du cours Suchet. L'immeuble est décati et d'une rare insalubrité. Les cellules sont minuscules, dépourvues de W-C. Les rats arpentent les couloirs et grignotent les cloisons. Les cafards infestent les couchettes en traquant la moindre trace de nourriture avec une célérité répugnante. Les murs suintent l'humidité. Le chauffage central est déglingué, les convecteurs d'appoint inopérants, l'eau de la douche hebdomadaire à peine tiède, le salpêtre gangrène les murs. Ces conditions sanitaires déplorables ajoutées à la surpopulation engendrent des formes de violence proche du désespoir. Suicides et mutilations volontaires s'enchaînent dans la Marmite du diable depuis la fin de la dernière guerre mondiale. Nul ne s'en soucie. Nul ne s'en émeut.

Il fait chaud. Les orages se succèdent entre les collines de Fourvière et de la Croix-Rousse et peinent à rafraîchir la fosse de Perrache déjà impactée par la circulation. Côté pollution, les choses vont bon train. Elles ne sont pas près de s'arranger car le maire Louis Pradel est en passe de réaliser son vieux rêve avec l'inauguration du fameux tunnel de Fourvière, un prodige d'architecture et d'urbanisation moderne. Comme il l'a lui-même fièrement annoncé au nouveau président de la République : « Dans peu de temps, la traversée de Lyon pourra se faire sans rencontrer de feu rouge et notre ville sera la seule cité au monde, après Los Angeles, à se trouver dans un tel cas. »

Raton et Munch se fichent du tunnel et de cette autoroute urbaine. Ils croupissent dans la Marmite en attendant leur procès. Ils ne sont plus concernés par rien. Ils ont préféré tourner le dos aux hommes et à leur justice après avoir appris que leur coaccusé n'était plus de ce monde. Placé en liberté conditionnelle à cause de son jeune âge, Michel Mougin venait d'avoir un petit garçon. Il est mort en pleine rue peu après sa libération, en partant au boulot, prétendument des suites de l'absorption d'une trop grande quantité d'éther ou de trichloréthylène. Personne n'a jamais cru à cette histoire d'overdose que la police voudrait accréditer. Michel avait dix-huit ans, il adorait son fils et venait d'être embauché comme magasinier dans une graineterie. Embrouille, micmac et trahison… Raton, à moitié analphabète, couvert de tatouages, ne peut oublier son visage émacié, ses longs cheveux filasse, son sourire inquiet. Il en a assez des mensonges et de l'hypocrisie. Son copain Marcel Munch en a sa claque lui aussi. Il ne croit plus en rien. Leur affaire est pliée quoi qu'il en soit. Tous deux regardent passer les voitures et les trains de marchandises en attendant leur procès avec une désinvolture et une arrogance agaçantes. Ce sont des coupables idéals, des délinquants sans envergure démontrant que le mouvement de 68 n'était ni une fête ni une libération, mais bien une dérive, un noyautage de la jeunesse par des éléments extérieurs drogués et incontrôlables.

Vingt-deux mois ont passé depuis le raz-de-marée gaulliste aux dernières élections législatives. Le Général n'est plus là. Il a démissionné après l'échec du référendum sur la régionalisation et s'est retiré à Colombey-les-deux-Églises. On le dit souffrant, amoindri, désabusé, davantage intéressé par sa famille et par la littérature que par l'avenir du pays. Georges Pompidou l'a remplacé à la tête de l'État. La France est au travail, le chômage quasi inexistant, la conception libérale et nationaliste de la conduite des affaires n'est plus remise en cause. Le pays se porte bien. Il semble qu'on en ait définitivement terminé avec les émeutes et les coups de sang.

Août 1970.

De nouvelles photos traînent sur le bureau de Marianne Delcourt à l'hôtel de ville, éparpillées sous les dossiers en attente. Elle y revient, les triture, les compare, les intervertit. Il ne s'agit pas de preuves véritables, juste de nouveaux éléments permettant d'élargir l'enquête sur le drame du pont Lafayette. Le procès approche. Plus personne ne s'intéresse aux deux accusés de la Croix-Rousse sinon la presse régionale pour spéculer sur la longueur des peines que le jury populaire va leur infliger. C'est la seule incertitude. Marianne soupire. La première photo, assez connue, montre une barricade tenue par une jeune révolutionnaire cheveux au vent, le bas du visage dissimulé par un foulard, brandissant un drapeau noir devant les rangs de CRS qui s'apprêtent à charger. La deuxième, ignorée du grand public, prise dans le chaos de la nuit du 25 mai, est plus intéressante, quoique difficilement exploitable. On y aperçoit une silhouette accrochée à la portière du camion Jouannin. La calandre du véhicule est bien visible de même que la portière et la raison sociale du propriétaire peinte au pochoir. Par contre, la silhouette est floue, vue de dos, à moitié effacée. On ne distingue que ses mains agrippant la poignée. C'est un indice malgré tout. Les doigts sont courts, boudinés, les ongles à moitié rongés. La peau est très pâle, lisse, le poignet plutôt fin. La personne qui escalade le marchepied du camion est incontestablement une femme. Le bas du cliché, plus indistinct encore, est barbouillé de suie, néanmoins cette photo, confidentielle, démontre qu'une jeune émeutière a bien grimpé sur la banquette derrière Raton et Munch. Nul ne s'en soucie.

Clap de fin.

Pour Marianne Delcourt le rideau est tombé il y a neuf ans, au retour de son fils Antoine blessé dans un guet-apens sur la frontière algéro-tunisienne. Le jeune soldat n'est pas ressorti du coma. Marianne a compté les jours, lavé son grand corps inerte en guettant le moindre signe de réveil, serré tant de mains et séché tant de larmes que, n'arrivant plus à garder la tête hors de l'eau, n'osant même plus espérer la fin du cauchemar, elle a foncé bille en tête dans une passion dévastatrice pour Théodore Combas, le copain d'enfance de son fils… Deux mois plus tard, Antoine était assassiné par une folle dans sa chambre d'hôpital. Elle ne s'en est jamais remise.

Elle a choisi d'arrêter la clope peu après. Le whisky lui semblait suffisant pour survivre, mais les procès qui ont suivi ont vite eu raison de ses bonnes résolutions. Elle a replongé. Un paquet de gitanes au cours de l'instruction, un paquet et demi pendant les débats et, quelques mois plus tard, alors que les événements de 68 mettaient tout le monde sur les nerfs, quasiment deux paquets par jour. À présent, elle ralentit de nouveau. Un paquet et demi. Elle boit, elle fume, se débrouille pour rester souriante et dispose. Elle est belle, plantureuse, porte allègrement ses cinquante ans et milite à Ordre nouveau, l'association patriote qui a remplacé le mouvement Occident interdit depuis octobre 68. C'est un bon cheval qui se tue à la tâche, une employée modèle tirant sans faiblir l'attelage municipal. Elle rédige les rapports qu'on attend d'elle, bétonne à la demande parkings et friches industrielles, coupe les arbres qui bouchent la vue, anéantit bravement pigeons et passereaux, vide les cimetières de leurs habitants obsolètes, bref plonge avec enthousiasme dans chaque projet de son mentor Louis Pradel qui veut faire de Lyon une agglomération rivalisant avec les métropoles du nouveau monde, la toute première en Europe. Elle travaille comme une forcenée et ne se plaint jamais sinon – mezza-voce – quand son patron, son complice, son amant, laisse de côté un rendez-vous pour la culbuter à la va-vite sur un coin de table. Cela fait partie du boulot, elle préférerait pourtant un peu plus d'égards, au minimum un lit, une chambre d'hôtel.

« En voiture Simone, c'est l'homme qui conduit, c'est la femme qui klaxonne ! »

Voilà ce qu'il lui susurre la plupart du temps en prélude à ces empoignades, ces coups de bélier haletants et ridiculement démonstratifs. Elle accepte de bousculer l'agenda, d'enfiler son costume de maîtresse pantelante, mais c'est plus fort qu'elle, elle résiste de l'intérieur. Elle se cabre. Parfois la colère monte, une sorte de hargne qu'elle croyait reléguée dans l'angle mémoriel des temps où elle aimait à la folie ce petit merdeux de Théodore. Le maire supporte mal qu'elle s'absente ainsi, qu'elle s'intéresse à de menus détails lorsqu'il la besogne, les lumières de l'éclairage par exemple, un coin de rideau déchiré, les papiers carbones sur le point de glisser vers le sol en béton ou bien, à l'instant, une chenille vert tendre, minuscule, insolite, qui arpente le maroquin du bureau en se repliant sur elle-même comme un accent circonflexe. Marianne l'a observée une longue minute en oubliant sa colère, se trouvant quelques points communs avec cet insecte erratique et têtu. Elle trace sa route elle aussi, sans déranger personne. Elle se plie et se déplie, avance courbée, n'espère plus grand-chose de la vie sinon une hypothétique vengeance, un retour de manivelle qui, un jour ou l'autre, pourrait balayer ses remords et ses souffrances. À croire que le petit merdeux est en embuscade, qu'il mobilise toujours son ancien corps amoureux... Antoine est mort. Il les réunissait. Le commissaire Lacroix est mort également dans des conditions aussi troubles. Il faut tenir bon, éclaircir tout cela.

Elle attrape la chenille du bout de l'index et la dépose sur le col amidonné de son amant. L'insecte recommence ses déambulations et Marianne éprouve une sorte de joie bizarre en le voyant se plier et se déplier, arpenter le cou du premier magistrat et rejoindre les gouttelettes de sueur qui perlent sous son oreille droite. Il en goûte une avec sa trompe minuscule, puis repart prudemment en arrière. Marianne ne peut s'empêcher de pouffer de rire. Louis s'agite encore entre ses cuisses. Elle pense qu'il en a terminé, eh bien non, le téléphone mural carillonne dans leur dos et encourage l'amoureux au pire moment, lui intimant l'ordre d'achever en beauté juste avant la fin de la sonnerie. Subissant cet ultime assaut, elle ressent une brusque douleur à la jambe droite, un élancement de tout le mollet. Elle étouffe un cri, se mord les lèvres. Le maire rue une ultime fois et, persuadé qu'elle gémit de plaisir, se retire avec un commentaire égrillard et autosatisfait. Elle serre les poings. Pour un peu elle l'éjecterait du bureau, lui et son gros bide, sa sueur, son haleine parfumée au cachou. Elle a horreur de cet instant où les hommes se déversent en elle. Elle n'a jamais prisé les dépôts de semence sauf avec Théo autrefois, qui jouissait en la fixant droit dans les yeux, qui ouvrait grand la bouche sans un mot, se répandant en longs spasmes saccadés. C'était comme un brame. Ses pupilles étaient d'une incroyable densité.

Pradel la dévisage. Il ne comprend pas. Il se rhabille en marmonnant que leur relation clandestine est sans faille, sans accrocs. Pourquoi donc ces yeux glaçants ? Il faut trier les peines et les douleurs, s'aimer en oubliant l'histoire précédente, accepter que le temps aplanisse tout cela. Pour Marianne, le souvenir d'Antoine dans le coma couplé à celui du brame silencieux de Théo revient avec une telle acuité qu'elle en a le souffle coupé. Elle oublie sa douleur au mollet. Elle tend la main, écrase la chenille du bout du doigt. L'insecte reste à moitié collé sur le col de chemise de son amant. Elle attrape un mouchoir, s'essuie en vitesse l'entrejambe, se rhabille en songeant que l'arpenteuse lui ressemble. Sa petite mort vient de passer complètement inaperçue. C'est mieux ainsi. Elle se recoiffe. Louis s'en va en bougonnant.

Elle s'installe à sa table de travail et jure de ne pas laisser les zonards Raton et Munch payer seuls pour leur crime. C'est une question de justice et de salubrité publique. Il faut traîner cette femme devant les magistrats. Elle est coupable et doit comparaître dans le prétoire avec les deux autres. Marianne récupère la troisième photo, la tourne dans ses doigts, la repose. Ce cliché l'émeut jusqu'aux larmes, elle ne doit plus trop y penser même si c'est devant lui qu'elle jure. Il faut d'abord découvrir l'identité de l'inconnue, mener son enquête sans en référer à la justice comme l'a souhaité le maire. Elle ignore les raisons de cet accès de prudence. Elle se fiche des implications politiques de leur combat. L'édile lyonnais lui impose une surcharge de travail, peu importe, elle tient là sa revanche. Elle est comme ça, impulsive, extravagante, imprévisible. Elle aurait aussi bien pu se trouver de l'autre côté du fleuve, au centre de la manifestation, imiter l'émeutière, sauter dans le camion Jouannin et foncer sans scrupule sur le barrage mais, voilà, elle l'aurait avoué après coup, ne se serait pas défilée. C'est la seule différence. Elle ne ment jamais. Elle courbe l'échine, mais ne triche pas. En réalité, elle enrage depuis dix ans. Il n'y a rien de charitable chez elle, rien de feutré. Elle mène ses combats, ne renonce à rien, tient debout sous les rafales. Elle va alpaguer une battante sans foi ni loi qui s'est arrangée pour faire payer les autres. Dans un sens elle envie son culot, son absence de morale… Chapeau bas, salope.

Au moment de s'asseoir, elle contemple la photo de son fils et réitère sa promesse. Elle y pensait de nouveau tout à l'heure quand Louis Pradel ahanait sur son ventre. Les livres de comptes étaient en train de basculer, le téléphone sonnait, le sous-verre d'Antoine ballottait contre le plumier chinois. Elle l'a rattrapé au vol et l'a tenu dans ses mains pendant que le maire la besognait. La photographie est ancienne, d'un noir et blanc lumineux. On y voit le petit Antoine âgé de neuf ou dix ans qui éclate de rire, les yeux pleins de malice et de reconnaissance. Il parade sur le grand manège de la foire de Beaucroissant où sa mère s'est résolue à l'emmener. Il a gagné la partie. Il chevauche un immense Babar qui tournique au centre de l'attraction, agrippé à une trompe en papier mâché, talonnant les flancs de sa monture comme un chef sioux, brandissant le pompon qu'il vient d'attraper, une boule de laine multicolore que le forain a fait virevolter longtemps au-dessus des têtes. Il est fier, tellement fier que son visage resplendit dans la lumière du crépuscule. Ses cheveux brillent au soleil. Chaque parcelle de sa peau témoigne d'un bonheur intense et le jeune Théodore lui-même, à moins d'un mètre, bouche bée sur sa girafe au long cou, a le sentiment d'assister à un miracle. Des fils de lumière valsent au-dessus de la tête d'Antoine, aussi nombreux qu'indomptables, une auréole libre, aérienne, rutilante, qui va le propulser jusqu'au sommet du grand manège en carton.

7

— Son père était militaire de carrière également, colonel dans le 3e régiment d'infanterie de marine. Le mien servait dans l'aviation. Les deux familles s'étaient connues sur la base d'Istres et c'est donc là-bas que nous devions nous retrouver ce dimanche en compagnie des autres fils Delcourt, de leurs femmes et de leurs enfants. On était en juin et il faisait déjà très chaud. La table était dressée à l'intérieur de la maison, les volets à demi tirés, la nappe blanche soigneusement repassée, les chaises capitonnées de velours, l'argenterie discrètement astiquée comme de juste dans les bonnes familles. Les femmes étaient vêtues légèrement, ma future belle-mère d'une petite cotonnade échancrée et moi d'une tenue plus classique, boléro, corsage et jupe à plis. Les hommes parlaient politique et nous, couche-culotte ou rôti de veau. C'était ennuyeux au possible. Je ne me rappelle pas précisément le menu, les mets se succédaient et chacun buvait beaucoup malgré la chaleur. Mon estomac gargouillait. René Delcourt, mon fiancé, me caressait la main à la moindre occasion. Nos paumes transpiraient, ma vessie se distendait, mon ventre protestait à l'arrivée de chaque plat. J'y faisais honneur avec l'enthousiasme d'une soldate partant au front.

» Au dessert mes futures belles-sœurs se levèrent pour débarrasser la table. Je les accompagnai, les assistai un temps, puis filai discrètement aux toilettes et là, catastrophe, me rendis compte que je perdais du sang. Je ne les sentais jamais venir, ces fichues règles. Elles me prenaient en traître depuis l'adolescence, irrégulières, indolores et toujours abondantes. Ma jupe était tachée, mon sac à main resté dans la voiture. Je ne trouvai ni serviettes ni tampons autour de moi, rien pour m'aider, pas le moindre bout de tissu, seul un rouleau de papier-cul dont je fis usage largement, me dévidant une sorte de mèche de fortune pendant que ma belle-mère préparait le café et que les hommes échangeaient des cigares sur le seuil de la maison. Le soleil baissait, la température devenait plus clémente et on avait décidé de prendre le dessert dehors, sous le grand platane. Je traversai le salon, récupérai mon boléro sur le dossier de ma chaise et là – ultime châtiment – j'entrevis la méchante souillure qui maculait le velours où je m'étais assise, une tache dont la provenance hélas ne faisait aucun doute. Toute la tablée avait migré à l'extérieur. Je n'hésitai pas. J'attrapai le siège et l'intervertis discrètement avec celui de ma voisine, la plus âgée des belles-sœurs, la plus bégueule aussi. Cette greluche m'avait lancé des fions tout au long du repas. Je lui refilai donc la patate chaude en espérant m'en tirer à bon compte. Erreur, j'oubliais les enfants. On oublie toujours les enfants, n'est-ce pas ?... Ce jour-là, c'était un gamin boutonneux d'une dizaine d'années, Cyrille, un mioche en culotte de cuir qui ne m'avait pas quittée des yeux de tout le repas et avait parfaitement repéré mon manège. Sa grand-mère arrivait avec le café. Elle traversa le salon en jetant un coup d'œil réflexe à l'arrangement des chaises damassées, héritage de sa famille paternelle. Je m'appuyai contre la véranda en me mordant les lèvres. Le siège litigieux, que je n'avais pas eu le temps de repousser complètement, paradait à l'écart. Elle le remit en place machinalement, stoppa net, poussa une première exclamation, se pencha en avant, étrangla un second cri, s'accrocha au rebord de la table et se mit à trembler. Une sorte de gargouillis sortait de sa gorge, qui inquiéta vivement les convives. Elle se dressa sur son céans et désigna le coussin avec une moue écœurée en fusillant sa bru du regard. La greluche, qui ne comprenait rien, se précipita à l'intérieur. Le reste des invités rappliqua dans son dos. Je restai seule sur la terrasse avec ma tasse de café. Évidemment, le sale gosse sortit de sa cuisine et, volant au secours de sa mère, prit un malin plaisir à me ridiculiser… Ce fut réglé en un tournemain. Il me montra du doigt et susurra avec un mauvais sourire que la fiancée de l'oncle René avait interverti les chaises. Les convives incrédules se rassemblèrent dans l'angle du salon et je compris – comment aurais-je pu le deviner ? – que ma victime, l'aînée des belles-sœurs, était ménopausée depuis deux ans. La supercherie devint encore plus évidente quand la mère de mon fiancé se piqua de venir inspecter ma jupe. Ses yeux glaçants, ses mouvements de menton parlaient d'eux-mêmes. J'étais indigne de leur confiance. J'avais attribué mes souillures à une femme déjà ménopausée et qui, de plus, appartenait à cette famille honorable que je prétendais rejoindre. René Delcourt, humilié, m'abandonna à mon triste sort et je repartis le soir même, en train, certaine de ne plus le revoir.

» Six mois passèrent.

» Je ne pensais plus du tout à ce fiancé quand il réapparut un soir à l'improviste, frappant à la porte de mon appartement du boulevard des Belges, s'excusant de son silence et de sa couardise. Je ne l'avais jamais vu si timide et si piteux. Il était touchant. La miséricorde pointait son nez, je n'aimais plus vraiment cet homme, or contre toute attente nous allions faire l'amour, et ardemment, moins d'une heure plus tard. Il m'avait émue avec ses yeux de chien battu. Je lui ouvris ma porte et lui servis à boire. Pour autant il n'était pas question de céder à ses avances car, par un étrange coup du sort, mes périodes s'achevaient précisément ce soir-là. Je n'osais l'avouer, j'étais de nouveau empêchée. Je me laissai cajoler un moment, mais refusai tout net d'ôter mes habits. Au bout d'un temps, devant sa mine incrédule et désemparée, je finis par lui lâcher le morceau et, à ma grande surprise, il rigola – pas bégueule du tout –, affirmant que ça bouclait la boucle en quelque sorte, qu'il regrettait la réaction de sa famille sur la base d'Istres, qu'il se balançait des convenances et qu'on pouvait s'aimer à volonté en dépit de tous les empêchements du monde. Joignant pour ainsi dire l'utile à l'agréable, il se mit à me dévêtir. Je me laissai faire en grimaçant et j'eus la plus grande peine du monde à l'empêcher d'ôter lui-même le tampon. Nous étions complètement nus cinq minutes plus tard. Nus et ridicules. Nus, empruntés, guillerets comme des lycéens… Je crois vraiment que c'est pour cette raison que je l'ai épousé, voyez-vous. Pour cette capacité à rire, à passer outre, à n'être dégoûté par rien. Amusant, non ?… »

Pas du tout.

Louis Pradel ne rit pas. Marianne ajoute d'une voix espiègle qu'à présent ses périodes sont en train de s'arrêter pour toujours, ça ne le fait pas rire non plus. Elle s'approche, caresse son menton rugueux, lui parle de la vie des femmes, de leurs ragnagnas, les petites lunes, le coulis de framboise, les groseilles, les coquelicots... Pas même le début d'un sourire. Elle lui chuchote que les femmes traînent ce boulet jusqu'au mitan de leur vie. Au début elles s'en prévalent comme d'une prise de guerre, ensuite elles le subissent, le maudissent. Elles attendent les grossesses pour l'oublier un peu. Les coquelicots reviennent sitôt cet ouvrage terminé, sitôt les jolies créatures expulsées, les petits lardons enfuis de notre matrice distendue. Ne grimacez pas, Louis, on revient toujours au giron. La porte humaine séduit ou dégoûte, mais elle n'en finit pas d'intriguer. La plupart des hommes s'y repaissent et nous, les femmes, on fait du mieux possible, on la soigne, on la lave, on l'entretient. On tire bon an mal an notre petit fardeau menstruel puis, un beau jour, il faut renoncer. Pas le choix. C'est la mort dans l'âme qu'on abandonne les groseilles car, voyez-vous, on quitte aussi le versant le plus animal de notre corps, le plus animé, le plus archaïque, et c'est vers la tombe qu'il faut à présent s'avancer. Excusez-moi, mais quand le corps se défait pareillement, on échappe à l'emprise des hommes, on devient imprévisible.

Elle allume une cigarette.

Il lui tourne le dos. Elle lève sa clope en haussant les épaules, souffle sur le bout incandescent, le tapote au-dessus du cendrier, l'écrase aussitôt et se gratte la jambe en regardant dehors. La fenêtre est entrouverte. Sa douleur au mollet n'a pas complètement disparu depuis leur coït au milieu des livres de comptes et des papiers carbones. Pas grave. Elle tient registre de chacun de ses ébats avec Zizi-béton, surtout lorsqu'ils s'avèrent piètres et besogneux. Elle aime lister ces faveurs sans lendemain, leur accoler une petite légende, un commentaire. Elle a baptisé la dernière : *Étreinte à l'arpenteuse vert tendre.* Ce genre d'épigramme permet d'oublier les autres misères. Marianne classe le moindre événement de sa vie. En revanche les douleurs, elle n'en tient pas compte, elle les ignore, elle a suffisamment donné. Elle préfère vaquer à ses occupations comme si de rien n'était, dédaignant par exemple ces coups de poignard qui lui vrillent la jambe ces jours dès qu'elle marche un peu longtemps, qu'elle gravit deux ou trois volées de marches à la suite ou sillonne les couloirs de l'hôtel de ville avec des dossiers plein les bras. La contracture surgit brutalement, sans s'annoncer, la forçant à s'appuyer contre le mur et à chercher sa respiration. Elle reflue aussi vite qu'elle est arrivée, et il demeure souvent une certaine difficulté à marcher, une claudication qui rétrocède plus lentement, d'heure en heure, et peut tout aussi bien réapparaître en fin de journée.

Un matin elle décide d'en parler à son amant. Il n'est pas intéressé. Les mollets douloureux, les jambes lourdes, les problèmes de ménopause, il s'en moque. En dehors de leurs séances de baise, c'est la ville de Lyon qui le passionne et peut-être en contrepoint son enquête, cette histoire de femme accrochée au marchepied du camion Jouannin. Le reste, il s'en fiche. Marianne secoue la tête. Elle n'en sait pas davantage au sujet de l'inconnue du pont Lafayette et, faute d'indices nouveaux, le coup de théâtre tant espéré n'aura pas lieu. Elle a interrogé la plupart des témoins, rencontré les forces de l'ordre, compulsé tous les exemplaires du *Journal du Rhône*, analysé la moindre photographie de presse publiée à l'époque dans les quotidiens ou les hebdomadaires, rien n'y a fait… Le procès approche et elle n'a pas réussi à identifier l'émeutière. Elle serre les mâchoires, son pied la démange. Elle réalise que Louis Pradel gonfle les joues et ne l'écoute que d'une oreille. Tout gonfle et se distend autour d'elle ces jours-ci. Elle a des poches sous les yeux, des bourrelets au ventre, elle s'agace pour des broutilles et dort de plus en plus mal. La nuit, elle doit sortir sa jambe et la laisser pendre à l'extérieur du lit.

— Vous ne m'écoutez pas.

Louis fronce les sourcils. Ces affaires de bonne femme ne le passionnent guère. Il tourne les talons, et, un instant plus tard, l'appelle quand même sur l'interphone et lui donne les coordonnées d'un collègue du Lions Club, gynécologue respecté et discret, spécialiste du retour d'âge. Marianne hausse les épaules. Une sorte d'ardeur vipérine l'envahit. Elle a envie de mordre. Les hommes sont d'un égoïsme abyssal. Elle grimace, serre les poings, rappelle son patron, lui demande de venir discuter en face d'elle et là, plutôt que de lui dire ses quatre vérités, le voyant traverser la pièce d'un air penaud, pataud, maladroit, elle allume une nouvelle cigarette et lui sourit. Il se balance d'un pied sur l'autre, gonfle les joues comme un gros nounours, avance en tortillant les mains. Il n'a pas été à la hauteur, c'est vrai. Il espère qu'elle ne lui en veut pas trop. Peut-être même, pourquoi pas, s'il excusait de nouveau, pourraient-ils imaginer une de ces amnisties dont elle a le secret, une réconciliation sans parole, yeux dans les yeux, ses mains de sorcière occupées à fourrager dans sa braguette, à le chatouiller avec de divines précisions. Il la fixe d'un air goguenard. Il ronronne comme un chat. Elle le trouve ridicule et touchant. Elle oublie d'un coup sa rancœur, son envie de mordre, ses résolutions féministes et abdique avec une surprenante docilité. Louis Pradel se laisse dévêtir, n'éprouvant aucune honte à dévoiler son petit ventre blanc, gélifié, adipeux, sans imaginer une seconde que c'est précisément la gelée qui fascine Marianne, l'extrême tendresse du gras, cette douceur de nouveau-né transpirant sous l'enveloppe des gros, qui fait fondre les amoureuses. Les hommes sont des sagouins, des profiteurs sans foi ni loi, mais le dodu est troublant. Le replet émeut jusqu'au tréfonds. La peau enfantine s'exprime magnifiquement dans le potelé adulte. Quoi de plus réconfortant que cette épaule grasse et satinée contre laquelle elle se love en oubliant le reste ?

Elle se love. Il l'emmène à son bureau. Elle repense à Antoine bébé. Elle éprouve un moment d'abandon total, presque de jubilation en se laissant aller contre cette corpulence mielleuse. Au dernier moment son mollet la tiraille et la prive de plaisir véritable. Lui ne se rend compte de rien. La gauloise bleue achève de se consumer à l'angle de la table. Elle l'écrase dans le cendrier en cristal servant de presse-papier. Il termine sa petite affaire tandis qu'elle songe avec un brin d'amertume à ce que mai 68 leur a laissé en héritage, peut-être juste cette licence sexuelle, cette libération combattue au début pour la gloriole, applaudie par tout le monde ensuite, espérée depuis si longtemps. Le ventre du magistrat la couvre, pas si imposant que cela au fond, juste accueillant et moelleux. Une larme roule au coin de sa paupière, puis une deuxième et une troisième qui glissent sans façon dans son cou. Peut-être son corps souffre-t-il de ne pas souffrir davantage. Ce matin-là, à sa propre surprise, elle aime vraiment son gros nounours.

Le soir, après le dîner, au moment de se glisser dans les draps, sa jambe la tourmente à nouveau. Elle la frictionne, fait quelques pas autour de son lit, continue le massage avec un émollient plus incisif que la Jouvence de l'abbé Soury, peut-être ce Baume du Tigre qu'on lui a offert pour Noël et qui lui rappelle l'Algérie et son fils Antoine. Elle adore son odeur. Elle somnole dans les vapeurs de camphre, mais, avant de s'endormir, repère une marque sombre au bout de son pied gauche, comme une tache de vin sous l'ongle de son deuxième orteil. Elle ne s'en inquiète pas.

Le lendemain, elle boitille. C'est la première fois que cela lui arrive au réveil et l'hématome a grandi. Elle prend le bus, rejoint son bureau à l'hôtel de ville avec l'impression que son mollet ne la laissera pas en paix aujourd'hui. Le maire n'est pas encore arrivé, les dossiers s'accumulent sur la table de travail. Elle allume sa troisième cigarette de la journée, avale un café, attrape le téléphone et décide d'appeler un médecin. Le praticien lui demande de décrire ses douleurs, sa claudication, les taches sombres apparues sur son pied, lui fait répéter certains détails, puis l'envoie en consultation à l'hôpital Grange-Blanche. Après observation des hématomes, examen de ses pouls et palpation comparative de ses membres inférieurs, l'interne de garde suspecte un début d'artérite. Marianne Delcourt est hospitalisée d'urgence.

8

Pas question de lâcher l'enquête pour autant. Elle continue à éplucher ses dossiers, se fait livrer chaque jour de nouveaux documents. Les tirages photographiques s'accumulent sur la table de nuit de sa chambre d'hôpital. Elle les classe, les trie, les compulse. Celui de l'étudiante dressée sur la barricade du quai Jean-Moulin ne cesse de l'intriguer. Ses cheveux flottent au vent, sa poitrine pointe sous le pull, ses pieds sont enfoncés dans les gravats. Elle brandit ce qui pourrait ressembler à un drapeau – en fait un balai de cantonnier coiffé d'un chiffon noir – et, de l'autre main, retient un foulard qui flotte autour de son cou. Elle harangue la foule. Ses yeux pleurent et rient à la fois. La photo a fait le tour des rédactions, symbolisant ce que les étudiants avaient d'insouciant au début de la révolte, et surtout de buté et de suicidaire puisque les CRS s'ébranlent à quelques mètres et que la fille ferait mieux de prendre ses jambes à son cou plutôt que de plastronner sur des poubelles. Un matin, buvant un énième café, fumant une énième cigarette devant la porte vitrée de l'hôpital, Marianne Delcourt fait soudain le lien avec le cliché inexploitable resté au fond du tiroir de son bureau, la photo de l'insurgée sans visage qui se hisse sur le marchepied du camion Jouannin. Elle remonte dans sa chambre, appelle le secrétariat de Louis Pradel et se fait livrer le tirage. Le coursier arrive dans l'heure qui suit. Elle le renvoie, se laisse tomber sur le lit, retient un cri en ramenant sa jambe sous elle, examine les deux documents et ne tarde pas à pousser une seconde exclamation, triomphale cette fois, s'étonnant de ne pas avoir fait le parallèle plus tôt. Impossible d'affirmer que c'est la même personne, bien que les silhouettes aient à l'évidence des points communs, même taille élancée, même pull sombre, même avant-bras potelé, mêmes doigts courts et enfantins. Le cliché du pont Lafayette reste assez flou, mais la piste est intrigante. Marianne vient de faire un grand pas en avant et bénit sa période de repos forcé à l'hôpital. Ses problèmes circulatoires l'ont peut-être libérée d'un quotidien abrutissant qui l'empêchait d'y voir clair dans toute cette histoire. Zizi-béton ne devrait pas tarder à lui rendre visite et elle va lui rapporter sa découverte. En réalité, il ne s'inquiète guère de sa santé. Il pense qu'elle souffre de varices, il claironne que les signes de l'âge se manifestent d'abord dans les jambes et les pieds, puis sur le contour des yeux et dans les plis du cou. Le reste survient plus tard. Le terme programmé du silence des organes arrive dans un second temps. Marianne se mord les lèvres, se caresse le mollet et soupire à nouveau. Son cou a été le premier à vieillir effectivement et elle porte des chemises à col ou des écharpes depuis plusieurs mois. Elle défait son chignon, retombe sur l'oreiller. Les hommes sont des mufles. Peu importe. Elle tourne une dernière fois les photos litigieuses entre ses doigts, avant de les glisser dans les pages de son livre de chevet, *Le Prince* de Machiavel, en pensant à l'interne venue lui examiner la jambe en fin de matinée. Cette grande femme – presque aussi grande qu'elle – est censée résoudre ses problèmes circulatoires et voilà qu'elle se glisse dans sa vie, qu'elle accapare l'espace. Une photo prometteuse vient de réapparaître, des taches suspectes l'ont devancée de quelques heures à peine sur son pied gauche et une jeune femme a surgi dans leur sillage... Avec ça la douleur ne cède pas. Tout se télescope bizarrement ces jours.

L'interne est entrée en coup de vent dans la chambre, un bonjour indifférent suivi d'un rapide coup d'œil au dossier accroché au montant du lit. Elle a relevé sa chemise, lui a palpé les membres inférieurs en testant une à une les zones douloureuses, fronçant les sourcils, découvrant ci et là de nouveaux points sensibles. C'était froid et méthodique. Arrivée en haut de la cuisse, elle s'est arrêtée pour prendre des notes. Sa main est restée posée tout près de l'aine. La douleur de la jambe refluait. Marianne sentait comme une détente de tout son corps et un vague chatouillis. Les élancements se calmaient peu à peu. Fin du supplice... La fille était grande et ronde, le contact de sa main inopiné, thérapeutique, très professionnel, impassible et doux. Cette femme à la peau claire n'avait que faire de la confrontation de leurs épidermes, mais semblait bienveillante. Elle sentait le lait de toilette. Ses doigts ont recommencé à lui fouiller l'aine et le haut de la jambe. Marianne s'est lentement relâchée, puis a gloussé de rire pour cacher son trouble. L'autre a rajouté quelques mots sur son cahier. Hypersthénie de la face interne de la cuisse, défense inguinale... Elle a recommencé sa palpation en souriant. Marianne a frémi une nouvelle fois. Cette main lui effleurait la peau, la touchait de façon froide et distante et son corps s'emballait un peu. Les frôlements ont cessé d'un coup. La jeune interne a récupéré son dossier, inscrit un dernier commentaire et tourné les talons en déclarant d'une voix impassible qu'elle s'appelait Delphine. Delphine Valladon. Elle a pivoté sur ses talons, sa blouse s'est entrouverte et elle a souri, peut-être rassurée d'en avoir fini avec cette patiente, précisant qu'elle allait s'occuper de son pied en tout premier lieu. Repos, immobilité, diète jusqu'au lendemain. Le regard de Marianne s'est engouffré une fraction de seconde dans la blouse entrouverte.

Elle somnole devant la télévision en serrant contre sa poitrine le livre de Machiavel. Elle se demande ce que l'interne a bien pu penser d'elle. Elle ne sait pas qu'une autre femme arrive dans la capitale des Gaules, Marie Laffranque, qui serre elle aussi un livre de chevet sur sa poitrine, un roman dont on parle beaucoup : *Le Roi des aulnes* de Michel Tournier. Ces deux femmes s'apostrophent par maladies interposées, ischémie des membres inférieurs pour l'une, poliomyélite pour l'autre. Les problèmes de santé ne comptent pas. Ce qui importe, c'est que la première va écarter la seconde et que toutes deux l'ignorent. L'une est en chaise roulante. L'autre hospitalisée à Grange-Blanche pour une série d'examens plus préoccupants qu'elle ne le pense. Elles ne savent rien du silence des organes, rien de ce qui les menace. Marianne Delcourt soupire, se relève et va éteindre le poste de télévision. Elle est fatiguée. Elle interrompt sans regret un reportage sur la manifestation de l'après-midi au palais de justice tout en songeant que, valide, elle aurait peut-être dû s'y rendre pour essayer de traquer l'émeutière inconnue. L'écran de télé noircit et elle oublie tout, laissant son visage se refléter sur la vitre bombée, une image qu'elle n'aime pas plus que ces informations rituelles de la mi-journée et les violences qu'elles annoncent. La quête du pouvoir devrait se conjuguer avec l'argent et l'intime, jamais avec la rue et les manifestants. Elle se remet au lit tandis que le train de Toulouse approche de Lyon. Marie Laffranque, dans le wagon de tête, ferme les yeux elle aussi, le visage appuyé à la vitre, le corps instable, malmené par les coups de frein et les aiguillages. Il n'y a qu'elle dans le compartiment. *Le Roi des aulnes* est tombé par terre.

La troisième femme se tait.

Elle a bossé toute la nuit au Café du Soleil et n'a pas le courage de rejoindre ses amis à l'autre bout de la ville pour distribuer des tracts. Théo se tait lui aussi. Il observe. Il étudie et elle le lui reproche assez. Il a pris du galon ces derniers temps au journal et on lui confie parfois un article sur les questions de société, une enquête, un fait divers à éclaircir. Pas question pour autant d'abandonner son fonds de commerce, les courses cyclistes, les fêtes de la saucisse, les maisons de retraite, la Beaucroissant, etc. Il y aurait beaucoup à dire sur ces lieux d'enfermement et de retrouvailles. Il y aurait beaucoup à dire aussi sur ce qui surnage de la révolution manquée et que Théodore évoque dans son article du jour. Il le termine en citant les slogans qui continuent à fleurir sur les murs en ce début des années 70.

MORT AUX TIÈDES !

COMMENT PENSER LIBREMENT À L'OMBRE
D'UNE CHAPELLE ?

Cette dernière maxime convient à Mila Galpérine… Elle se lève à la fin du déjeuner, répète qu'elle lui plaît beaucoup, secoue le visage, renifle, jette un coup d'œil dehors et se met à taper des poings sur la table. *Enragez-vous !* Oui, il ne reste que cela, l'impatience et la rage. Elle en a sa claque de leur existence normée et dépourvue d'idéal. Chaque soir, elle enfile son tablier de serveuse et rejoint la faune du Café du Soleil qui la distrait et la nourrit. Peut-être même qu'elle l'alcoolise subrepticement bien qu'elle s'en défende. Le week-end, elle dort ou se défonce. Souvent les deux à la fois avec les trimards de la Croix-Rousse ou ses copains des Tables Claudiennes. Elle voudrait attirer Théodore dans sa déglingue, il résiste, subit ses railleries quasi quotidiennes, se raccroche à des riens comme tout à l'heure quand elle s'est éveillée en fronçant les narines, s'est mise à humer la literie, puis l'a pris dans ses bras en bredouillant qu'elle adorait quand ses draps sentaient la savonnette ainsi. Il avait tout nettoyé de fond en comble. Elle a répété avec des sanglots dans la voix qu'elle aimait quand leur lit fleurait bon le vent et le savon à la lavande. Un instant il l'a retrouvée comme au début, grave, espiègle, de nouveau amoureuse. Un copain leur avait refilé une sorte de boule à manivelle pour laver le linge, elle ne marchait pas et il avait dû faire la lessive dans la baignoire comme d'habitude. Elle a jeté un coup d'œil à la boule métallique, plissé les yeux, ouvert la fenêtre et l'a balancée dehors sans vérifier s'il y avait quelqu'un dans la cour.

Elle bâille, marmonne que la vie continue, que les maos partent un à un en usine, que les trotskards tentent de se faire une place au soleil dans les médias ou la politique. Elle les méprise tous, sans oublier les pacifistes tiédasses qui se sont mis au vélo ou à la méditation, et ceux qui élèvent des chèvres ou s'en vont tuer le cochon une fois l'an dans les Cévennes. Elle sourit à Théo, refuse de lire son article et même de faire l'amour. Il lui murmure qu'elle file du mauvais coton. Elle répond que non, que c'est juste la nostalgie du chaos.

Nostalgie ou pas, les femmes se font face. Marianne Delcourt, Marie Laffranque et cette éternelle insoumise dont il est peut-être temps d'évoquer la silhouette et les mains singulières. Les mains de Mila Galpérine ne lui ressemblent pas, boudinées, enfantines, avec des coussinets de chair à la base des doigts qui la chagrinent presque autant que la cicatrice du coup de foudre. Théodore, aux premiers temps de leur amour, était fasciné par l'aspect de ces doigts qui lui ébouriffaient les cheveux, mais aussi bien le caressaient, essuyaient une larme, grillaient la viande, brandissaient les banderoles, démontaient le carburateur de la mob ou escaladaient la structure métallique de la sapinette. Rugueux, crevassés, malmenés par les travaux, ils allaient bientôt déposer des bombes. Ils incarnaient la face cachée de Mila, son attachement à une enfance libre et sans apprêt, sa tendance au bonheur. Un soir qu'elle se nettoyait les ongles après le travail, il lui murmura qu'elle avait des *mains chérubines*. Elle se détourna en grimaçant. Il était content de sa trouvaille et cela l'agaçait. Pourtant l'expression la définissait assez bien, la ramenant au geste, à la préhension, à une forme de naïveté ou d'innocence. Théodore descendit aussitôt l'inscrire en bas de la rue, sur les murs de la cité, devant l'agence du Crédit agricole, et il n'arrangea guère son cas. Mila en avait assez des inscriptions. Elle croyait d'autant moins aux chérubins qu'ils étaient en train de revenir à la mode avec d'autres entités papillonnantes plus ou moins légendaires. Les révoltés de 68 abandonnaient le livre rouge de Mao Zedong pour entonner la rengaine de l'énergie orgonique, des anges gardiens, des libres enfants de Summerhill ou des sorciers yaquis.

Fric et frime dès lors.

Trois femmes s'affrontent et ce sont leurs mains qui vont décider de tout. Les photos litigieuses du pont Lafayette ont été remisées dans les pages du *Prince* de Machiavel. L'amante du maire, pré-médicamentée pour le lendemain, n'en finit pas de somnoler. Son corps oscille aux lisières de la douleur, exactement comme Marie Laffranque depuis la prime enfance. Marianne Delcourt s'endort. Mila frotte ses mains chérubines au fond de sa parka et s'apprête à rejoindre à pied le palais de justice. Marie surgit dans les confins.

Les premiers voyageurs descendent de voiture.

Théodore Combas a été chargé par le GARM (Groupe d'action et de résistance à la militarisation) d'aller la récupérer en gare de Perrache. Il est en retard, croise quelques badauds désœuvrés dans le hall, presse le pas, cherche le bon quai, court jusqu'à la voiture de tête où l'infirme doit sûrement s'impatienter. C'est une intellectuelle, une figure renommée de la non-violence, une chercheuse au CNRS spécialiste de García Lorca. C'est la première fois qu'il la rencontre et il va devoir la porter dans ses bras. Marie Laffranque l'attend, prostrée au fond de la banquette. Elle ne s'impatiente pas. Elle est coutumière des retards et sait à quel point son corps dérange. Ses jambes sont minuscules, inertes et sans muscles. Ses doigts sont difformes, son bras droit complètement figé. Elle est légère comme une plume, un sac d'os. Elle ne peut pas se mouvoir seule, mais entend faire partie de l'humanité ordinaire et l'assume sans haine ni rancœur. Soit on la rejette, soit on la prend dans ses bras. Elle refuse l'aide des services spécialisés dans le handicap, ceux de la SNCF en particulier. C'est à ses compagnons de l'aider, pas à ces professionnels condescendants. Les voyageurs sont là autour d'elle, nombreux, vivants et en bonne santé, et elle leur demande humblement de la saisir et de la sortir du train. La plupart déclinent l'invitation. Marie Laffranque ne s'en offusque pas. Elle murmure que c'est dommage, se tasse sur sa banquette et attend la venue de quelqu'un de mieux disposé. Le wagon se vide. Les voisins de compartiment, honteux, s'en vont l'estomac en charpie, tentant de dissimuler leur gêne et leur culpabilité en offrant de prévenir les services compétents. Marie refuse les services compétents. Des hommes ordinaires ont croisé sa route comme elle a croisé celle de la maladie et c'est à eux de lui venir en aide. Les sains doivent un jour ou l'autre soutenir les malsains. Les impotents doivent interpeller les ingambes. Le portage est un devoir. Si Marianne Delcourt garde par-devers elle *Le Prince* de Machiavel, c'est *Le Roi des Aulnes* qui accompagne Marie Laffranque. La voie phorique de Tournier la bouleverse au point qu'elle trimballe ce livre dans son sac et l'offre systématiquement aux inconnus qui acceptent de la prendre dans leurs bras. Elle le rachète aussitôt, persuadée que l'hypothèse du portage, fascinante, deviendra tôt ou tard la règle pour toute personne privée de mobilité. Il lui arrive de patienter longtemps au fond de son compartiment, parfois même de repartir en sens inverse faute d'avoir trouvé quelqu'un acceptant de la sortir de son siège. Idem dans les avions, les bus, les taxis. Elle ne se plaint jamais. Elle est têtue, difforme mais taillée dans le roc. Elle sème un drôle de trouble. C'est pour cette raison, semer le trouble, ébranler le monde avec son corps disloqué qu'elle est venue participer à la manifestation de soutien à Raton et Munch, tous deux accusés d'assassinat.

Théodore la rejoint dans le wagon de tête. Il la reconnaît aussitôt. Elle lui sourit, lui dit qu'elle a fait bon voyage, qu'elle a même un peu dormi car on l'avait déposée dans le sens de la marche comme elle l'aime. Elle a les cheveux gras et s'en excuse. C'est son voisin de palier qui l'a aidée au départ de Toulouse et elle n'a pas voulu l'ennuyer avec des problèmes de toilette. Elle plante ses yeux clairs dans ceux de Théodore, lui dit de prendre tout son temps. On n'est pas pressé. C'est faux, bien sûr, ils sont en retard. La manifestation commence dans moins d'une heure et le comité de soutien a organisé une conférence de presse à laquelle Marie Laffranque doit participer. Théo regarde son petit corps d'un air accablé, refusant d'admettre qu'il le trouve laid et repoussant. Elle lui répète de prendre son temps. Son visage est si serein, si confiant qu'il craint de ne pas y arriver, de ne pas être à la hauteur. Il est à deux doigts de renoncer. Finalement, il attrape d'un geste le sac de voyage, le balance sur son épaule, se penche, glisse un bras sous la hanche de Marie, essaie de ne pas trop regarder les jambes qui ballottent, terriblement nues et atrophiées, serre les dents en passant le bras derrière sa nuque et voilà, il la relève d'un coup. C'est fait. Elle est tout contre lui. Elle ne pèse rien, elle est d'une légèreté ahurissante. Il reprend souffle et respire son odeur. Elle lui caresse la joue de sa main valide.

— Tu t'en tires pas si mal.

Oui, pas si mal. Il la serre contre son torse et sort du wagon sous le regard réprobateur des employés. À l'extérieur de la gare, dans le bus et ailleurs, même réaction, même désapprobation appuyée. Les passants jettent un regard trouble sur cette infirme déjà marquée par l'âge. Ils cherchent des yeux son fauteuil roulant et, faute de le trouver, dévisagent le porteur avec suspicion, se demandant s'il s'agit d'un amoureux, d'un parent proche ou d'un pervers.

Ils arrivent un quart d'heure après le début de la conférence de presse. Théodore la dépose à la tribune sur un siège de camping en toile et s'essuie le front. Marie transpire aussi. Il lui tend son mouchoir. Elle le refuse d'un geste agacé. Elle n'est pas en sucre. Elle lui demande juste de rester près d'elle jusqu'à la venue de son amie Mireille Debard, responsable lyonnaise du GARM, qui a l'habitude de son handicap. Mireille est en retard elle aussi. La conférence de presse finit par reprendre, et, au bout d'un temps, Marie commence à se tortiller sur son fauteuil. Elle appelle Théo de sa voix douce et navrée. Il comprend à la seconde. Les mots sont inutiles. Il se baisse, glisse à nouveau la main sous sa hanche. Cela fait des heures qu'elle attend. D'ordinaire, Mireille s'occupe de ce problème dès la sortie de la gare, et là, maintenant, il lui est impossible de se retenir davantage. Théodore hoche la tête et l'emmène directement aux toilettes, un réduit en béton à l'extérieur du bâtiment. Des militants sont en train de déployer leurs banderoles au fond de la cour. Ils froncent les sourcils en voyant Théo transporter son petit paquet humain, s'écartent en bougonnant. Théo pousse une première porte, constate que ce n'est pas propre, continue plus loin, ouvre un second battant.

À peine mieux… Il referme le vantail, tire la targette, récupère un mouchoir au fond de sa poche, puis astique tant bien que mal le siège tout en maintenant l'infirme contre lui. Une fois sur la lunette, Marie le remercie de sa voix enveloppante et mortifiée. C'est gentil d'y avoir pensé. Ses défenses immunitaires sont très affaiblies et, dans ce genre de lieu, elle attrape tous les microbes. Théo balance le mouchoir dans la cuvette, l'aide à se dévêtir et, là, c'est de nouveau la voix navrée qui le soutient et l'accompagne. Il la déshabille dans une sorte de brouillard, ne sait comment arranger ses petites cuisses autour du siège. Il bataille avec la honte et la pudeur, mais elle lui souffle à nouveau que rien n'est grave, qu'il peut bien vomir s'il en a envie, qu'elle en a vu d'autres. Il ne vomit pas. Il se souvient des premiers temps de son amour avec Mila, quand le vertige l'avait pris en haut du manège de la Beaucroissant et que Farid, l'ouvrier du père, avait surgi de la foule pour prendre sa place. Son siège était redescendu à mi-hauteur et il était resté à tournoyer mollement, luttant contre la nausée qui lui serrait la gorge tandis que les deux autres s'envolaient vers les sommets. Pas de nausée ici, juste un cœur qui vacille. Marie Laffranque le rassure, lui chuchote qu'elle va s'arranger pour la suite, qu'elle arrivera bien à s'essuyer toute seule. Il détourne la tête et, effectivement, elle se débrouille. Ensuite il l'aide à se rhabiller. Il le fait en fermant les yeux et elle lui caresse de nouveau la joue. Ils se sourient. Il la prend dans ses bras et l'emmène sur le quai avec l'impression d'avoir renversé des montagnes. La conférence de presse vient de se terminer. Il l'installe dans le fauteuil roulant que les organisateurs ont finalement dégoté pour elle, remonte la Saône au pas de course, rejoint ses camarades avec une sorte de joie sauvage.

9

Les CRS sont planqués dans une rue adjacente, discrets, peu nombreux. À l'évidence, ils soignent leur image et n'ont pas l'intention d'intervenir malgré l'interdiction de manifester décrétée par le préfet Moulins. Il y a déjà pas mal de monde sur les marches du palais de justice. L'ambiance est pacifique, les militants bruyants et rigolards. Les vingt-quatre piliers en pierre soutenant l'édifice ont été recouverts d'affiches dénonçant ce procès joué d'avance, une caricature de justice. Des banderoles claquent au-dessus des eaux grises de la Saône, le plus assagi des deux fleuves. Les slogans fusent ci et là, repris par la foule qui grossit à vue d'œil. Théodore, Marie Laffranque et leurs amis non violents du GARM rejoignent le gros des troupes assemblé sur l'esplanade, les trotskards, les mao-spontex, les moralistes de la Gauche prolétarienne, les copains trimardeurs de Claire Auzias et tout ce que la ville compte encore de protestataires sans véritable idéologie. Pas de barricade, pas de pavés, pas de véhicule en feu. On entend quelques bruits de bottes dans les rues avoisinantes mais nul ne s'en préoccupe car le service d'ordre est en place, la presse nationale bien représentée et le palais de justice de Lyon doit rester en toutes circonstances une sorte de sanctuaire. On ne réprime pas le peuple en de tels lieux. Une douzaine d'orateurs se succèdent en haut des marches, dénonçant l'inanité des charges retenues contre les accusés, le scandale de leur détention provisoire, les conclusions hâtives et partiales de l'instruction. La droite au pouvoir exige depuis des mois un châtiment exemplaire alors que Raton et Munch sont revenus sur leurs aveux quelques jours seulement après avoir été jetés en prison. Les avocats affirment qu'ils ont été torturés, peu importe, ils sont responsables de la mort du commissaire Lacroix et leur côté déstructuré les isole du commun des mortels. Ils n'ont jamais trop gagné leur vie et ils se droguent ouvertement. On les a vus monter sur la banquette avant du camion Jouannin. On les a vus foncer droit devant en éclatant de rire.

Danton et Gitan sont là eux aussi, suivis du grand Bibi dégingandé qui embouche par intervalles un petit clairon d'infanterie volé le matin même dans une brocante du quartier d'Ainay. La trompe en cuivre bat contre son torse, accrochée à un bout de ficelle. L'ambiance est tranquille, bon enfant. Les trimards en profitent pour fourguer discrètement leurs barrettes de kif et leurs pilules d'acide. Les affaires marchent plutôt bien. Les responsables de la manif ont choisi de fermer les yeux sur leur petit trafic car cette bande de foutraques se fiche pas mal des codes de la société. Pour eux ce rassemblement est un baroud d'honneur et l'issue du procès ne fait aucun doute. La seule interrogation qui reste concerne la peine que le jury va infliger à leurs deux copains. Les zonards sont prêts à tout, y compris au sacrifice, mais là il s'agit d'une cause perdue et ils préfèrent boire, se défoncer, oublier la lutte des classes et jouir du temps présent. Ce procès va solder l'héritage de mai 68.

Il faut laisser les maos et leurs théories fumeuses sur le bord du chemin tout en faisant acte de présence, rêvant même de casser la tirelire, de prendre la société de revers, peut-être de faire dérailler le train à la manière de ces non-violents du GARM qu'ils croisent dans chaque cortège, peu nombreux mais parfaitement organisés, qui agacent fortement les Renseignements généraux.

Pour preuve, une poignée d'entre eux est parvenue à investir le PC atomique Mont-Verdun, second poste de commandement des forces nucléaires françaises. Ces foldingues sans foi ni loi sont arrivés jusque dans la salle où sont censées se prendre les décisions les plus critiques pour l'avenir du pays. La police militaire les a stoppés au tout dernier moment. On ne sait comment ils ont pu pénétrer dans ce lieu tellement protégé et secret. Certains parlent de réitérer leur exploit dans les mois à venir pour démontrer que n'importe quel individu cynique ou culotté peut investir à tout moment le cœur névralgique de la nation. Il paraît que la femme handicapée de cet après-midi, universitaire de renom arrivée par le train de Toulouse, fait partie du groupe de pacifistes échevelés. On se demande ce qu'elle vient faire ici avec sa chaise roulante, filant d'un groupe à l'autre voûtée sur ses deux accoudoirs, expliquant de sa voix posée que Raton et Munch sont des asociaux, que les dissemblances ne doivent jamais isoler quiconque, que la défiance n'a pas sa place ici et encore moins la suspicion. Elle est bien placée pour savoir combien les apparences sont trompeuses. On dirait une poupée de chiffon.

La manifestation prend fin sur le coup de dix-neuf heures trente.

Au moment de la dispersion, un cordon de gendarmes mobiles se déploie sur le quai Romain-Rolland et empêche les voitures de circuler. Pas grave, nous sommes venus à pied. Rendez-vous est pris pour dans dix jours, au matin du procès. Les militants replient leurs banderoles et partent sourire aux lèvres. Des piles de tracts sont abandonnées devant le palais de justice et à l'entrée de la passerelle. Bibi et Gitan, bougons, nous regardent plier notre matériel en haussant les épaules et en épiloguant sur les bourgeois que nous sommes tous devenus, des poules mouillées qui ne veulent même plus se battre, qui méprisent la défonce et les plaisirs de ce bas monde. Eux au moins sont libres et couillus. Ils ne méritent pas notre dédain de rentiers ou de futurs pères de famille. Ils décapsulent les canettes de bière avec leurs dents, pissent dans les entrées d'immeubles et se fichent du monde entier. Deux types s'approchent de Bibi et Gitan et, pour faire bonne figure, joignant le geste à la parole, baissent leur froc contre les colonnes du Palais et se soulagent de concert avec eux. Au moment de se reboutonner, le plus jeune sort un énorme joint de son blouson, roulé dans du PQ, plutôt alléchant, importé directement de l'Atlas marocain. Il allume son monumental chichon et le propose à la cantonade. Bibi déguste en premier. Un peu rêche, pas du tout frelaté. Danton arrive sur ces entrefaites, goûte à son tour et propose d'échanger leur camelote. Les deux types acceptent. Ils s'éclipsent dans une cour d'immeuble et là, bonasses, ne se méfiant de rien, Gitan et Bibi déplient leurs victuailles sur le bord d'une fenêtre. Aussitôt les faux clients sortent leur carte de police, attrapent Gitan par le col, lui passent les bracelets et tentent de faire main basse sur la marchandise. Bibi, maigre et nerveux, est plus rapide qu'eux. Il fourre le chichon dans sa poche, ses provisions dans une bouche d'égout et leur file entre les doigts en soufflant comme un damné dans son clairon. Daniel Danton est alpagué à son tour. Les trimardeurs restés aux abords de la manif relèvent la tête comme un seul homme. Ils se précipitent à l'arrière du Palais, mais les deux types en civil ne sont pas les seuls à avoir infiltré le rassemblement. Une poignée de flics chevelus émerge de la manif et file leur prêter main-forte. Bibi disparaît dans une traboule.

La nuit est sur le point de tomber. Les trimardeurs, furibards, se rendent compte que le quartier est en passe d'être bouclé. Ils courent vers la place du Gouvernement, butent sur des barrages très compacts qui prennent position aux différents croisements. Ils refluent vers l'esplanade, arrachent ce qui leur tombe sous la main, grilles, lampadaires, panneaux de circulation, poubelles. Les CRS se regroupent au milieu du quai. Des renforts arrivent de tous côtés. Les zonards de la Croix-Rousse érigent une première barricade rue Saint-Jean. La tension monte d'un coup. Bibi profite de ce tumulte pour sortir du bois, provocateur comme à son habitude, usant et abusant du clairon d'infanterie. Cette trompe casse les oreilles de tout le monde et ne fait qu'exaspérer les forces de l'ordre. Finalement, Bibi l'abandonne et s'avance en première ligne. Le silence envahit l'esplanade. Le trimard plonge la main dans sa besace, en sort le pétard marocain et le brandit au-dessus des têtes. Au même moment le capitaine de gendarmerie Denoël attrape un porte-voix et demande aux manifestants de se disperser dans le calme. Les rues sont bloquées. Ne reste que la passerelle sur la Saône pour s'échapper.

Bibi jette le pétard, récupère une poubelle et la fait tournoyer au-dessus de sa tête. C'est comme un signal. Le couvercle de la poubelle atterrit contre la façade du palais de justice et Bibi, sans le moindre signe avant-coureur, se précipite vers le barrage de la rue Mandelot. Début de la contre-offensive. Ses potes lui emboîtent le pas, sautent la barricade, foncent vers la place Saint-Jean. Les forces de l'ordre regroupées à cet endroit tirent au jugé quelques grenades, puis reculent et s'enfuient en désordre dans les rues adjacentes. Bibi embouche sa trompette. Après une course-poursuite de trois ou quatre cents mètres les trimards se retrouvent seuls devant la cathédrale.

Le barrage a été enfoncé avec une étonnante facilité. On entend de nouveau le clairon de Bibi résonner entre les venelles du vieux Lyon tandis que le capitaine Denoël rassemble ses troupes sur le quai et annonce avec son porte-voix qu'il va dégager la voie publique. Les militants aventurés sur la passerelle refluent vers la rive droite de la Saône. Un haut-parleur se met à crachoter sous les colonnes du palais de justice. Les responsables de la manifestation demandent à chacun de garder son calme, de s'asseoir sur la chaussée et d'attendre pacifiquement que la situation se clarifie. La foule obéit en maugréant mais c'est déjà trop tard. L'heure n'est plus à la non-violence. Des affrontements sporadiques éclatent de nouveau à l'arrière du Palais. Constatant que des poubelles recommencent à brûler ci et là, le capitaine de gendarmerie repose le combiné de son téléphone de campagne, descend la visière de son casque et s'avance menton en avant. Les CRS serrent les rangs derrière lui. Au premier coup de sifflet, ils lèvent leurs lance-grenades et tirent en direction de la foule assise devant le Palais. Au deuxième, ils enfilent leur masque à gaz. Un nuage de fumée se répand devant eux. Ils s'ébranlent.

Les quelques enragés qui comptaient en découdre reculent et butent sur leurs camarades assis au pied des marches. S'ensuivent une bousculade, des cris, des piétinements. Un détachement de gardes mobiles prend position à l'entrée de la passerelle et chacun comprend alors que le piège se referme. Théodore n'hésite pas plus longtemps. Il se lève, se précipite vers Marie Laffranque qui attend à l'écart, la tête sur la poitrine, les yeux rougis, pressant un ridicule mouchoir de batiste sur son visage. Il attrape les bras du fauteuil et la soustrait au nuage toxique. Elle proteste, cherche des yeux son amie Mireille Debard, ne la trouve pas, se débat en pestant. Le vacarme enfle. La foule reflue d'un côté puis de l'autre.

Mila Galpérine semble indifférente tout à coup. Le tumulte ne l'intéresse pas. Elle nous regarde en fronçant les sourcils, comme si une pause s'imposait, comme s'il lui fallait d'abord comprendre ce que je fabrique avec l'infirme. Rien. Je ne fabrique rien. Je la mets à l'abri. Elle est si menue, si fragile. Je la revois agrippée à la lunette des W-C au fond de la cour. Pas question de la laisser seule face à ces enragés. Allez, on s'en va. La manif dégénère. Viens, Mila. Je connais bien le quartier. On peut encore s'éclipser par la traboule de la place du Gouvernement. Mila réfléchit. Le petit bras de Marie s'agite au fond du siège roulant. Je balaie l'esplanade des yeux en cherchant une solution. Marie lève sa main valide, attrape la mienne, me serre les doigts avec une énergie incroyable, me fixe des yeux et, d'une voix nouvelle, étrangement impérieuse, m'ordonne de faire demi-tour et de la déposer devant les flics.

— Ils n'oseront pas charger une infirme. C'est l'avantage du handicap, un petit privilège ridicule... Je vais stopper l'attaque.

Elle ajoute qu'elle sait ce qu'elle fait, qu'elle maîtrise la situation.

— Grouille-toi !

Les CRS continuent d'avancer. Je regarde ces rangs d'hommes casqués et sûrs de leur bon droit, avec leurs lance-grenades et leurs masques à gaz. Marie plante à nouveau ses ongles dans ma paume. J'hésite. Sa demande est absurde. Marie répète que les flics n'oseront jamais la bousculer, que cette technique a été éprouvée des dizaines de fois, que c'est la seule façon d'éviter l'affrontement. Les bottes approchent, les jugulaires sont tendues, les boucliers brandis à hauteur de visages, la mécanique impeccable. Marie me caresse le bras. Elle le frôle si doucement au milieu du vacarme, avec une telle confiance et une telle loyauté, que soudain j'obéis. Je pivote sur mes pieds, attrape le fauteuil roulant, traverse la foule et dépose notre handicapée en première ligne, exactement là où elle me le demande. J'ai à peine le temps de nouer un foulard autour de son cou et de repartir. Elle me sourit, ne fait plus un geste… Elle observe sans ciller les lacrymogènes qui diffusent leur poison alentour. Elle affronte les CRS sans moufter, seule, jusqu'à ce que la première rangée ralentisse, que les gendarmes baissent leurs fusils, hésitent et finissent par s'arrêter. Elle hoche la tête, les remercie de son bras valide. Le capitaine arrive sur ces entrefaites et, désorienté lui aussi, stoppe à quelques mètres du fauteuil. Elle lui sourit. Le silence tombe sur le quai, pesant, seulement troublé par le bruit de la circulation sur l'autre rive.

Le capitaine dévisage sans un mot cette femme au corps d'enfant, aux cheveux gris et au sourire de madone. Les rangs de gendarmes mobiles se reforment lentement devant elle. Le petit bout de femme continue de les fixer avec bienveillance.

Le clairon de Bibi sonne, personne n'y prête attention. Le téléphone de campagne grésille à la ceinture du capitaine, il s'en fout lui aussi, il doit se décider. Il hésite encore quelques instants, puis enfile son casque avec un rictus. Son coup de sifflet traverse l'esplanade et nous vrille le tympan. Les gendarmes mobiles reprennent leur marche. Cette fois, Marie Laffranque ne nous protège plus. La non-violence a ses limites. Le fauteuil est devant eux, au milieu du quai, en plein dans la trajectoire. Ils l'évitent comme ils peuvent, bousculent malgré tout l'infirme qui part en arrière, butte sur le cordon suivant, zigzague entre bottes et boucliers et, déséquilibrée, se couche sur le flanc. Sa tête frappe le goudron. Son corps roule entre les jambes des CRS. Elle se replie en boule, se protège avec les mains.

Mila Galpérine est la première à réagir alors que le gros des manifestants, sans se concerter, se lève d'un bloc autour d'elle. Je bondis moi aussi sur mes pieds, mais une grenade assourdissante explose contre un banc à quelques mètres et je me plie en deux de douleur. Je tombe à genoux et reste là, prostré sur le macadam, incapable de bouger. Mila est déjà loin. Je finis par me redresser et l'aperçois devant les CRS, penchée au-dessus du corps de Marie Laffranque qu'elle essaie de prendre dans ses bras. Marie reste au sol. Elle résiste, figée dans sa posture non violente, refusant toute aide, interdisant qu'on l'installe dans son fauteuil. Mila ne comprend pas. Au bout du compte, la mort dans l'âme, elle renonce à la secourir. Elle se remet debout d'un air hébété. Les CRS l'entourent. Elle les toise une seconde, elle est cernée de toutes parts. Ils la ceinturent en ignorant l'infirme. Ils l'embarquent sans ménagement.

Marie Laffranque reste à terre. Il semble que son corps rabougri n'intéresse plus personne. Ce sont les trimards qui soudain focalisent l'attention des forces de l'ordre. Ce sont eux qui fascinent et effraient. Ils se regroupent, saisissent tout ce qui leur tombe sous la main et se mettent en marche. Nous les suivons comme un seul homme. Nous sommes scandalisés et prêts à tout. La protestation enfle, une clameur indignée traverse la foule de manifestants qui cette fois n'hésitent plus. Les gendarmes mobiles comprennent qu'ils vont être submergés, balayés comme des fétus. On ne peut rien contre une foule enragée… Ils tentent de resserrer les rangs, mais c'est la débandade. Ils reculent dans le plus grand désordre, battent en retraite. Nous chargeons. Nous sommes invincibles. Nous sommes déchaînés. Nous libérons la place en quelques minutes. Le capitaine Denoël s'engouffre à l'intérieur de son véhicule de soutien. Nous enfonçons leurs lignes.

10

Marie repart à Toulouse dès le lendemain. Je dois la déposer dans le wagon de tête comme la première fois. Comme la première fois également, le personnel et les voyageurs nous dévisagent avec méfiance. Nous les ignorons. Marie a dormi chez son amie Mireille Debard et paraît rajeunie de dix ans, proprette, maquillée, avec des habits repassés qui lui donnent des airs de jeune fille. Elle me caresse à nouveau la joue alors que je la serre contre moi et zigzague dans le bus pour trouver une place assise. Arrivé à la gare, je dois la conduire aux toilettes comme la veille, c'est plus facile cette fois, moins éprouvant. Et puis il se passe cette dernière chose au moment de lui dire au revoir. Je viens juste de l'installer dans son compartiment. Nous sommes seuls, un peu en avance. Les voyageurs qui glissent la tête dans l'encadrement de porte reculent immédiatement. Je la dispose comme elle le souhaite, dans le sens de la marche, près de la fenêtre. J'installe ses livres et son casse-croute sur la tablette, ses lunettes à portée de main, son stylo. Il fait un peu frais dans le compartiment. Elle me demande de l'aider à arranger ses habits. Je déplie un plaid sur ses jambes, couvre ses épaules avec son châle et là, enfin, elle prend des nouvelles de Mila. Je n'en ai pas. Je vais essayer de me renseigner dans la matinée, mais sans grande illusion. J'ai juste eu le temps d'appeler ses avocats avant de partir.

— Ses avocats ?…

— Oui. Elle a déjà fait de la prison.

Marie fronce les sourcils d'un air contrarié.

— Moi aussi, remarque.

Marie Laffranque incline la tête de côté et murmure que nous sommes un peu jeunes pour avoir eu maille à partir avec la justice. Je lui rétorque que nous ne sommes pas si jeunes que cela… J'ai même l'impression de vieillir à toute vitesse. Vingt-huit ans dans trois mois. Objecteur de conscience il y a dix ans. Pigiste au *Progrès* depuis. Amoureux d'une indocile marquée par la foudre. Cinq années de vie commune plus ou moins agitée et elle, à trente ans, malgré son CAP de cuisine et son diplôme de grilleuse, est toujours serveuse de nuit au Café du Soleil. Nous sommes sur la pente descendante. Un temps de retard côté carrière et un temps d'avance côté fatigue. Marie hoche la tête. J'arrange le châle sur ses épaules et m'apprête à lui souhaiter bon voyage, à l'embrasser. Elle se penche vers moi, me saisit le bras de sa main valide, le serre violemment comme la veille au moment de me demander de la tirer devant le cordon de CRS.

— Oui ?…

Pas de réponse. Deux pupilles très claires, à peine plus sombres au centre, qui me fixent intensément. Ses yeux sont comme nus, elle a des cils assez courts, des sourcils très minces. Cela rajoute à l'étrangeté de son visage. Je la regarde. Je n'ai pas le temps de réfléchir à la singularité de ses traits ni a fortiori à celle de la situation car, d'un geste doux et assuré, elle attrape mes doigts et les pose sur sa poitrine. Je sursaute. Je tressaille. Une pensée me traverse, que je chasse à la seconde... Donc ce bout de femme a des seins comme tout le monde, plutôt ronds et bien faits, fermes, haut placés. J'ai la main dessus. Je retiens mon souffle. Je suis tétanisé. Je deviens une sorte de capteur vivant. Elle murmure que sa poitrine est nettement plus sensible que le reste de son corps et que personne ne la touche jamais, sinon les soignants par inadvertance et bien sûr les pervers. Les pervers l'importunent plus souvent qu'on ne l'imagine et là il faut se défendre, batailler. Parfois même il lui arrive de manquer de courage et de renoncer à sa dignité, de faire comme si de rien n'était. Elle me sourit d'un air las... Par chance, je ne suis ni l'un ni l'autre.

J'ai la main sur sa poitrine. Elle me répète de sa voix calme et douce que je ne suis ni soignant ni pervers. Je perds pied. Tout cela me dépasse. Je suis à moitié groggy, je fais docilement ce qu'on attend de moi. Elle veut peut-être renouer avec une forme d'insouciance, un rêve de liberté... Je caresse ses seins en me mordant les lèvres. Cela dure une minute ou deux et, par malheur, j'ai un début d'érection. Les yeux me piquent. Aussi scandaleux que cela puisse paraître, mon ventre réagit en caressant cette infirme que personne ne touche jamais. C'est affligeant. Je suis submergé par la honte, mais elle le désire ainsi. Son corps tremble légèrement. Le mien se calme bientôt et nous plongeons dans une sorte d'abîme. Il faut qu'un voyageur à destination de Béziers tire soudain la porte du compartiment et nous découvre appuyés l'un contre l'autre, elle basculée en arrière sur la vitre et moi penché vers sa poitrine, blanc comme un linge, il faut cette intrusion pour que notre manège s'arrête, qu'elle referme son chemisier, se redresse et se mette à bavarder de choses et d'autres. Le bonhomme repousse la porte avec une grimace consternée. Marie me sourit, je vois bien pourtant qu'elle est mortifiée elle aussi. Elle s'appuie contre le rideau, serre les poings, se fige. Nous restons immobiles dans notre compartiment, tout près de la motrice, à quelques minutes du départ, les yeux humides, penauds, entravés par nos errements d'êtres charnels et par les éblouissements de la vie. J'ai l'impression que nous ne sommes pas si différents que cela. Elle, c'est tout le contraire. Elle veut déjà oublier. Elle sort de son immobilisme, s'essuie les yeux de sa main valide, puis me désigne la porte d'un air navré et résolu que je ne lui connaissais pas. J'acquiesce et me lève sans un mot. Je suis mort de fatigue, complètement rincé. Je bredouille une excuse qu'elle balaie d'un geste. Elle me fait signe de disparaître. Elle me chasse. Nous ne nous verrons plus. Nous ne parlerons plus jamais de rien. Elle bat des paupières pour me remercier tout en continuant à me désigner la porte. Je fais demi-tour dans le compartiment. Ses yeux sont transparents, son corps respire à nouveau la bonté et la disgrâce. Je m'en vais en courant.

Après avoir guetté plusieurs mois une lettre ou un message de sa part, je remise cet épisode dans les replis de ma mémoire, ce grand fourre-tout inutile et plaintif. Je passe à autre chose. On passe toujours à autre chose. Un matin pourtant, deux ans et demi plus tard, en début d'été, je découvre une carte postale dans ma boîte à lettres avec un fragment de poème recopié à la main. Pas la moindre allusion à ce que nous avons vécu, ni au roman de Michel Tournier et sa théorie du portage, ni à la manifestation du palais de justice. Pas d'adresse. Pas la moindre explication sauf une courte note manuscrite précisant que les vers en question sont de Machado, un auteur espagnol peu connu qu'elle a décidé de traduire.

Si un seul grain de la pensée pouvait brûler
Non dans l'amant, mais dans l'amour
Ce qu'on découvrirait serait pure vérité
Et tous les miroirs se casseraient…

Voilà, les miroirs se cassent et ce qu'on découvre est pure vérité. Théodore ravale sa honte. Sur deux vœux prononcés, il y en a toujours un de trop. Il s'était promis de découvrir ce qui s'était passé exactement à Lyon durant la nuit du 25 mai 1968. À présent, il veut aussi réhabiliter le destin de Marie Laffranque. Il va utiliser des phrases plutôt que des photographies puisqu'ici les images sont impuissantes, réductrices et grossières.

Si un seul grain de la pensée pouvait brûler
Non dans l'amant, mais dans l'amour…

Il a également juré de rapporter à Mila la moindre de ses aventures et, pour l'heure, il garde le silence. Ce n'était qu'une péripétie, un vertige, un moment d'égarement. Tout est allé si vite. Cet événement minuscule pourrait ne pas avoir eu lieu. Pourquoi se perdre en conjectures quand les événements n'ont pas eu lieu, quand il ne se passe rien ? Pourquoi décrire, gloser, interpréter quand ce sont seulement les corps qui s'expriment ? Deux peaux se sont frôlées, ont frémi, ont consenti à un peu de trouble et de bienveillance. Rien d'autre. Théodore se lève, regarde la ville en soupirant. Tout va trop vite ces jours. Ce qu'il vient d'apprendre à l'instant, alors que le souvenir de Marie Laffranque se diluait dans les grains de la pensée, est autrement plus grave. Il n'en revient pas. Il se rassied face à Delphine Valladon qui se mord les lèvres. Il évoquerait volontiers Marie Laffranque avec elle, eh bien non, il faut parler de ce mot étrange, AOMI, qu'elle leur répète en crispant les poings.

Elle le redit, le tourne dans sa bouche. Théo ne le prononce pas lui-même, il épelle seulement les lettres du sigle et elles roulent sous sa langue en effet. Elles pourraient aussi bien désigner une princesse japonaise, une variété de roses, une poupée des Andes ou un jeu de hasard plutôt que cette affection artérielle horriblement douloureuse... AOMI, joli condensé de voyelles réunies autour du *m* rassurant de maman, du *o* rond et parfait, de la flèche du *i*. Mais Delphine Valladon est interne en chirurgie vasculaire et ce qu'elle leur révèle dépasse l'entendement. Il faut revenir en arrière le plus vite possible, tenter de protéger Mila, s'excuser auprès d'elle, se confondre en excuses. Théodore n'y comprend rien. Il oublie Marie Laffranque suppliante et magistrale dans son compartiment et s'en retourne au présent qui les plonge dans le chaos. Ainsi Marianne Delcourt, qui a disparu de leur vie depuis six ou sept ans, réapparaîtrait soudain, flottant entre deux eaux comme un ludion, tournoyant sur elle-même dans l'arrière-monde, aussi combative et menaçante qu'au début... Marianne Delcourt, l'amante des premières fois, la rivale, l'accusatrice, la mère du copain mort.

AOMI. Ce pourrait être aussi le prénom de la femme de ménage antillaise arrivée ces jours dans le service de chirurgie vasculaire, ou une variété de fruit issue d'accouplements entre prune et kiwi, mandarine et pamplemousse, ou encore une effigie en terre cuite des îles Marquises. Non, pas de brugnon en vue, seulement cette artériopathie obstructive des membres inférieurs qui colmate le mollet gauche de Mme Delcourt, veuve de guerre, grande fumeuse et conseillère privée du maire de la ville. Marianne n'est pas douillette. Si ses premiers jours d'hospitalisation ont soulagé une part de ses souffrances, en réalité son état s'aggrave. Delphine est revenue l'examiner à plusieurs reprises. Elle a continué ses massages et ses palpations, chaque matin plus inquiète et plus concentrée. L'hématome s'étend. Une deuxième phalangette est en train de noircir et son pied se couvre de taches suspectes. Au cours de ces examens, peut-être sous l'effet de la morphine, Mme Delcourt s'est abandonnée à une sorte de léthargie bizarre, une langueur érotique souvent décrite dans les manuels, frondeuse et nourricière, comme si la sensualité était l'ultime recours de ce genre de patientes, leur bouée de sauvetage. Delphine aime les femmes. Elle a noté ce trouble, l'a mentionné sur son cahier, même si elle n'y a pas vraiment prêté attention. L'heure n'est pas à la mobilisation des sens. Marianne Delcourt ne va pas bien. Il va falloir l'amputer en urgence de ses deux orteils, puis tenter de déboucher son artère tibiale.

Ce qui la sauve, c'est Machiavel. Son exemplaire du *Prince* repose sur la table de chevet, corné, avec des signets et des photos glissées sous le rabat. Delphine Valladon s'assoit au bord du lit, examine un instant la couverture de l'ouvrage en cherchant contenance, lève les yeux et annonce qu'elle arrive au bout de ses investigations. Il va falloir composer. Marianne Delcourt hausse les épaules.

— Composer ?…

— Deux phalangettes de votre pied gauche sont nécrosées, madame Delcourt. La gangrène diffuse et menace les autres orteils. Nous devons réagir.

Marianne devrait se rebiffer, pâlir, sangloter, se mettre à trembler, or rien, aucune réaction. Les tirages photographiques sont sortis du rabat et ont glissé jusqu'au sol. L'interne se baisse, les ramasse, puis se rassied. Elle prend une grande inspiration.

— On vous opère demain matin. Je vais être franche, nous envisageons l'amputation de vos doigts de pied, le médian et le petit orteil…

Marianne ne quitte pas des yeux l'une des photos récupérées par le médecin.

— Vous discernez quoi, vous, sur ce cliché ?

Delphine pose une main compatissante sur son épaule.

— Vous allez être handicapée, madame Delcourt…

— Vous voyez quoi ?

L'interne hausse les épaules.

— Une cabine de camion avec une silhouette agrippée au marchepied.

— Féminine ?

— Oui.

Marianne Delcourt écarte brusquement ses couvertures, sort du lit, étouffe un grognement en posant le talon par terre, se plie en deux sous le sommier et récupère la dernière photo.

— J'y tiens comme à la prunelle de mes yeux.

Elle parle de la photo, pas du tout de ses orteils. Elle est bizarre. Delphine y jette un bref coup d'œil comme elle le lui demande, et tente de décrire le protocole chirurgical du lendemain. Elle s'arrête net, fronce les sourcils, fixe une deuxième fois le cliché que Marianne Delcourt continue de secouer sous son nez. Elle le regarde attentivement, une main sur la bouche. Marianne Delcourt l'observe avec minutie et marmonne qu'elle doit absolument retrouver cette fille, que c'est essentiel pour son travail.

— Quel travail ?

Là, Marianne improvise. Il faut donner le change. Elle affirme qu'elle est en train d'achever une thèse de sociologie sur le rôle des femmes dans les mouvements sociaux de la dernière décennie. Delphine hoche la tête. Elle ne s'intéresse que modérément à la sociologie, mais, oui, elle connaît la fille et ses airs bravaches. Aucun doute, c'est bien Mila Galpérine qui, les jambes plantées dans les poubelles, rayonne là pour l'éternité avec ses cheveux au vent et son sourire d'ange. Qu'est-ce que cette photo fabrique dans les pages du livre de Machiavel ? Mystère. Delphine se souvient du barrage des Cordeliers, de la débandade des étudiants, de son tête-à-tête avec la belle inconnue, des CRS commençant à charger, de leur course dans les rues de la ville, main dans la main, jusqu'à ces chiottes nauséabonds où, joue contre joue, elles n'avaient eu d'autre choix que d'attendre en guettant les bruits de bottes dans le couloir. Elle se souvient de la puanteur, de la reculade inespérée des poursuivants, de leur baiser dans l'appartement de la rue des Os rangés. Du bain aussi. Le reste, elle ne veut pas en entendre parler… Delphine se passe la main devant les yeux et recommence à observer sa patiente qui se fiche de sa santé, ne s'intéresse qu'à Machiavel et à des photographies sans intérêt. Marianne Delcourt secoue la tête et redemande d'une toute petite voix si par hasard elle connaîtrait la fille. L'interne hausse les épaules. Bien sûr qu'elle la connaît… Elle l'a même hébergée dans son appartement de la Croix-Rousse. L'autre se redresse, la fixe de ses yeux pétillants, lui prend les mains et se met à les baiser avec effusion. Delphine fronce les sourcils, arrange les couvertures et décide de lui administrer de nouveau un calmant. Elle installe Marianne du mieux qu'elle peut, puis, à sa demande, examine le dernier cliché. Un camion de chantier s'élance vers ce qui semble être un pont avec, en arrière-plan, un trottoir, un parapet et un groupe compact de silhouettes impossibles à distinguer les unes des autres. Tout est flou excepté la calandre, la raison sociale du véhicule peinte au pochoir sur la portière et la roue avant. La scène baigne dans une sorte d'atmosphère d'émeute urbaine. Delphine n'identifie ni le fleuve ni la ville au-delà. Par contre, elle reconnaît immédiatement les mains chérubines agrippées à la portière, la jambe appuyée au marchepied, la silhouette sans visage qu'elle a aimée et qui l'a laissée au bord du chemin.

Voilà… Théo se tourne vers Mila qui vient juste de rentrer et semble complètement anéantie. Elle s'allonge sur le sol en murmurant que c'est mort, c'est trop tard. Elle se frotte les yeux et, fataliste, répète que tout est fichu. Théo lui saisit la main, mais elle se dégage pour évoquer avec un rictus sa garde à vue et son destin de merde, sa malchance abyssale.

— Impossible à rassasier, notre besoin de consolation, c'est bien ça ? C'est ce qu'on disait à l'époque ?

Théo approuve de la tête. Elle se détourne, redit que les jeux sont faits et qu'il vaut mieux se taire à présent. Les flics savent déjà tout. Ils ne la lâcheront plus. Elle se replie en chien de fusil et écoute son amie Delphine les yeux dans le vague, ne réagissant qu'à l'annonce de l'amputation des doigts de pied de son ancienne rivale, cinq orteils au bout du compte, plus un curetage de la voûte plantaire. Alors elle se lève, attrape une chaise, dit qu'elle en a marre des cicatrices et des blessures, balance la chaise au loin, retombe sur ses genoux en marmonnant que c'est fichu, mais qu'elle veut bien connaître la fin de l'épisode comme dans les films. Delphine s'approche et, des sanglots dans la voix, confirme qu'elle a bien donné son nom, qu'elle était si stupéfaite d'avoir reconnu les mains agrippées à la portière du camion qu'elle les a identifiées sans la moindre hésitation, sans penser aux conséquences. Ensuite elle a indiqué que l'émeutière devant la barricade était probablement la même personne. Marianne le lui a fait répéter en se frappant la poitrine. Elle respirait bizarrement. Delphine l'a laissée entre les mains d'une infirmière avant d'aller remettre son rapport au chef de service. Peu après l'infirmière l'a vue sortir de la chambre et filer vers les ascenseurs. Elle est descendue à l'accueil, a passé plusieurs coups de téléphone. Un commissaire de police est venu lui rendre visite l'après-midi même. Mme Delcourt jubilait, interpellait les patients dans le couloir en annonçant qu'elle avait retrouvé la responsable de la course folle du camion Jouannin. Le commissaire Lacroix allait être vengé et Raton et Munch en partie déchargés de leur faute.

Delphine n'a rien pu faire pour rattraper sa bourde. Elle s'excuse, dit une nouvelle fois à Mila qu'il faut fuir la ville. Elle lui répète sur tous les tons que Marianne Delcourt n'en restera pas là, qu'ils doivent quitter Lyon au plus vite, mais Mila la regarde avec sa moue d'adolescente frondeuse. Elle se fiche de ces anecdotes. Elle lui prend les mains et murmure que les flics sont déjà au courant. Ils l'ont cuisinée des heures.

Delphine Valladon, au bord des larmes, se mord les lèvres. Mila ajoute que pour elles deux c'est plus grave. Elles ne se sont plus parlé depuis des mois et ça, c'est grave… Sauf que, là, elle est vraiment fatiguée. Elle s'endormirait sur la moquette.

11

Mila Galpérine choisit de rester en ville. Elle est exténuée, sans ressort, et Delphine a décidé de la mettre en arrêt maladie. Elle va devoir abandonner provisoirement son boulot au Café du Soleil. Ultime concession à la prudence, elle accepte de se réfugier à nouveau dans le duplex de la rue des Os rangés et de ne plus participer aux manifestations de soutien à Raton et Munch. Théodore, lui, continue d'occuper leur deux-pièces à la Guillotière, dans le septième arrondissement de Lyon. Il ne faut pas donner le sentiment de fuir. Il ouvrira lui-même la porte aux enquêteurs et répondra posément à leurs questions. Nul ne sait ce qui pourrait maintenant advenir sous le baquet translucide de la Croix-Rousse, mais il devine que l'interne prendra soin de Mila comme personne. D'ailleurs il ne se passe rien. Rien dans la baignoire suspendue, rien au-dessous, rien entre les deux femmes sinon quelques confidences hachées, beaucoup de bienveillance et beaucoup d'effroi. À quoi bon lister les épouvantes ?… Les événements de ces dernières nuits remontent lentement à la surface et Delphine Valladon écoute. Elle veut savoir. Elle pourrait se boucher les oreilles, mais non, c'est son rôle de soignante, elle doit comprendre ce qui s'est passé dans le commissariat.

Mila a été harponnée au moment où elle tentait de secourir Marie Laffranque. L'infirme de Toulouse n'intéressait plus personne et les gendarmes mobiles l'ont laissée sur place, repliée comme un escargot sur les pavés du quai de Saône. Mila Galpérine, par contre, a été emmenée directement au poste. On lui a confisqué ses papiers et une partie de ses vêtements. On l'a déshabillée derrière une vitre, fouillée au corps, photographiée sous toutes les coutures, puis jetée sans explication dans une cellule de dégrisement avec un groupe de poivrots qui cuvaient depuis la fin de l'après-midi. Elle est prostrée là. Elle se tait. Elle retrouve ses anciens réflexes de taularde, ne réagit pas aux insultes, fait comme Marie Laffranque, se recroqueville en attendant la suite. Au milieu de la nuit un flic la réveille, l'emmène à l'étage et l'oblige à exhiber son torse lacéré par la foudre devant trois collègues. Le cauchemar commence. Aussitôt après le brigadier-chef la tire dans une pièce minuscule, verrouille la porte derrière lui et commence un interrogatoire qui va durer six heures. Il la bombarde de questions, mais il sait déjà tout. Mila, assise sur une banquette en bois, l'écoute sans réagir. Son passé judiciaire remonte peu à peu à la surface, la mort d'Antoine, la cavale en Suisse, les deux condamnations, la réduction de peine et, au final, les quatre années passées en prison pour un crime qu'elle n'a pas commis… Le type la questionne toute la nuit, appelle d'autres policiers à la rescousse. Mila résiste au mieux, ignore les archives qu'on brandit sous son nez, ces fausses preuves, ces documents compromettants, essaie de ne pas réagir aux menaces de sévices et de viol. Elle refuse de se mettre à table. Elle finit par s'écrouler de fatigue, la tête blottie entre ses bras. Ils la laissent dormir une demi-heure.

Ils la réveillent en gueulant que c'est elle qui a posé le pavé, elle qui a lancé ce foutu camion sur le pont Lafayette et qui a tué le commissaire Lacroix, un flic de gauche par-dessus le marché, un pauvre naïf, salope, un vendu, ça te plaît de dégommer les policiers du même bord que toi, ça te fait jouir d'écraser un innocent ?... Tu vas voir comme on traite les petites putes de ton genre. On connaît notre boulot, tu peux nous faire confiance. Pas de témoins, pas de cris et surtout pas de traces... Ta copine t'a balancée et maintenant elle fait la morte. Elle se débine. Il n'y a plus personne pour te soutenir. Tu n'en reviens pas qu'on la connaisse, ta copine. On la surveille depuis un moment dans son hosto, une bouse pour tout dire, gouine par-dessus le marché. On raffole pas trop des lesbiennes chez les poulets ou alors si, mais on en redemande, on en veut pour notre argent, on participe. De toute façon c'est toi qu'on va baiser la première. La gouine, après, n'acceptera plus rien tellement tu seras déchirée, souillée et bien sûr engrossée par la meute de prédateurs que t'auras eu la chance de sucer toute la nuit. T'adores ça, sucer, non ?... Tu le fais avec les petites frappes de la Croix-Rousse qui dealent leur came en oubliant de se laver la bite. Nous, c'est pas le genre, on se la récure. C'est toi qui vas nous la faire reluire, Mila Galpérine, ce sera bon pour la remise de peine. Ablutions et petits baisers, on sait se montrer arrangeant dans ces cas-là, mais, avant de sucer, tu nous dis ce que tu as bricolé dans ce foutu camion et pourquoi t'as dégommé notre collègue. Pas vraiment un collègue, un vendu, c'est pas grave, un planqué de commissaire, sauf que pour nous ça reste un flic, on ne plaisante pas avec ça. Tu vas en goûter, du flic et du gendarme. T'en auras plein la touffe de nos matraques bien raides pendues sous le ceinturon. Carotte et bâton à la fois… Si tu cries trop fort t'auras le droit aux menottes, au bâillon et au curetage arrière, autant de curetages qu'il y a de pauvres types ici que t'empêches de dormir. T'aimes ça, je parie, le curetage arrière, la danse des canards. Aucune preuve… Et tu resteras silencieuse, muette comme une carpe quoi qu'il arrive, c'est ton intérêt. Tu piges ce qui t'attend, salope, ou tu pisses dans ton froc ?

Elle pisse dans son froc. Elle trempe ses habits, serre les dents et ne lâche rien. Ils l'abandonnent au fond de sa cellule, frissonnant dans son urine jusqu'au petit matin et, là, reprennent l'interrogatoire. Ça lui rappelle ses premières semaines de taule. Baisser les yeux, se blinder de l'intérieur, apprendre à endurer et à fermer sa gueule. Au début on paye plein pot, puis on souffre seulement deux ou trois fois par jour, et au bout de quelques semaines plus du tout, la douleur se recroqueville sur elle-même comme une limace, on n'éprouve plus rien, on ne s'émeut pas, on écrase juste la limace. Mila résiste, prétend n'être jamais montée sur la barricade des Cordeliers, ne pas avoir croisé le camion Jouannin, ne pas s'être rendue sur le pont Lafayette cette nuit du 24 mai, mais bien dans les Terres froides pour nettoyer la maison de sa grand-mère à laquelle elle reste très attachée. C'était son cadeau de sortie de prison, cette maison, un coup de folie de son père qui n'y habitait plus trop à l'époque et l'avait suppliée d'accepter la donation, de regarder enfin la vie du bon côté. Elle avait obéi. Depuis elle a pris de la bouteille. Elle a maigri. Ses bras sont moins potelés qu'avant, ses mains plus rêches, plus masculines. Il suffit d'examiner ses doigts crevassés par la plonge quotidienne au Café du Soleil. Elle les leur montre. Elle leur parle de son boulot, des plats huileux qu'elle doit nettoyer chaque soir, de l'eau tiède et graisseuse en fin de nuit, javellisée, qu'on change le moins possible à cause du chauffe-eau qui marche mal. Quand ils brandissent la photo du camion Jouannin, elle leur parle eau de Javel et leur montre ses doigts. Elle ne cède en rien et ça rend les flics dingues. Après le second interrogatoire ils la renvoient croupir chez les soûlographes. Un nouveau policier la secoue au milieu de la nuit suivante, la sort de la cellule et l'emmène au dernier étage dans une sorte de soupente sans fenêtre et, là, elle sait ce qui va arriver. Elle préfère anticiper elle-même, enlève son pull, puis son tee-shirt et son pantalon. Ça ne suffit pas. Elle ôte son collant et s'apprête à enlever son soutien-gorge et tout le reste pour éviter les coups. Ils viennent quand même, les coups. Les insultes aussi. Rhabille-toi, espèce de salope, ça te fait jouir d'imaginer qu'on va te sauter ici, te culbuter chacun à notre tour, peut-être que t'en rêves, en tout cas, c'est pas pour tout de suite, ma jolie, tu serais capable de porter plainte. On reviendra au bon moment, quand tu en auras marre d'attendre, de pleurer dans ton coin, que tu n'auras plus une larme à disposition, que tu voudras juste avouer tes crimes pour que tout ce cirque s'arrête. Tu nous supplieras, tu n'auras même pas la force de gémir, de te plaindre. Tu voudras seulement avouer. Tu te traîneras par terre. On n'y est pas, pas encore. Allez, casse-toi, fous le camp d'ici. Tu te pisses dessus, tu sens mauvais, tu pues la vieille moule. On s'occupera de ta touffe la prochaine fois.

Elle est libre. Elle ne veut pas le croire, mais ils la jettent dehors au petit matin. Elle rentre chez elle en rasant les murs et retrouve Delphine et Théo, rongés d'inquiétude, qui l'attendent depuis deux jours. Elle se laisse tomber sur le canapé, n'embrasse personne et s'endort à la seconde. Elle est là, silencieuse, égarée dans son monde. L'après-midi elle dort de nouveau, mais dans les bras de Delphine, blottie contre cette femme qui l'a dénoncée et qui maintenant l'héberge. Elle ne réagit pas quand Théo part au travail, ne lui dit même pas au revoir. Elle se balance sur sa chaise en regardant le vide. Elle est complètement démolie, vidée et sans ressort. Elle suce son pouce, renifle son poignet, parfois promène ses lèvres le long de son avant-bras. Le matin, après le déjeuner, elle recommence à évoquer son calvaire devant Delphine. Elle lui parle d'un trait, sans s'arrêter, les yeux secs, récitant une sorte de leçon. Elle n'omet aucun détail et se met à tanguer sur sa chaise en réclamant son Bugs Bunny. Delphine appelle immédiatement Théodore au journal. Il l'écoute. Elle perçoit sa respiration, elle a l'impression qu'il se frappe la tête avec les poings. Il faudrait l'emmener chez un gynécologue… C'est fait. Elle répond que c'est déjà fait, qu'elle s'est chargée de l'examen elle-même. Mila n'a pas été violée. C'était de l'intimidation, des menaces atroces et gratuites. Ce genre de torture mentale orchestrée deux jours de suite peut se révéler pire que tout. Mila ne bouge plus. Elle est prostrée sous la mezzanine. Elle réclame son Bugs Bunny. Théodore l'entend réclamer au loin. Sa voix se brise. Il ne sait plus où ils ont rangé leur talisman.

Il fouille l'appartement de la Guillotière, retrouve le Bugs Bunny au fond d'une valise, sous une pile de tee-shirts, avec un nez de clown et leur second objet fétiche, la photo de Mila fillette en arrêt devant une rangée de chevrettes à la foire agricole des Terres froides. Il la rappelle aussitôt, elle refuse de lui parler. Il saute dans un bus, rapporte la peluche et la photo en noir et blanc. Mila le salue à peine. Elle récupère l'enveloppe où il a glissé la photo, s'accroupit au sol et se contemple un long moment, si jeune, si naïve, si fraîche, si joliment intriguée par l'alignement des chevrettes barbichues, avec leurs cornes et leurs pis minuscules. Théo s'en va le cœur chaviré. Delphine reste à observer Mila qui triture ses souvenirs d'enfance, silencieuse, le visage défait, la joue collée au Bugs Bunny.

Elle doit partir au travail et ne revient qu'en fin d'après-midi, fatiguée, soucieuse, Mila n'a pas bougé d'un millimètre. Delphine ouvre le frigo, décapsule une canette, se laisse tomber sur le bord du canapé, sirote sa bière, monte se faire couler un bain. De là-haut, les jambes ballantes au-dessus du plancher de la mezzanine, elle annonce à Mila que l'intervention chirurgicale de Mme Delcourt a été difficile, l'atteinte gangréneuse était nettement plus sévère que prévu. On a dû l'amputer de tous les doigts de pied de sa jambe gauche. Cinq orteils d'un coup. Marianne Delcourt est mutilée. Elle ne marchera plus comme avant. Mila plisse les yeux, serre les poings, grimace, déchire la photo des chevrettes et se met à pleurer avec de grands hoquets silencieux.

Delphine la prend dans ses bras. Elle commence à mesurer l'ampleur du désastre. Les répercussions judiciaires de son identification peuvent les entraîner très loin et ce qui s'est passé au cours des deux nuits précédentes au commissariat n'augure rien de bon. C'est abject, mais difficile à dénoncer. Pas de témoins, pas de sévices visibles. Mila est cernée de toutes parts. L'enquête progresse à grands pas. Les premiers recoupements ont déjà eu lieu. Les policiers connaissent leurs adresses respectives et vont rapidement se pointer à la Guillotière chez Théodore, puis chez elle à la Croix-Rousse. Elle décide de trouver un autre refuge pour Mila, passe quelques coups de téléphone et finalement l'emmène dans un logement occupé par Claire Auzias, une amie de Danton et de Bibi, au numéro 4 de la rue des Tables-Claudiennes. Mila, qui ne connaît ni Claire Auzias ni leur nouvelle planque, s'y rend sans faire trop d'histoires. Elle ne pleure plus. Elle ne recolle pas la photo des chevrettes. Elle jette le Bugs Bunny dans une poubelle et quitte la rue des Os rangés.

12

Le procès débute le 22 septembre 1970 devant une foule de curieux, de militants et de journalistes de tous bords. L'affaire, largement médiatisée, jouit d'une résonance considérable dans l'opinion. On attend une condamnation exemplaire. En parallèle, il s'agit également pour le pouvoir de contrecarrer les velléités terroristes des quelques groupuscules gauchistes qui continuent d'essaimer en Italie, en France et en Allemagne. La période est à la normalisation, au libéralisme et au plein emploi. Le temps des utopies est révolu, la révolution n'est plus d'actualité, même si ces factions violemment concurrentes font encore des émules ci et là. Leur radicalité effraie. Il faut tourner cette page également, dissuader les anciens rebelles de 68 de basculer dans la lutte armée et condamner sans pitié les criminels qu'on a sous la main.

Michel Raton se fiche pas mal de la lutte armée. Il n'y avait aucun criminel en 1968, uniquement des rêveurs et des idéalistes. Malgré tout, il est au centre du procès et seul devant ses juges. Ouvrier costaud et bagarreur, le corps bardé de tatouages, il est accusé d'avoir posé la pierre sur l'accélérateur du camion Jouannin et de l'avoir délibérément lancé sur les forces de l'ordre. Il est inculpé d'homicide volontaire. Son compère Munch, mince, blond, effacé et falot est seulement poursuivi pour complicité. Les autres protagonistes ont disparu, Mougin est mort, les principaux meneurs de l'insurrection lyonnaise se sont évanouis dans la nature, les barricades sont parties en fumée. La justice semble considérer que Raton et Munch étaient seuls sur la place ce soir-là. Un second véhicule de chantier et une camionnette ont bien été aperçus à l'entrée du pont Lafayette peu avant le drame, mais les magistrats instructeurs n'ont pas jugé nécessaire de poursuivre l'enquête de ce côté. Inutile de s'encombrer avec ce genre de péripétie. Par ailleurs, un gendarme mobile, un certain Blanchard, unique témoin à avoir reconnu formellement Michel Raton, a disparu de la circulation. On ne sait pas où il est passé. On ignore s'il est encore vivant.

Il ne s'agit pas, loin s'en faut, de la seule zone floue du dossier. La quasi-totalité des gendarmes ayant participé au bouclage du pont a été mutée en Corse. Il est impossible de les joindre. Les avocats de la défense ont fait des pieds et des mains pour les interroger et, après en avoir convaincu certains de témoigner, ont dû payer eux-mêmes les billets d'avion pour qu'ils puissent venir à la barre. Ces gardes mobiles courageux sont les premiers à émettre des doutes sur la manière dont les événements sont rapportés officiellement. Ils affirment qu'une fois lancé sur le pont, le véhicule incriminé était sans conducteur. Ils ont bien aperçu des silhouettes sur la banquette au tout début à mi-course mais il n'y avait plus de pilote. La trajectoire du camion s'est brutalement modifiée après avoir heurté un trottoir. La chaussée était dans l'obscurité, les lampadaires cassés. Avec une course aussi chaotique, il est difficile de prétendre que Raton et Munch ont délibérément visé le commissaire Lacroix. Plus personne ne conduisait le véhicule. Sa trajectoire était franchement erratique.

Après l'audition de ces différents témoignages, le jury populaire commence à se poser quelques questions. La partie civile ronge son frein. Les avocats de la défense envisagent de changer de stratégie. Le matin du deuxième jour, Raton demande la parole et affirme haut et fort que ses aveux ont été extorqués sous la torture. Le président, excédé, lui ordonne de se rasseoir et de mesurer ses propos. Raton bondit sur ses deux pieds et commence à se déshabiller devant la cour pour montrer aux jurés les traces de brûlures sur ses testicules. Les gendarmes ont toutes les peines du monde à mettre fin à cette exhibition. Raton se reboutonne en criant à un simulacre de justice. La séance est suspendue, mais ce coup d'éclat ébranle davantage les jurés. À la reprise des débats, l'avocat général tente à nouveau de défendre sa thèse. Raton est un affabulateur. Son histoire de torture ne tient pas debout et il convient de revenir aux faits. Le commissaire Lacroix a bel et bien succombé des suites de l'enfoncement de sa cage thoracique provoqué par le choc avec le camion fou. Les deux accusés voulaient forcer le barrage et n'ont sauté du véhicule qu'à la toute fin, après s'être assuré qu'il allait percuter de plein fouet les forces de l'ordre. D'ailleurs, selon lui, la tentative de suicide de Michel Raton au cours de la détention peut être considérée comme un aveu de culpabilité. Les innocents ne mettent pas fin à leurs jours.

L'audience continue. Les témoins de l'accusation se succèdent, nombreux et peu crédibles, mettant à rude épreuve la patience du président Roche lui-même. Un étudiant, un pompier volontaire, un guitariste amateur, tous chômeurs et désargentés, essaient d'accréditer la théorie de la partie civile. Néanmoins leur déposition tourne au fiasco quand ils admettent ne s'être jamais aventurés sur le pont, être restés prudemment à l'arrière avec le gros des manifestants et donc n'avoir rien vu de ce qui s'y passait réellement. L'avocat général encaisse déconvenue sur déconvenue. Le dossier du magistrat instructeur est mince, bancal, mal ficelé. Les journalistes eux-mêmes se prennent à douter. Le pouvoir politique, impliqué jusqu'au cou dans cette ténébreuse affaire, ferait mieux de considérer Raton et Munch d'un autre œil. Il en va de la crédibilité de l'institution judiciaire.

Le lendemain, nouveau rebondissement… Un parfait inconnu nommé Paul Grammont se présente à l'audience. Son témoignage change brutalement le cours du procès et éclaire d'un jour totalement inédit les failles de l'instruction. Grammont est l'urgentiste qui a pris en charge René Lacroix à son arrivée à l'hôpital. Il a fait le choix de se rendre au Palais après avoir pris connaissance de la thèse des médecins légistes selon laquelle la mort du commissaire Lacroix était directement imputable au choc du camion Jouannin. Grammont surgit dans le prétoire en s'étonnant que les enquêteurs chargés de l'affaire n'aient pas pris la peine de l'interroger. Le président bredouille qu'il eût été pertinent de l'entendre en effet. Après quelques hésitations, la cour accepte son témoignage sans imaginer une seconde que les propos de l'urgentiste vont contredire frontalement la thèse du président et des deux médecins légistes. C'est l'acteur principal de toute cette histoire. Grammont s'installe à la barre et commence sa déposition en révélant que le commissaire René Lacroix était bien vivant à son arrivée à l'hôpital. Ils ont eu le temps de parler ensemble. Lacroix a confié à l'interne de garde qu'il n'aurait jamais dû se trouver sur le pont vu ses problèmes de santé. Son cœur était malade. Il avait déjà fait un infarctus. Il s'est rendu sur place pour proposer sa médiation et essayer d'éviter l'affrontement général, mais la manifestation dégénérait et il a vite compris son erreur. Tout cela n'a abouti qu'à le ramener ici avec une jambe cassée et une immense fatigue, le sentiment d'être éreinté, moulu, au bout du rouleau. De fait, peu de temps après, René Lacroix perd connaissance et présente soudain les symptômes d'un infarctus massif. Grammont, secondé par deux anesthésistes, l'emmène en salle de réanimation et décide de l'oxygéner et de pratiquer un massage cardiaque. Cette dernière tentative, agressive et désespérée, se révèle totalement inefficace. Le cœur ne repart pas. Le massage provoque la fracture du gril costal – ce qui est fréquent dans ce genre de situation –, sans parvenir toutefois à ranimer René Lacroix qui malheureusement décède quelques minutes plus tard. Les côtes brisées ne sont donc pas les conséquences du choc du camion Jouannin, mais bien celles des efforts de l'urgentiste pour maintenir son patient en vie. Le commissaire est mort ici, à l'hôpital, d'un infarctus du myocarde… Le docteur Grammont répète de sa voix tranquille que le commissaire a succombé sous ses yeux. C'est un véritable coup de tonnerre. Un silence impressionnant envahit la salle. Les médecins légistes, rappelés à la barre, contredisent avec virulence ces affirmations. Le président suspend de nouveau la séance.

Paul Grammont est rappelé à la barre et la suite de sa déposition fait l'effet d'une bombe. De fait, s'étonnant que ni lui ni aucun des anesthésistes présents n'aient été interrogés par le juge d'instruction, l'urgentiste avait décidé de prendre rendez-vous avec le directeur de l'hôpital. Cette histoire le chiffonnait. Bien entendu, il comptait emmener avec lui les électrocardiogrammes réalisés au moment du drame et les soumettre à sa hiérarchie. Or, à sa stupéfaction, il fut impossible de les retrouver. Tout avait disparu. Le dossier Lacroix était vide. Paul Grammont fixe les jurés droit dans les yeux. Il prend à nouveau le temps de se répéter. Il explique de sa voix tranquille et mesurée que non seulement le juge d'instruction n'a pas daigné entendre les témoins directs de la mort du commissaire, mais que les enregistrements attestant du protocole de réanimation mis en place par lui-même et ses assistants ont été subtilisés ou détruits. Il quitte le prétoire en affirmant qu'à présent ce sera parole contre parole, expertise contre expertise, et qu'il serait judicieux de commencer par interroger les infirmières du service, les deux anesthésistes et le directeur de l'hôpital.

On ne les interroge pas.

Le 26 septembre, quatre jours seulement après l'ouverture du procès, les accusés Michel Raton et Marcel Munch sont acquittés. Une partie du public applaudit frénétiquement à l'audition du verdict. L'autre se tait. Les collègues du commissaire Lacroix sont furieux, la presse nationale déboussolée. Des cabines téléphoniques ont été installées sur les marches du Palais pour permettre aux journalistes d'intervenir en direct, pourtant peu de reporters mentionnent le témoignage de Paul Grammont. Frédéric Pottecher, célèbre chroniqueur judiciaire, se laisse aller à son lyrisme naturel sur les ondes de la radio nationale, mais omet de rapporter les paroles de l'urgentiste. Chacun repart frustré. Les deux compagnies de CRS qui attendent sur les quais de Saône se replient dans le calme. La messe est dite. Les prévenus sont libérés sur-le-champ et les manifestants venus les soutenir à l'extérieur du Palais se dispersent sans incident.

L'émoi suscité par l'issue du procès est considérable, les autorités font tout pour en minimiser l'impact. L'affaire Raton et Munch, aussi tordue et boiteuse qu'elle soit apparue au cours des débats, doit être oubliée, mise sous le boisseau. La presse nationale, largement aux ordres du pouvoir, ne se fait pas prier et passe immédiatement à autre chose. Les événements de 68 sont soldés, ils ont trouvé leur épilogue. Malgré tout, en interne, les services de l'État continuent d'affirmer que Lacroix est mort percuté par le camion fou. Cela reste la version officielle. Aujourd'hui encore cette thèse perdure, toujours aussi vivace, toujours en vigueur, comme s'il était infiniment douloureux d'admettre que la bascule de mai 68 s'est jouée sur un coup de dé, une imposture, un simple problème cardiaque.

Quelques mois plus tard, à la surprise générale, alors qu'on n'a plus aucune nouvelle des deux accusés, une enquête est diligentée contre la personne de l'urgentiste Paul Grammont, témoin capital de l'affaire. Ces nouvelles investigations, menées directement par la préfecture, visent à déstabiliser le praticien et à décrédibiliser son témoignage. Elles provoquent une vague de suspicion malsaine dans le monde hospitalier lyonnais, et finalement n'aboutissent pas. Après des mois d'enquête interne, le jeune médecin, soutenu avec énergie par sa hiérarchie, se trouve totalement blanchi, félicité pour son travail et son sens du devoir. Paul Grammont ne saura jamais vraiment de quoi on le soupçonnait.

Marcel Munch disparaît dans les semaines qui suivent.

Michel Raton, lui, décide de rester en région lyonnaise. Il trouve un emploi dans une coopérative fruitière qu'il abandonne rapidement pour renouer bon an mal an avec son ancienne vie de trimardeur. Les zonards continuent leur errance à la Croix-Rousse, leurs fêtes alcoolisées et leurs petits trafics. Certains se radicalisent, ou essaient de maintenir leur position dans le commerce des stupéfiants qui à l'évidence se complique et se professionnalise. D'autres tombent dans la délinquance pure et dure. Au bout du compte Raton ne choisit aucune de ces voies. Sa vie se stabilise peu à peu. Il cesse de jouer les gros bras, tire un trait sur son passé, oublie ses activités délictueuses et finit même par se marier. Quelques années plus tard il s'installe en banlieue comme gardien d'immeuble, gagne honnêtement sa vie, fait trois enfants coup sur coup, prend du ventre et espère qu'on n'entendra plus jamais parler de lui.

Quarante ans après, le destin frappe de nouveau à sa porte, le boomerang revient. Le pays vient de succomber à la mode des célébrations. Chacun s'est mis à regarder en arrière. On n'a plus envie de lutter, on ne croit plus en grand-chose, on se nourrit des événements du passé. On multiplie les anniversaires et les commémorations. La France pratique désormais un culte mémoriel qui, incidemment, va lui ôter son allant et sa combativité. La célébration du quarantième anniversaire des événements de 68 approche et Michel Raton sait qu'il va se retrouver en première ligne. Il informe ses amis et sa famille que tout cela l'angoisse terriblement, qu'il est très perturbé à la perspective du tohu-bohu médiatique dont il va être à nouveau le centre. Il ne supporte pas l'idée de cet anniversaire. Il ne veut plus replonger dans le passé. La perspective de se trouver sous les projecteurs le terrorise. Il n'aspire qu'à l'effacement, à la discrétion, à l'oubli. Ses proches ne prennent pas vraiment ses angoisses au sérieux. Ils ont tort. Michel Raton meurt quelques heures avant le début des commémorations, le 28 avril 2008.

13

Évidemment, elle respire. Sa présence dans la cabine du camion Jouannin ne constitue plus un danger pour personne puisqu'il est avéré que René Lacroix n'est pas mort à la suite du choc de ce véhicule, mais d'une crise cardiaque à l'hôpital. Mila quitte la rue des Tables-Claudiennes en remerciant Claire Auzias, la jeune locataire idéaliste et fougueuse qui lui a proposé son appartement sans poser la moindre question. Ça se passe comme ça sur les pentes de la Croix-Rousse. On peut bien vous accuser ou vous poursuivre, les voisins vous ouvrent les bras. Claire Auzias lui a fait visiter les lieux, la cuisine, le salon, la salle de bains, le canapé où elle pouvait dormir autant qu'elle voulait, lui a refilé un jeu de clefs et, deux heures plus tard, l'a emmenée piquer quelques bouteilles de vin et provisions de bouche dans le nouveau supermarché du plateau. Elles ont chipé allègrement un maximum de denrées alimentaires, puis, célébrant cette liberté retrouvée, ont beaucoup ri en évoquant leur pote Raton, le rouquin fort en gueule, le trimardeur aux paluches épaisses comme des battoirs, aux cheveux hirsutes et aux trois brûlures de cigarette sur les roubignoles… Frappadingue comme il est, Claire le croit capable de s'être lui-même rôti les roustons pour la gloriole et les besoins de la cause. Cocasse, mais difficile à imaginer. Elles imaginent quand même, passent une dernière soirée ensemble, jouissent sans mesure de ces instants de paix retrouvée. Elles sont drôles et invincibles. Au moment de se quitter, elles jurent d'oublier un temps l'appareil testiculo-urinaire des zonards de la Croix-Rousse et de se rejoindre le plus souvent possible rue des Tables-Claudiennes pour chaparder dans les grands magasins et propager les idées libertaires qui leur tiennent à cœur. Elles s'embrassent, se séparent meilleures amies du monde.

Mila Galpérine abandonne sa planque de la Croix-Rousse et retrouve Théodore et Delphine à la Guillotière, sur l'autre rive du Rhône. Elle réintègre ses murs et, après cet intermède, doit poser les pieds sur terre. Il faut oublier les flics, relever doucement la tête. Delphine est toujours aussi prévenante et attentive. Mila s'étonne qu'elle reste à ses côtés alors que les projecteurs s'éteignent autour d'eux, que les médias quittent la ville, qu'il s'agit de reprendre le travail. Aucun journaliste ne s'est donné la peine de rapporter intégralement le témoignage du docteur Grammont et ça la choque presque autant que les supposées brûlures sur les parties intimes du trimardeur. Théo a beau expliquer que c'est un oubli délibéré, un déni politique, la vérité est dérangeante dans cette histoire. Mila peine à l'accepter. Elle se demande si Michel Raton n'a pas été torturé, en effet.

Ce n'est pas tout. Une dernière révélation particulièrement embarrassante surgit en fin de procédure, un épisode dont les enquêteurs avaient connaissance depuis le début et qu'ils ont peut-être voulu détourner à leur profit. Cette histoire illustre les fantaisies du destin et pourrait éclairer d'un jour singulier le drame du 25 mai 1968. Théo n'arrive pas à y croire. L'événement risque de susciter une tout autre interprétation de l'épisode du pont Lafayette, dont Mireille Debard deviendrait l'ultime protagoniste, le témoin de dernière minute. Mireille, l'amie non violente, la responsable lyonnaise du GARM, la complice de Marie Laffranque, serait donc la première concernée par la mort du commissaire. Aussi incroyable que cela puisse paraître, c'est elle qui, deux ans après les faits, au détour d'une conversation, révèle l'existence d'un second cadavre du nom de Lacroix, un Lacroix bis qui par extraordinaire attendait lui aussi à la morgue de la capitale des Gaules au cours de cette même nuit. Théo n'en croit pas un mot. Il enquête, recoupe les éléments que Mireille lui dévoile avec son sourire mélancolique et comprend que la vérité est là, totalement déraisonnable, dépassant une fois de plus la fiction. Un homonyme du commissaire reposait bel et bien ce fameux soir dans les sous-sols des hôpitaux lyonnais, décédé de mort accidentelle celui-là, et Mireille était concernée au premier chef puisqu'il s'agissait de son propre père…

On lui demande de répéter. Elle répète posément qu'elle s'appelle Debard, du nom de son mari Robert Debard, mais qu'elle est née Mireille Lacroix et que deux Lacroix sont bien morts à Lyon ce jour-là, à quelques heures d'intervalle, le premier d'un accident de Vélosolex et le second d'un infarctus du myocarde comme cela fut démontré au cours du procès Raton et Munch. Les corps des deux Lacroix se sont retrouvés entre les mains des policiers la nuit du drame, en plein désordre, au milieu de la révolution qui enflait. Le pouvoir gaulliste, aux abois depuis plusieurs semaines, se devait de réagir. Il était acculé. Il fallait réprimer les manifestations se multipliant dans le pays et en même temps calmer le jeu, laisser entrevoir la fin de la peur et de la chienlit. Pourquoi ne pas profiter de ce deuxième cadavre surgi comme par miracle ? C'était tentant. Qui irait trier le vrai du faux ? Qui irait interroger les témoins ? Comment vérifier cette histoire de double corps ?

Pour eux, deux ans plus tard, c'est comme un coup de théâtre. Leur amie pacifiste a effectivement perdu son père en ce jour fatidique. Elle ne s'est pas rendue à la manifestation du 24 mai et pour cause. Elle était effondrée, en plein deuil. Le monde est étrange. Mireille sourit. On pourrait les traiter tous de naïfs, essayer de démontrer que les coïncidences n'existent pas, leur dessiller les yeux, les forcer à reconnaître que tout est stratégie, calcul et manipulation. Les clairvoyants et les extralucides de ce bas monde pourraient surgir et se presser à leurs portes… Eh bien non, ils assènent une vérité qui dérange. Mai 68 dérange. Bienvenue au club des dérangés. La vérité est tellement singulière qu'elle est comme un pied de nez à ces donneurs de leçon, ces bonimenteurs complotistes. La boîte de Pandore finit toujours par s'ouvrir et là, faute de certitudes, les maux de l'humanité remuent sous le couvercle dans la plus grande confusion. Aucun ordre, aucune préséance. Aucune doctrine, aucune théorie. Le temps d'un rêve, peut-être le temps d'une vie, ce sont les hasards qui l'emportent. Mila et Théo ont douté de cette histoire incroyable autant que de l'amour. La coïncidence était trop absurde. Au bout de quelque temps, ils sourient à leur tour. Il y a bien eu deux morts du même patronyme à Lyon ce soir-là et l'un a failli venir au secours de l'autre. Pour couronner le tout, les deux dépouilles sont enterrées quasiment côte à côte dans le même cimetière de la banlieue sud de Lyon, à Oullins, d'où les deux hommes étaient originaires. Croyez-le ou pas, c'est la stricte vérité.

On ne saura jamais à quoi les enquêteurs ont pensé en réalisant qu'ils avaient un second Lacroix à disposition dans leurs frigos, bien mort d'un enfoncement de la cage thoracique celui-là. Quand la réalité dépasse la fiction, il faut savoir tirer parti des événements. Le corps du père de Mireille, défoncé par une camionnette, tombait à point nommé pour assister le pouvoir gaulliste. Les autorités étaient aux aguets. Ont-elles vraiment songé, ne serait-ce qu'un instant, intervertir les cadavres pour redonner crédit à l'expertise déjà sujette à caution des médecins légistes ? C'est possible. Le monde politique agit comme les autres corps, il bataille, s'agite en tous sens et ne sait que faire de ses propres sanies. Mireille Debard, dans la foulée, a dû procéder à l'identification du deuxième Lacroix ainsi qu'elle l'avait fait avec la dépouille de son géniteur. Ce fut une rude épreuve. Elle en parle sourire aux lèvres. Tant d'années plus tard, elle ajoute avec malice que si son pauvre Lacroix de géniteur a bien dû porter post-mortem cet étrange fardeau, elle ne s'en était guère offusquée à l'époque, songeant à la croix d'un autre sacrifié, singulièrement plus célèbre, traînée sur la colline de Jérusalem pour effacer nos rancœurs, nos amertumes, nos stratégies et tous les péchés du monde.

Le chat Pistil squatte l'arrière-cour de la rue de la Guillotière, imprévisible et ronchon comme tous les vieux matous. Pistil a choisi lui aussi d'instruire les humains à sa manière. Partie acheter une baguette de pain pour son petit déjeuner,

Mila Galpérine croise la concierge qui tire péniblement les poubelles devant le trottoir de l'immeuble. Mila la salue, mais elle ne répond pas. Elle boitille sans se retourner, les jambes boursouflées, pleines de varices. Mila lui prend la poubelle des mains. Au moment de descendre les marches du perron, elle entend un miaulement apeuré à l'intérieur du bac. Le chat de gouttière en émerge en feulant, un papier gras dans la gueule. Il se hérisse une seconde sur le couvercle, puis saute vivement à l'extérieur. Il traverse la chaussée d'un bond. La 4L Renault qui remonte la rue à la même seconde doit freiner en catastrophe. Elle dérape, amorce un tête-à-queue, n'arrive pas à éviter complètement le matou. Son pare-chocs arrière lui percute le flanc. Il rebondit sur l'aile de la voiture, valse entre ses roues et s'immobilise un peu plus loin au pied d'un lampadaire. Une tache rouge apparaît immédiatement sur le goudron. Mila pousse un cri horrifié et se précipite. La concierge serre les dents, étouffe un grognement, se signe de la main gauche. Après un temps d'hésitation, elle poursuit sa route en maugréant que les chats rouquins sont tous voleurs, braillards et terriblement soupe au lait. Bon débarras ! Ils puent la poiscaille et attirent le mauvais œil.

Mila s'agenouille sous le lampadaire. Elle récupère Pistil qui la dévisage en clignant des paupières puis se laisse aller contre sa poitrine avec un grand frisson confiant. D'ordinaire, on ne peut jamais l'approcher. C'est la première fois qu'elle le serre ainsi dans ses bras. Pistil essaie de miauler, n'y parvient pas, émet juste une petite toux rêche et roule les yeux en tous sens. Il sort ses griffes, frémit et se tend comme un arc. Mila lui essuie doucement le ventre avec son mouchoir. Le matou la regarde une dernière fois en plissant les yeux et contracte ses muscles de la tête aux pieds. Mila se met à pleurer. De sa main libre, elle caresse la dépouille rousse arc-boutée contre son ventre. Après un ultime spasme, Pistil se relâche complètement et devient mou et flasque. La concierge revient sur ses pas en soupirant, se penche vers Mila, lui caresse les cheveux. Mila sanglote. La concierge la réprimande gentiment, puis récupère le corps du matou et part en boitant le balancer dans la poubelle. Mila regarde les membres roux qui ballottent sous le bras de la concierge avant de voler une dernière fois dans le soleil matinal.

Contre toute attente, au moment où on se débarrasse de lui, le vieux Pistil ressuscite. Il contracte d'un coup ses mâchoires, lève la queue, plie les oreilles en arrière, grimace et émerge de sa syncope. Il jette un regard autour de lui, passe un bref coup de langue sur son arrière-train, se dresse sur son céans et mord cruellement la concierge au gras du pouce avant de prendre la fuite comme un malotru. Il bondit derrière la poubelle, retombe sur le couvercle avec un chuintement puis file vers l'immeuble. La vieille femme, furieuse, se met à le poursuivre avec un bâton. Mila exulte. Quelque chose se libère en elle. Elle glousse en pleine rue puis se met à chanter le dernier tube à la mode, une chanson de Salvatore Adamo assez stupide où il est question de mains sur des hanches et d'yeux furibonds. Pistil plonge dans un soupirail sans demander son reste.

Laisse tes mains sur mes hanches,
Ne fais pas ces yeux furibonds.
Oui, tu l'auras ta revanche,
Tu seras ma dernière chanson…

Mila claque la bise sur la joue de la concierge aux gros mollets variqueux. Elle emmènerait volontiers le rouquin dans ses bras, mais il a disparu. Ce n'est pas encore la dernière chanson, pas plus pour elle que pour lui. Il n'y a pas de bataille en vue, seulement une réparation à mener, quelque chose comme un grand rapiéçage. Elle susurre à l'oreille de la concierge qu'il faut un jour ou l'autre pulvériser les souvenirs. L'autre récupère sa poubelle et s'en va en haussant les épaules.

Son père est au boulot comme toujours. Il passe d'un chantier à l'autre quelque part dans le sud de la France, du côté de Montpellier ou de Nîmes. Elle décide de l'appeler. Cela fait longtemps qu'ils ne se sont parlé. Elle parvient à le joindre en début d'après-midi, reconnaît le grésillement caractéristique de son téléphone de campagne. Ça crachote, elle s'en fiche, trop heureuse d'entendre sa voix de vieux grutier bougon qui l'embrasse, lui dit qu'il l'aime, qu'elle le dérange en plein travail, mais qu'il est ravi de l'entendre. Il prend de ses nouvelles, au bout d'un moment sa voix se casse un peu et elle comprend à mi-mot que ses affaires marchent moins bien qu'avant. Il va devoir se séparer de Farid et peut-être même vendre la sapinette. Là, elle manque se remettre à pleurer. Ça va, ma fille ? Non, pas trop. Je traverse une sale période. Il se racle la gorge, toussote puis, après un silence, lui conseille d'aller se reposer dans la maison des Terres froides. La salle à manger et la cuisine ont besoin d'un bon coup de peinture et, concernant Farid, c'est trop tôt, rien n'est fait encore, inutile de s'inquiéter.

— Tu m'écoutes ?

Elle ne l'écoute pas. Elle pense au chat Pistil. Elle a vraiment cru que c'était la fin pour lui. Il avait l'air tellement reconnaissant. Il s'est laissé attraper sans peine sous le lampadaire alors qu'elle ne l'avait jamais pris dans ses bras auparavant. Finalement il n'est pas mort. Nous deux, c'est pareil, papa, on est meurtris, blessés de l'intérieur, on survit quand même, on se connaît mal, on se croise depuis des années pour Noël, les fêtes de famille et puis on passe à autre chose. Tu ne me serres plus contre toi en haut de la sapinette. On a mis fin à nos voltiges au sommet des grues. C'est peut-être mieux ainsi, mais tu me manques, j'ai envie de me blottir dans tes bras. Tu comprends ça ? J'ai bien failli passer à la casserole moi aussi. Je me suis retrouvée dans un commissariat avec des flics véreux qui voulaient me violer, je ne sais même pas comment je m'en suis sortie. J'ose à peine te raconter…

La ligne est mauvaise. Il entend mal, raccroche, rappelle la minute d'après, mais ça grésille. Il promet de réessayer sur la ligne fixe ce soir-là après le boulot, lui chuchote qu'il n'est pas nécessaire de se prendre dans les bras pour savoir qu'on ne peut vivre l'un sans l'autre, seulement voilà, ça coupe. Pour elle, ce déclic s'ajoute à tous les autres déclics. Son père est un taiseux incapable d'avouer ses sentiments et, quand il s'y essaie, son vieux téléphone de campagne s'interrompt et la vie continue comme si de rien n'était. Dialogue de sourds. La roue tourne. Raton et Munch se bourrent la gueule au communard. Claire Auzias pique des fringues dans les magasins de la Croix-Rousse. Les autres sont au boulot. Elle non, encore une semaine d'arrêt de travail. Elle décide de faire appel à ses amis, Théodore et Delphine en tout premier, de réunir ceux qui la protègent encore et de leur proposer de passer quelques jours à Torchefelon, dans les Terres froides, pour remettre en état la maison de la grand-mère.

14

Tout est prêt. Une demi-douzaine de brosses, autant de pinceaux, deux grilles en alu, trois rouleaux de feutrine, une queue-de-rat pour les croisillons, trente-cinq litres de peinture vinylique blanche, de l'enduit à l'eau, du papier de verre, des pigments, un paquet de lessive Saint-Marc, de la pâte Arma et deux rouleaux de chatterton. Elle a un certain penchant pour la pâte Arma et ses grains de silice qui irritent la peau. Elle aime aussi le chatterton qui colle aux doigts comme le sparadrap du capitaine Haddock. En prison, on trouvait toujours des détenues pour s'astiquer les cuisses et le sexe avec la pâte Arma, puis s'épiler avec ces bouts de toile collante recyclés après les séances d'ergothérapie. Il n'y a plus rien à décaper à présent. Pas besoin d'ergothérapie ni d'épilation. Elle a les jambes lisses et les mains besogneuses. Elle a toujours été comme ça, active, manuelle, dépourvue de graisse et de poils. Le boulot, elle connaît. Elle bosse depuis qu'elle est petite. Ce retour aux Terres froides sera une parenthèse, un hommage à l'enfance sans aucun flic autour d'elle, sans journalistes ni patron bougon.

La photo des chevrettes a fini dans une poubelle avec le

Bugs Bunny. Théo a retrouvé confiance et Delphine est de nouveau pudique et lunaire comme à ses débuts au point que tout paraît simple soudain. Ils se rejoignent dans la maison au toit pentu, établissent la liste des tâches à venir, le rez-de-chaussée à repeindre, la cuisine à lessiver du sol au plafond, la cour à désherber, l'arbre qu'il faudra bien tailler un jour ou l'autre, la caravane de chantier à stabiliser sur ses blocs d'agglo, le garage à nettoyer.

Mila se met à lessiver les murs dès le lendemain, alors que les deux autres sont partis au travail. Elle les aime. Elle attend leur retour. Elle leur fait crédit de tout. Elle décape et elle peint. La parenthèse s'organise, laborieuse et structurante. Quand Delphine est de garde à Grange-Blanche, Théo rentre seul et la découvre en combinaison de travail quelle que soit l'heure, enjouée, pas vraiment sereine après ce qui s'est passé durant la garde à vue, mais parlant de l'avancement des travaux, de sa grand-mère, de Pistil, de l'été indien qui dure toujours dans les Terres froides. Cette année l'automne tarde à venir exactement comme il y a dix ans quand ils se sont retrouvés au fond de la caravane après l'attentat du FLN, avec Farid s'activant dans la cour et elle, paniquée à l'idée de faire face aux deux amours de Théo, celui pour son copain Antoine dans le coma et celui sans limites pour elle, la petite grilleuse intrépide. Il avait fallu tirer un trait, brûler ses jouets d'enfant, jeter au feu sa tenue de clown. Peu après elle était tombée enceinte et, interpellée par les douaniers à la frontière suisse, s'était accusée elle-même du meurtre du jeune soldat. Cinq mois plus tard, elle perdait son bébé en prison. On lui tournait le dos et on crachait sur son passage. C'est la règle, on n'achève pas un blessé dans le coma, on laisse les grands malades quitter la vie en paix... Évidemment, ses codétenues parlaient dans le vide, ne savaient rien des comateux sans activité cérébrale, de leur faux sursis. Elles cherchaient juste un endroit où piquer. Depuis, chacun autour d'elle botte en touche et mise sur le temps qui passe. Le temps se dédouane comme il peut avec son lot de petites péripéties, mais ces événements ne comblent rien. Ils ponctuent, lestent, encombrent, ne libèrent jamais. Ils ne valent pas tripette.

Mila s'est longtemps demandé si les événements de mai 68 faisaient partie des petites péripéties. Maintenant, elle ne s'interroge plus. La question est ridicule. Elle s'active dans une sorte de désert mental plutôt roboratif. Quelque chose de nouveau pourrait apparaître à la fin des travaux, une quiétude, une sorte d'enclave temporelle capable d'effacer ces souvenirs de prison et de grossesse interrompue. Sans compter son récent calvaire chez les flics... Elle colmate, malaxe, étale, ponce et badigeonne. Ici le travail est visible, sobre, net, sans repentir. Il laisse une trace même s'il ranime des douleurs oubliées, courbatures, ampoules au creux des mains, dos qui rechigne à la mi-journée. Le soir, son corps s'écroule. Le matin, il se mobilise de nouveau. Ses ongles se cassent, ses paumes deviennent râpeuses à force de tout frotter à la lessive Saint-Marc. Elle ne pense à rien. Théodore la soutient du mieux qu'il peut. Delphine Valladon est en embuscade elle aussi, attentive, acharnée et douce. Le souvenir de ses mains la retenant contre elle après leur fuite dans les traboules lyonnaises continue d'embarrasser Mila, de la troubler. Elle n'en parle pas. Elle s'éreinte au boulot.

Un jour, à la pause de midi, se préparant un sandwich, elle décide de partir en quête du dernier souvenir encore prégnant et indiscutablement concret du coup de foudre, l'odeur de bakélite fondue. Elle monte à l'étage, ouvre la porte de la salle de bains, laisse son sandwich sur le bord de la baignoire et se met en quête de cette puanteur familière. Elle hume partout. Il semble que les relents de brûlé aient disparu d'un coup. Elle flaire le moindre recoin, renifle jusque derrière les plinthes et les étagères. Rien. Ça sent la peinture fraîche. Elle hausse les épaules, se déshabille, scrute pensivement son corps devant la glace comme en ce jour lointain où le tonnerre avait claqué sur la toiture, dévalé les chéneaux, étêté le grand platane et pulvérisé son collier de naissance. La cicatrice est encore là, rougeâtre, familière, boursouflée à la naissance des seins. Elle la suit du bout du doigt. Sa poitrine est toujours attirante, semble-t-il, menue, striée de veines minuscules par où elle suppose que le lait aurait dû transiter en son temps… Elle se rhabille en crispant les lèvres, soupire, redescend à la cuisine. C'est peut-être le moment d'aller consulter le chirurgien de Grange-Blanche et d'en finir une bonne fois avec cette balafre qui lui fout la poisse depuis l'enfance.

Elle reprend le travail en hésitant, ne se décide qu'au retour de Théo qui arrive avec la P60 en milieu de journée, ouvre le portail, gare la voiture devant la remise puis la rejoint sur le seuil de la maison avec un sac de courses.

— Quand même, tu ne vas pas te faire charcuter à cause de ces pervers ?

Elle lui laisse à peine le temps de l'embrasser, se met à ranger en précisant que les flics, l'autre nuit, ont de nouveau photographié la cicatrice sous toutes les coutures. Elle se retourne, une boîte de conserve dans les mains.

— Elle t'excite encore, cette balafre ?…

Théo jette un coup d'œil sur la poitrine aplatie par la combinaison de travail, puis se laisse tomber sur le tabouret de la cuisine. Mila le rejoint en se raclant la gorge. Elle sent la sueur, ses ongles sont sales, sa combinaison est pleine de peinture, mais peu importe, il l'attrape, l'attire vers lui et commence à la déshabiller. Elle lui échappe. Il se lève, abandonne son tabouret d'un air si dépité et si malheureux qu'elle revient sur ses pas, tend la main et lui caresse le haut du crâne. C'est un geste de vieux. Il marmonne que c'est un geste de vieux. Elle s'écarte à nouveau et, d'une voix sans appel, répond qu'elle est en retard, qu'elle a encore plein de boulot. Elle l'embrasse sur le bout du nez, claque la langue et sort dans la cour. La porte du garage grince dans son dos. Elle revient en brandissant une sorte d'hélice en fer soudée à une tige métallique qu'elle glisse dans le mandrin de sa perceuse. Elle récupère le pot de peinture, ôte le couvercle, plonge la tige dedans et presse le bouton. L'hélice se met à tourner lentement. Un entonnoir se forme au centre du pot, rutilant, dans lequel elle jette une poignée de pigments. Le fluide se densifie à la seconde, change lentement de couleur. Mila regarde Théo avec une moue radieuse. Elle est fière de son outil. C'est elle qui l'a bricolé et il n'a pas son pareil pour homogénéiser les couleurs. Plus de bavures, plus de filaments, plus de grumeaux. Tout devient lisse et uniforme.

Théodore hoche la tête. C'est leur vie qui devient lisse et uniforme. Mila continue à remuer sa béchamel, fascinée par la rotation de l'hélice et ce remous pâteux qui, à l'en croire, est une métaphore de l'amour. Elle ne veut plus jouer à l'amour. Elle pouffe de rire, lui balance une blague douteuse sur les vies manquant de piment auxquelles il faudrait ajouter des pigments… Théo se fend d'un vague sourire. L'entonnoir lui rappelle les petits volcans qu'il faisait gamin dans son assiette de purée, avec un cratère au centre, le plus profond possible, strié du dos de la fourchette et rempli de beurre fondu. Aussitôt la faim le tenaille. Il demande à Mila si elle a prévu quelque chose pour le déjeuner. L'hélice s'arrête avec un chuintement. Elle récupère son rouleau sans répondre. Préparer les repas à heures fixes n'est pas plus gratifiant que partir travailler chaque soir au Café du Soleil. D'ailleurs, sa patronne l'a appelée trois fois de suite ce matin et elle n'a pas réagi. C'est le blanc du badigeon qui la fascine, l'onctueux qui l'occupe et la comble. Elle plonge le rouleau dans le pot, l'essuie deux fois contre la grille puis monte sur l'escabeau et recouvre tout.

Le week-end, relâche.

Delphine et Théo arrivent en fin d'après-midi et la découvrent accrochée aux derniers ressauts de la falaise. Elle est en tenue de travail, mais a abandonné ses peintures et son hélice pour escalader la paroi surplombant l'arrière de la maison et aller cueillir un bouquet de chardons bleus comme il y a dix ans. Elle prend pied sur le plateau, leur fait de grands signes, se retourne et regarde autour d'elle en fronçant les sourcils. Rien. Que des ronces, des cailloux, des touffes de folle avoine grillées par le soleil, des sauterelles et du vent. Plus trace des chardons bleus. Elle cherche un bon moment et redescend dépitée, dévale la muraille en quelques minutes, atterrit sur la corniche du bas, saute sur le toit de la caravane. Elle embrasse ses amis, avoue qu'elle est bredouille, leur propose de contrôler l'avancement des travaux avant d'aller visiter les grottes, surtout celle où ils s'isolaient jadis avec Théo pour faire l'amour et scruter les étoiles. Pas sûr qu'on aperçoive le mont Blanc ces jours-ci. L'air est trop sec, mais peu importe, la falaise est un enchantement. Le calcaire change de couleur en permanence. Les couches de safre s'illuminent au moindre rayon de soleil.

Delphine refuse de les suivre. Elle a peur du vide. Pas question de monter dans leur nid d'amoureux même si Mila a tout préparé pour l'anniversaire de Théo, entrées, plat, dessert maison, champagne et verres en cristal de la grand-mère. Il aura vingt-huit ans dans deux jours et il faut fêter ça dignement. Elle a prévu de la musique et des pousse-café. Manquent juste les chardons bleus, des serviettes et quelques coussins. Delphine hésite. Elle a le vertige. Mila a beau lui répéter que c'est une promenade de santé, qu'on y grimpe en moins de trois minutes, la panique se lit dans son regard. Alors Mila tend la main vers elle. Ce n'est pas un geste de vieux, plutôt une façon d'explorer le contour du visage, suivre l'arcade sourcilière du bout du doigt, sentir la chair et l'os au-dessous, le voûtain du crâne sous le tracé du sourcil, en apprécier l'arrondi. Ce mouvement tendre et confiant prend l'interne de court. Elle capitule. Elle accepte de monter avec eux. Mila saute de joie, l'embrasse, fait un dernier aller-retour à la maison pour récupérer les coussins de la grand-mère, les noue les uns aux autres avec une cordelette, les balance dans son dos puis tire ses amis jusqu'au pied de la falaise.

Il faut franchir un premier éperon et remonter une corniche en pente douce au bout de laquelle s'ouvre la grotte. Delphine serre les dents dès les premiers mètres. Elle regarde derrière elle et regrette de s'être laissé embarquer dans l'aventure. Théodore la suit à moins d'un mètre. Sa jupe gonfle dans le vent. Il aperçoit ses cuisses longues et blanches. Delphine se fiche pas mal de sa jupe et de ses cuisses longues et blanches. Elle n'en mène pas large. Après trois ou quatre contorsions le long de la falaise elle écarte les bras, plaque son ventre contre le safre et commence vraiment à paniquer. Théo doit l'aider à prendre pied sur la vire. Elle s'y rétablit tant bien que mal, jette un nouveau coup d'œil sur la maison et, tétanisée, bafouille qu'elle a eu tort de les suivre. Elle ne leur doit rien. Ce n'est pas parce qu'elle a désigné Mila sur les photos de Mme Delcourt qu'il faut le lui faire payer. Elle s'adosse à la paroi et reste là, pâle comme un linge, bredouillant qu'ils ne connaissent pas le vertige, qu'elle ne peut plus bouger d'un centimètre. Elle va tomber dans les pommes. En effet, elle replie ses jambes et s'affaisse sur elle-même en fermant les yeux. La corniche est inclinée vers l'extérieur. Impossible de s'y étendre. Elle murmure qu'il faut l'allonger tête basse sinon elle risque vraiment la syncope. Théo et Mila se consultent du regard. Delphine se mord les lèvres, brasse l'air de ses deux bras puis se laisse glisser sur la vire en étouffant un cri. Théodore essaie de la retenir, mais, surpris par sa taille et son poids, manque chavirer à son tour. Il se rétablit in extremis sous les yeux amusés de Mila.

— C'est bien les toubibs, ça…

Il reste à peine dix mètres à franchir. Mila attrape Delphine sous les bras et la traîne le long de la corniche. Ses talons laissent deux traces dans le sable que Théodore observe d'un air perplexe. Il aide Mila à basculer Delphine à l'entrée de la grotte. Elle s'écroule à l'intérieur, reprend peu à peu ses esprits, regarde autour d'elle et, terrifiée, se met à ramper jusqu'au fond. Mila sourit. Le plus dur est passé. La soirée va pouvoir commencer. Elle déplie la couverture, ouvre le panier de la grand-mère, récupère les verres en cristal et la bouteille de champagne. Une serpette de jardinier traîne au fond du sac à dos, plate et rouillée, qui va servir de sabre. Elle brandit la bouteille sous les yeux de Delphine, se met à frotter le goulot. Ça crisse, le fer racle le verre, le goulot s'échauffe. Après quelques allers-retours ultra-rapides, d'un coup sec, elle décapite le col. Capsule et bouchon volent à travers le refuge. Théo siffle d'admiration. Mila remplit les verres.

— Tu te souviens quand on a dormi ici pour la dernière fois ? Tu voulais déjà débrancher Antoine. Tu ne cessais d'y penser. Tes yeux se perdaient dans la nuit. Tu confondais le mont Blanc avec un nuage.

Delphine se fiche pas mal d'Antoine et des nuages. Elle vide sa coupe d'un trait. De nouveau anxieuse, elle leur demande comment ils vont faire pour redescendre. Les deux autres ne répondent pas, ils trinquent. Elle s'adosse à la paroi et répète sa question. Ils se regardent en haussant les épaules puis marchent vers l'entrée et s'embrassent. Delphine se détourne. Elle est seule avec son vertige. Les voir s'embrasser sur la corniche lui donne la nausée. Cette falaise la paralyse, elle a peur pour eux, pour elle-même, peur de cette saleté de cachot suspendu. Mila la regarde et répète doucement que c'est une fête anniversaire, une soirée pour Théo. Elle revient dans la grotte et installe les assiettes du repas.

L'heure tourne. Le soleil descend derrière la maison au toit rouge. La nappe brodée de la grand-mère recouvre le sable de la grotte. La table est mise. Le paysage des Terres froides est magnifique. Une lumière douce et ocrée inonde leur refuge. Des cristaux de quartz et de minuscules coquillages se mettent à scintiller sur la paroi en tuf. La cavité a pris une belle teinte rose et nacrée. Rien ne presse. Ils ont le temps. Ils pourraient dormir là au besoin. Il faut profiter de la douceur, de la brise qui se lève, honorer le repas, boire autant que nécessaire et, au café, partager le gâteau d'anniversaire en dégustant le pétard de Bibi… Rien de tel qu'un peu de shit marocain pour voir la vie en rose. Delphine secoue le sable collé à ses jambes, fait un pas en avant, toise ses amis, redemande comment on va descendre. Ils se taisent. Ils se fichent de son angoisse et de ses phobies. Sa tête frôle le plafond de la grotte. Elle serre les poings, lève les bras et se met à gratter le safre avec ses ongles. Ses lèvres tremblent. On ne la reconnaît pas. Sa voix grimpe peu à peu dans les aigus. Elle est paralysée par l'angoisse, elle n'a plus confiance, ne leur pardonnera jamais de l'avoir attirée dans ce piège. Mila pose la main sur son épaule et tente de la caresser à nouveau, mais Delphine recule avec un cri d'animal pris au piège. Elle se prend la tête dans les mains, marmonne quelques mots incompréhensibles, attrape la bouteille de champagne et boit une longue lampée au goulot, puis une autre, et une autre en se blessant les lèvres. Elle retombe sur le sol. Sa jupe remonte sur ses cuisses. Elle ne bouge plus. Son grand corps les apostrophe. Mila et Théo se regardent. Peut-être faut-il s'approcher de la chair peureuse qui s'exhibe, la bercer, l'étreindre… Non, elle ne s'offre pas. Elle n'interpelle personne. Delphine Valladon est seulement prise de panique à l'idée de quitter ce gourbi suspendu. Elle avale une dernière gorgée de champagne, se recroqueville au fond de la grotte. Elle rend les armes. Elle veut bien payer pour son erreur concernant les photos si c'est là leur sentence, il n'empêche, elle est morte de trouille à l'idée d'affronter de nouveau le vide. Elle a beau boire comme un trou, rien n'y fait. Elle ne sort pas de son cauchemar. Elle se ratatine sur le sol en leur demandant pardon. Mila lui masse la nuque un moment, puis demande à Théodore de préparer le pétard de Bibi. Elle l'allume, le glisse elle-même entre ses lèvres.

Le pétard a plus de succès que les caresses. Delphine fume à toute vitesse, avidement, se raccrochant à cette embellie dont elle ne sait rien. Elle s'allonge sur le dos, aspire de nouveau goulûment. Elle n'a pas l'habitude du shit. Elle a chaud. Sa tête est un buvard, ses jambes sont filandreuses. Elle bâille, marmonne d'une voix sourde qu'elle a envie de rire et de pleurer à la fois. Elle sourit avec l'impression que son corps est fait de plumes et de tendons, qu'elle va se transformer en oiseau, en dinde, en outarde qui, au lieu de leur faire l'amour, viendra leur picorer le bas du dos avec son bec. Sauf qu'elle n'a pas de bec, seulement la chair de poule. Des bouffées de vent tiède tournent dans leur refuge. Elle prend la main de Théodore, agrippe celle de Mila, murmure que rien ne change, que rien ne changera jamais. Elle grimace et pouffe de rire à la fois. Elle perçoit clairement l'abîme sous leurs pieds. L'entrée de la caverne est comme une grande bouche suave, une fenêtre ouverte sur l'autre monde. Soudain elle se lève. Elle ouvre sa chemise, dégrafe sa jupe, dévoile son corps. De sa voix rauque, elle leur demande de l'aimer. Elle leur dit que cette grotte est une chambre où résonnent les râles des anciens amants. Elle précise qu'elle les aime depuis le premier soir. Puis, comme ils ne réagissent pas, elle continue de se déshabiller et annonce que le maire de Lyon a quitté Marianne Delcourt parce qu'il ne supportait plus sa jambe sans orteils. Du coup, amputée de ses doigts de pied et de son grand amour, Marianne Delcourt erre entre les mondes elle aussi. Elle avance en somnambule.

Elle a tenté plusieurs fois de se suicider. Peut-être est-ce le moment de sauter le pas ici également, en finir avec la candeur et la bêtise. Mila et Théo ne disent rien. Ils la regardent ôter ses vêtements, découvrir son corps blanc et, avec un sourire piteux, cambrer les reins. Ils ne font aucun commentaire. Elle enlève son soutien-gorge, l'envoie valser au fond de la grotte. Elle est belle et sauvage. Elle balance sa culotte loin dans la nuit et, avant que Théo et Mila n'aient le temps de réaliser quoi que ce soit, prend son élan et fonce dehors.

15

Tétanisé, incapable de réagir, Théodore la voit courir jusqu'à l'entrée de la grotte. Mila se précipite, traverse d'un bond la zone de sable, tombe à genoux sur le bord de la corniche et tente de la retenir, mais non, elle saute déjà, elle bat des mains au-dessus du vide. Le temps se fige une fraction de seconde. Ses cheveux flottent autour de son visage. Théo se souvient comme elle les rassemblait tout à l'heure. Elle tremblait au moment de les suivre. Elle frissonnait en se coiffant. Elle les suppliait de rester en bas. C'était ridicule, enfantin, mais le temps semblait déjà flotter autour de son corps. Le soleil frappait sa figure de craie, étincelait dans sa chevelure. Le temps hésitait comme maintenant. Mila tend les mains vers elle, agrippe ce qui valse dans la nuit, une cheville, un poignet. Elle s'arc-boute sur le rebord et tire violemment. Théo surgit derrière elle et la ceinture avec ses bras. Le corps de Delphine vacille au bord de l'abîme. Il balance, se désarticule. On entend un craquement, les reins se plient et le corps recule soudain, bascule en arrière de quelques centimètres, s'écroule sur la bande de safre, bassin et jambes oscillant au-dessus du vide. Théo contemple cette silhouette disloquée, les hanches bizarrement tordues à l'angle de la falaise. Il voit le ventre luire sous la lune, noir de jais, assiégé par la masse de chair blanche tout autour. Il voit Mila qui se redresse, embrasse et frappe tout ce blanc, ce poreux, ces seins, ces épaules. Mila qui frappe le visage blême et plâtreux de Delphine Valladon, secoue ses bras, la traîne à l'intérieur de la grotte, la fouette avec la nappe, les linges, tout ce qu'elle trouve, répand ce qui reste de liquides sur son visage, s'énerve, pleure, se laisse tomber dans son giron au moment précis où Delphine ouvre les yeux et proteste de sa voix chavirée qu'elle lui fait mal. Mila éclate d'un rire nerveux.

— C'est ça, je te fais mal !

Théo ramène des vêtements sur elles, recouvre les cuisses de l'interne avec la nappe de la grand-mère. Mila continue de rire en se frottant les yeux. Elle caresse son amie avec de longs hoquets silencieux, des tremblements de tout le corps, et, aussi incroyable que cela paraisse, le visage enfoui dans ce corps d'albâtre qui l'accueille, appuyée à ce giron qu'elle a autrefois séduit et à présent sauvé, ferme doucement les paupières, attrape son pouce, le glisse entre ses lèvres et s'endort comme une enfant. Elle dort très peu, le temps pour Delphine de réaliser à quel point elle est soulagée d'être vivante et de se trouver de nouveau à mi-hauteur de la falaise. Elle ne pense à rien. Elle regarde Mila, sa respiration paisible, ses pommettes, sa glotte qui remonte doucement le long de son cou. Ce n'est pas la première fois qu'elle suce son pouce ainsi, en prison déjà paraît-il et récemment les soirs qui ont suivi la garde à vue. Une manière de tout garder à l'intérieur. D'après Théo, en général, elle se met à ronfloter juste après… Delphine plisse les yeux en voyant le pouce glisser hors de sa bouche, les lèvres s'arrondir, le souffle se brouiller.

Elle sourit à Théo. Elle l'a échappé belle, mais c'est lui qui tangue à présent. Il ne sait plus où il en est. Il s'approche des deux femmes, s'accroupit, saisit le visage de Mila, le ramène sur ses genoux et se tourne vers la nuit. Il regarde dehors. Le champagne est fini, son anniversaire foutu, le pique-nique à peine entamé, Delphine saine et sauve. Reste à rallumer le pétard de Bibi et lui demander de se rhabiller. Juste ça. Rhabille-toi, Delphine. Il n'y a rien à glaner par ici. La lune est en train de se lever, un joli croissant éclaire la maison et ses alentours. L'interne se met à genoux, se penche dehors et, oubliant son vertige, remarque une tache plus foncée au pied de l'arbre… Elle l'interroge des yeux. C'est l'herbe qui repousse. C'est le regain d'automne qui s'étend peu à peu au pied de la falaise.

Mangez sur l'herbe. Dépêchez-vous.
Un jour ou l'autre l'herbe mangera sur vous.

Oui, il aurait mieux valu rester en bas, mais ça ne convenait à personne. Théo répète la phrase de Prévert, allume le joint et le lui propose. Elle hésite un instant, avale une longue bouffée et s'adosse à la paroi en se prenant le visage dans les mains. Il est bizarre, ce haschich, peut-être coupé avec des amphétamines. Théo a la tête qui tourne lui aussi. Mila se réveille, pas du tout surprise de se retrouver sur de nouveaux genoux et de les voir fumer tous deux. Elle baye aux corneilles. Ce foutu shit a failli les tuer. Delphine hoche la tête. Elle les remercie à voix basse et murmure qu'elle ne ressent plus trop l'appréhension. Le vertige a l'air de s'estomper, elle est de nouveau confiante, prête à redescendre, semble-t-il. Elle se met debout, chancelle au milieu de la grotte, sort lentement sur la vire en plaquant ses mains contre la paroi. Elle les regarde avec un éclair de fierté dans les yeux, et s'engage sur le plan incliné. Théo la rattrape et lui prend le bras. Elle est sur un nuage. Elle marche d'un pas bizarre. Il voit bien qu'elle se bat contre l'épouvante. Mila les rejoint, souffle à l'oreille de Théo que le shit de Bibi est d'une efficacité redoutable, mais qu'il faudrait tout de même l'assurer dans la dernière partie. Delphine se laisse attacher avec la cordelette des coussins, fière, shootée, regrettant la bouteille de champagne et le sabre du grand-père, regrettant la disparition des chardons bleus, les coussins de la mamie, les reliefs du repas abandonnés dans le sable. Bizarrement, elle descend la corniche sans trembler, d'un pas lent mais sûr, et se met à parler de tout autre chose, de John Lennon, Donovan, Jimi Hendrix et sa pédale wah-wah, des Doors et des Who au festival de l'île de Wight.

Maintenant elle est couchée dans la chambre du haut et elle flotte. Elle flotte de plus en plus et, de sa voix rauque, leur propose à nouveau de l'aimer. Elle leur demande d'honorer son ventre après avoir sauvé son corps en entier, mais non c'est du flanc tout cela, du pipeau, elle craint autant leurs baisers que le vide, elle préfère l'île de Wight et la pédale wah-wah, elle a sommeil, elle se frotte les yeux, on voit bien qu'elle est toujours dans le pâté. Le monde est en place, les lits faits, attribués, les draps lavés, le carrelage de la cuisine astiqué, la P60 rangée dans le garage, l'hélice en fer-blanc plongée dans le pot de peinture, le pétrin débarrassé de son affreuse toile cirée et le dentier de la grand-mère attend comme toujours dans le verre à moutarde de la table de nuit, là où Théo l'a posé il y a neuf ou dix ans. C'est le seul souvenir qui reste de la mamie hormis le chapelet et le crucifix sous sa branche de buis. Ici, dans les Terres froides, on ne recycle ni le vieux buis ni les dentiers. On remplace les verres, on change l'eau bénite. Théo donne une chiquenaude aux deux récipients, puis ferme les volets en songeant qu'ils manquent probablement une occasion d'aller au bout de quelque chose… Mila s'appuie à la fenêtre. Un nuage vient de surgir au ras de l'horizon et, à sa manière, les dissuade d'obéir à l'injonction de Delphine Valladon. Il caresse le haut des collines, frôle le croissant de lune, s'impose dans le ciel avec la même intensité que son beau pubis encapuchonné de lait tout à l'heure. Il s'éloigne. Il continue sa course. Il est sans forme et sans désir. Il n'a pas de regrets.

Le lendemain il pleut. Delphine descend les escaliers en boitillant et en se massant le poignet. Elle prend place à la table du petit déjeuner sans faire la moindre allusion à son saut de l'ange. Elle se sert un café et, ni une ni deux, raconte son équipée à l'île de Wight. Trois jours de folie assourdissante. Un immense bol d'air, une parenthèse inoubliable. À l'écouter, il semblerait que Joan Baez et Leonard Cohen ne soient pas si incontournables que cela. Ils ont clôturé le festival, mais c'est Jimi Hendrix qui a mis le feu, avec les Stones et les Doors. Mila et Théo ignoraient qu'elle s'était rendue là-bas. Peu importe, il y avait le feu partout. Elle a croisé une étudiante écossaise qui s'est entichée d'elle le temps du week-end et l'a rendue heureuse. Rien à voir avec eux. Delphine recule sur son siège, mord dans sa tartine et murmure qu'elle ne verra jamais plus cette étudiante, qu'elles en ont décidé ainsi. Eux, par contre, sont pieds et mains liés, ils se croisent sans cesse, ils loupent sans cesse leurs rendez-vous. Ils sont trop obsédés par la rébellion. Leurs têtes sont farcies de pseudo-exploits révolutionnaires, obnubilées par la critique de la société et par l'anarchie rampante censée unir leur petit groupe. C'est malsain, ces histoires d'anciens combattants. Delphine bat des paupières devant leur mine incrédule. Elle grimace, lâche sa tartine, masse sa hanche droite en faisant la moue et se demande à voix haute si elle n'a pas un problème à la symphyse pubienne. Elle palpe son autre hanche, se rassied, revient à cette révolution ratée qui, dès le départ, a manqué de panache et d'objectifs concrets. Il faut oublier ces événements qui ne suscitent que dépits et rêves de vengeance. Quant à la jolie disponibilité amoureuse proclamée à l'époque, berzingue… Mila hausse les épaules puis se lève pour aller travailler.

— Ce qui est nouveau, c'est que plus personne n'est effrayé par le sexe. Pudeur, appréhension, culpabilité, c'est fini tout ça… Mais pour l'amour, oui, rien n'a changé. On en a toujours aussi peur.

Elle serre les dents.

— Toujours aussi peur.

Elle est en bleu de travail, son fichu jaune sur la tête, son pinceau à la main, sa perceuse vert olive sous le bras. On dirait une fleur des champs. Elle ouvre la bouche pour développer sa théorie, mais finalement se tait et file bosser. C'est aussi bien comme ça. On se contentera des mirages de la révolution et des promesses faisandées de l'amour… Restent la falaise et les grottes, l'arbre étêté dans la cour, le blanc limé, la musique pour tout le monde. Peut-être quelques pétards pour Delphine Valladon, ou même cette mode du retour à la terre, cet engouement pour l'écologie et l'avenir de la planète qui commence à les intriguer tous. L'interne sourit. Théo ne l'a jamais vue si libre. Elle lui fait un clin d'œil, avale son bol de café puis court à la fenêtre inspecter son poignet douloureux. Sa main est chaude, gonflée, rougeâtre à la base du pouce. L'hématome est en train de gagner l'avant-bras. Elle fronce les sourcils, attend que Mila soit sortie de la pièce pour relever sa jupe en pleine lumière. Sa hanche gauche est amochée aussi, sa cuisse pleine de bleus, malgré tout cette chair endolorie semble lui convenir. Elle demande à Théodore d'aller chercher la P60 pendant qu'elle jette un coup d'œil à l'avancement des travaux. Elle boitille jusqu'au salon. Les meubles ont été repoussés le long des murs et elle découvre le grand pavement dans son entier, plus impressionnant que celui de la cuisine, un damier sans motif central, une immense alternance de carreaux noirs et blancs. Au centre, un escabeau en bois et une femme juchée sur la dernière marche, qui sifflote les bras en l'air. Cette jeune femme lui a sauvé la vie et rêve encore de faire la révolution. Cette femme suce encore son pouce. Là, elle s'applique. On dirait une gamine. Elle tire la langue. Elle se mord les lèvres en peignant la rosace du plafond.

— Tu voudrais que je ramène Marianne Delcourt ?

Delphine lui pose la question comme cela, mine de rien, en boutonnant sa veste et en balayant le carrelage des yeux.

— Elle est très faible, très déprimée depuis l'amputation.

Mila arrête soudain de badigeonner la rosace.

— Elle t'a fait un sale coup, je sais, mais tu dois peut-être purger cette histoire-là aussi.

Mila essuie son pinceau sur la grille et descend de l'escabeau en avalant sa salive. Delphine n'y comprend rien. Il faudrait lui expliquer que Marianne Delcourt est la mère du meilleur ami de Théo, que son fils Antoine, revenu blessé de la guerre d'Algérie dans un coma profond, a rendu l'âme peu après que Marianne et Théodore se furent tombés dans les bras l'un de l'autre. Elle le lui raconte en quelques mots, ajoutant qu'Antoine, bien entendu, n'a rien su de cette relation, et en omettant de préciser qu'il n'est pas mort naturellement. En ce qui concerne les deux garçons eux-mêmes, elle n'en sait pas plus, la mère et Théo, oui, ils se sont aimés comme des fous. Delphine Valladon la regarde avec un sourire.

— Elle est très déprimée, mais elle lutte. C'est une femme intelligente. Elle a compris que tu ne risquais plus rien après l'acquittement de Raton et de Munch. Si tu veux, j'essaie de la sortir de l'hôpital et je l'amène avec moi. Elle me fait confiance. Cela devrait l'inciter à mobiliser son pied et vous pourriez laver tranquillement votre linge sale en famille.

Mila remonte sur son échelle. Il n'y a aucun linge sale à laver. Et surtout pas de famille. Marianne Delcourt est une bourgeoise qui s'est trompée d'amour et de combat politique. Mila glisse son pinceau queue-de-rat dans le pot de peinture blanche, puis adresse un sourire navré à son amie médecin et se remet au travail. Delphine regarde le dallage du salon, si nu et si vaste. On dirait un immense jeu d'échecs.

16

Va pour le jeu d'échecs.

Il pleut à verse. La falaise est en train de prendre une vilaine teinte grisâtre. L'eau du plateau zigzague d'une corniche à l'autre avant de se disperser en une dizaine de rigoles laissant partout leurs traces boueuses et larmoyantes. La muraille est presque menaçante, une sentinelle fatiguée, un grand mur boutonneux. L'un des ruisselets achève sa course tout près de la maison. Il tambourine sur le toit de la caravane de chantier. Le ciel est uniformément gris. Le brouillard rampe dans le verrou de Torchefelon, gagnant peu à peu en hauteur, recouvrant les plateaux de cette campagne millénaire qui, pour une fois, porte bien son nom. La température a chuté d'un coup. L'hiver approche.

Delphine Valladon saisit Mila par la manche et tente à nouveau de la convaincre de revoir Marianne Delcourt. C'est une rebelle aussi à sa manière, une taiseuse, une révoltée qui devrait laisser de côté ses anciennes batailles et s'occuper de son corps. Il faut l'aider à combattre l'AOMI. Elle est minée de l'intérieur. Son passé la hante. Elle-même, Delphine, quand elle y songe, est rongée par la culpabilité. Elle n'arrive pas à oublier les événements récents, ne se pardonne pas d'avoir reconnu Mila sur la photo, d'avoir désigné les mains chérubines. C'était pire qu'un faux pas, une erreur fatale, une trahison laissant l'impression d'avoir des galets dans le ventre. Seulement voilà, c'est ainsi, les cailloux font leur travail. Ils agissent, malaxent, réduisent et broient. Tout finit toujours par être réduit en poudre. C'est le destin des femmes d'avoir des galets dans le ventre. C'est peut-être son destin à elle de rencontrer des guerrières et d'en devenir la consolante, la soignante, l'amoureuse qui ne tend plus la main, mais qui dévore des yeux. Mila sourit et tend la main vers elle. Delphine Valladon prend son bras, le caresse un moment en marmonnant qu'elle voulait parler de Marianne Delcourt, et maintenant elle parle d'elle – c'est toujours comme ça, on convoque autrui et on finit par parler de soi-même. On se regarde le nombril.

De sa main libre, elle frotte sa hanche douloureuse, se passe furtivement les doigts sur le ventre puis fixe Mila et ajoute qu'elle n'a jamais oublié ses halètements de biche lorsque, tôt le matin, Théo l'aimait dans la cuisine de l'appartement de la Croix-Rousse. Elle n'a pas oublié non plus leurs ablutions, toutes deux dans la baignoire suspendue, ou l'odeur du soleil dans ses cheveux devant la fenêtre de la rue des Os rangés. Pas davantage les pulsations de son cœur affolé dans le débarras après la course-poursuite avec les CRS. Ces souvenirs évoqués d'une voix légère, sans un frémissement, ont l'air de rassurer Mila. Rien ne pèse véritablement. Delphine n'en veut à personne. Pas question pour autant de ramener ici une ancienne militante d'Ordre nouveau qui apparemment a tourné casaque et n'adhère plus à rien. Mme Delcourt aurait donc renoncé à ses convictions politiques en perdant ses doigts de pied et son amant célèbre… C'est à peine croyable. Delphine hoche la tête, s'écarte de Mila et murmure que rien n'est jamais croyable, qu'il faut se contenter de recoller les morceaux de quelques vies rompues. Marianne semble vouloir tourner une page après cette amputation. Pour elle, c'est l'escalade dans la falaise qui a été le déclic. Elle n'appréhende plus le vide de la même façon. Ni les corps. Elle veut soigner, consoler. Le dévouement prend le pas sur ses anciens rêves d'étreintes et de libération. Elle se sent toujours aussi poreuse, mais moins disposée à l'amour, sauf s'il est fugace et sans lendemain comme au festival de Wight. Elle accepte cette contradiction. Elle la revendique. Peut-être est-elle conçue pour le retrait, les amours fugitives qui n'altèrent pas les contenants. Un vrai cruchon… Mila se redresse sur son échelle et répète pensivement cette dernière phrase. Ses yeux se mettent à briller. Elle a très envie d'embrasser son amie juste pour ses derniers mots. Pour le cruchon poreux.

Finalement Mila se prête au jeu de l'oubli et des retrouvailles.

L'interne est bluffante avec son grand corps altruiste qui respire la bonté et la bienveillance. On dirait qu'elle choisit une nouvelle voie, qu'elle adopte une sorte d'esthétique du renoncement. Peut-être le salut est-il là en effet, dans le pardon sans limites… Pardon pour les désirs sans lendemain. Pardon pour la rivale, la jalouse et l'amputée. Pardon pour la perdante qui s'est fourvoyée dans le pire de la politique. Pardon pour la répudiée. Miséricorde et absolution pour la dénonciatrice… Voilà, la roue tourne. Marianne Delcourt a perdu fils et amant il y a une dizaine d'années et ne s'en est jamais vraiment remise. Maintenant elle vient de perdre ses illusions, son emploi et cinq de ses orteils. Il est peut-être temps de tout reprendre à zéro.

Théodore et Delphine partent au boulot dans la P60 vert bouteille. La voiture pétarade sur la route départementale. Mila fronce les sourcils en les voyant s'en aller, songe qu'il faudra bientôt changer le pot d'échappement puis, immédiatement après, regarde autour d'elle et éprouve un moment de joie pure en se retrouvant dans la cour à contempler son rez-de-chaussée par les fenêtres ouvertes. L'odeur d'argile et de chaux a envahi l'espace. La maison renaît, plus accueillante que jamais. Mila s'y sent bien, protégée par ses deux semaines de lessivage et de peinture. Elle est amaigrie, lessivée elle-même, mais comme libérée d'un poids. C'est toujours ainsi quand le corps mène la danse, que les muscles bataillent avec les pensées moroses. La matière exige ténacité et modestie. Le temps de cette confrontation, les peines s'estompent. Mila le sait depuis l'enfance, elle qui n'a jamais cessé de mobiliser ses muscles et de retenir ses trop-pleins d'émotion. Voltige sur le contrepoids de la sapinette, grimpette dans la structure des grues, démêlés avec les câbles, les poulies, prises de bec avec les ouvriers bougons. Son père aussi était fait de matière pure, un taiseux qui ne manifestait ses sentiments qu'à travers la prise de risque. Pas d'émoi en dehors des prouesses et de leurs conséquences. On grimpe à mains nues, on ne s'intéresse qu'aux pylônes. La pluie et le vent battent sur les visages. La matière ploie entre les pales de l'hélice. Le cratère fluide et lustré absorbe les pigments, dilue les angoisses. Le compteur est à zéro. Elle a lessivé les portes et les fenêtres, poncé les murs, bouché les fissures et, dans le même temps, oublié les flics.

La rencontre a lieu dans le magasin de bricolage de Vaulx-en-Velin. Des tabourets en plastique sont empilés à l'entrée du secteur jardinage. Marianne Delcourt patiente juste en face, perdue dans ses pensées, contemplant les alignements de produits phytosanitaires, les bulbes, les semences. Elle tapote le sol avec sa canne. Mila l'observe de loin. Au pli d'amertume qui déforme sa bouche, au tremblement de sa jambe valide, à sa moue de bourgeoise aigrie et toujours sur le qui-vive, elle comprend que cette femme ne renoncera jamais. L'entrevue est inutile. Mila fait un signe à Delphine Valladon qui se tient en retrait, escortant sa patiente, et qui a elle-même écopé de cinq jours d'arrêt de travail après leurs aventures fantasques au centre de la falaise. Mila consulte sa liste de courses, récupère du papier de verre sur une étagère, de l'enduit à l'eau, du plâtre et une spatule de tapissier qu'elle glisse sous son bras. Elle bifurque dans l'allée jardinage et vient saluer son ancienne rivale. Marianne Delcourt la dévisage une seconde, puis attrape un tabouret et le traîne vers le rayon peinture où s'empilent récipients et boîtes de toutes sortes. Elle se laisse tomber sur son siège. Les pots leur feront rempart, ils les éloigneront du monde.

Elle accepte en bougonnant de serrer la main de Mila. C'est une épreuve pour qui ne croit plus en grand-chose et, présentement, n'a pas l'énergie de batailler. La vie la dégoûte. L'alcool aussi. La seule chose dont elle aurait encore envie – une cigarette – lui est totalement proscrite. Elle se gratte la jambe du bout des doigts, précise que le tabac est très mauvais pour les artères, retourne ses paumes et les ramène sagement sur ses genoux. Le geste est étrange. On a l'impression qu'elle exhibe deux membres dissemblables, l'un frais et potelé, l'autre tendineux, marqué par la nicotine. Mila ne quitte pas des yeux les taches jaunâtres à l'extrémité de la main gauche. Le médium est encrassé lui aussi.

— Les vôtres sont grassouillettes, Mila Galpérine. Je pourrais les reconnaître entre mille. Bourrelets à la naissance des doigts, paumes boudinées, lunules irrégulières, ongles rongés… Entre nous, ce n'est pas très bon signe. Vous devriez surveiller votre thyroïde.

Mila reste immobile, sa spatule sous le bras.

— J'ai bien failli vous renvoyer en prison, mais les juges d'instruction sont timorés dans cette ville. Je ne parle pas du procureur, un gauchiste en mal de tribune qui m'a coupé l'herbe sous les pieds… Nous savons toutes deux la vérité, n'est-ce pas ? C'est vous qui avez posé la pierre. C'est vous qui avez tué le commissaire Lacroix. Vos mains vous ont trahie.

Marianne Delcourt glousse, cherche une paire de lunettes dans son sac et se penche en avant.

— Je n'ai jamais compris comment vous pouviez exciter Théo avec des doigts pareils… Il bande toujours, mon petit merdeux ?

Mila hésite à ficher le camp. Elle contemple son ancienne rivale. Un bout de gaze émerge de la gouttière plâtrée, effiloché et sale, derrière un treillis à la couleur indéfinissable. Elle s'appuie au rayonnage en soupirant. Le combat est vraiment inégal.

— Je ne vous pensais pas si rancunière…

Elle fait un pas de côté, retient un pot de peinture qui bascule dans son dos, parcourt machinalement l'étiquette, puis le remet en place en haut de la pile.

— Bientôt il n'y aura plus rien sur ces rayons, peut-être même plus d'étagère du tout. Seulement un employé qui fabriquera les couleurs à la demande, teintes et qualité garanties.

— « Du passé faisons table rase », c'est bien cela ?…

Marianne désigne sa jambe avec une moue.

— Le passé adore nous tendre des pièges… Une seconde d'inattention et voilà, on regarde ailleurs, on tombe dedans. Après, on macère et on pue.

Elle a l'air de bien s'amuser. Elle soulève sa jambe malade, la pose sur le rayon, attrape la main de Mila et la plaque au bout de son membre amputé. Mila étouffe un cri en percevant le bourrelet de chair sous la bande de gaze.

— Tu veux sentir comme je pue ?

Elle frotte à nouveau les doigts de Mila contre le pansement puis les ramène sous ses narines. La jeune femme bondit en arrière.

— Je crois que tu as raison, Mila Galpérine… Rien ne vaut un bon coup de balai. C'est le destin qui nous réunit tous les quatre pour la première fois, Delphine notre médecin, moi ton ancienne rivale, Théodore mon amant des temps révolus et toi la gagnante, la révoltée.

Mila secoue la tête et frotte la main sur son pantalon.

— Théo adorait mon soldat mort.

Marianne ricane, fait quelques pas mal assurés sous les échantillons de peinture, attrape un nuancier, le feuillette une seconde, laisse tomber sa canne et s'accroche au rayonnage. Elle continue à marcher, tangue un moment dans l'allée tandis que les pots débaroulent autour d'elle. Elle écarquille les yeux, étouffe un cri, essaie de les retenir, n'y arrive pas. Elle crispe les poings et là, soudain, contre toute attente, le front appuyé contre l'étagère bringuebalante, se met à sangloter. Ses épaules tressautent, son maquillage coule immédiatement. Mila, désarçonnée, commence par ramasser les pots autour d'elles, y renonce et s'approche avec un sourire compatissant. Marianne arrête immédiatement de s'apitoyer. Mila pose la main sur son bras et lui souffle qu'elle est toujours aussi mystérieuse et sensuelle, qu'elle était si belle il y a dix ans, si puissante, si voluptueuse et sûre de son fait que Théodore ne s'en est jamais complètement remis. Marianne semble troublée un court instant. Elle contemple la main chérubine qui lui enserre le poignet, s'essuie les yeux puis s'écarte et ne peut se tenir de ricaner à nouveau. Elle marmonne qu'à force de tergiverser, de vouloir faire la part des choses, elle s'était royalement plantée à l'époque. Adieu le fils. Adieu l'amant. Elle a perdu sur tous les tableaux. Ce ton sarcastique tombe à plat. Elle s'en rend compte et, mal à l'aise, ébranlée, les joues humides et souillées par le khôl, repousse la main et se plie en deux pour récupérer sa canne. De nouveaux échantillons basculent dans son dos. Mila baisse les bras et recule dans l'allée. Marianne prend une grande respiration, puis, repoussant du talon ces pots de peinture, souffle à sa rivale qu'elle est une jolie salope.

— Alors peut-être qu'on se ressemble, madame Delcourt. Vous êtes juste plus imposante. Que peuvent encore échanger deux personnes comme nous ? Leurs vieilles recettes ?... Moi, je n'y crois plus.

— Aux vieilles recettes ?

— À cette haine qui vous nourrit.

— Tu préfères ta révolution ? Elle a échoué. Tu attends quoi, des explications, des justifications, des repentirs ?

Mila hausse les épaules.

— Des armes ?

— Notre société est gangrénée de l'intérieur. Elle n'a pas besoin d'armes. Elle se nécrose toute seule.

Marianne désigne son pied malade.

— Tu aimes la gangrène, semble-t-il, mais pas vraiment son odeur !

Mila se détourne le feu aux joues, récupère ses outils. L'autre se lève à son tour en serrant les poings. Ses traits se creusent, ses lèvres recommencent à trembler. Elle paraît soudain dix ans de plus.

— Je croyais que tu voulais passer l'éponge…

Mila ferme son blouson et s'éloigne.

— Je vous ai vue pleurer. Ça me suffit.

Elle écarte les doigts en guise d'au revoir puis rejoint Delphine Valladon qui fait les cent pas au rayon menuiserie. L'interne jette un coup d'œil inquiet par-dessus son épaule. Marianne claudique bizarrement devant les pots de peinture, se gratte le haut du crâne, retombe sur son tabouret et se met à fouiller dans son sac à main. Après un temps de réflexion, elle en vide le contenu sur ses genoux et commence à trier. Delphine soupire. Ça va aller, son organisme réagit plutôt bien. La convalescence se déroule normalement et, en ce qui concerne l'odeur, c'est assez banal car elle a beaucoup sollicité son pied en venant jusque-là. Le pansement doit suinter mais la nécrose est contenue et il n'y a plus la moindre tache suspecte au niveau de ses chevilles. Les chairs se reforment. Il faudrait changer les compresses. Mme Delcourt reprend peu à peu du poil de la bête.

Mila secoue la tête. Cette dernière phrase la gêne.

— De quoi avez-vous parlé ?…

— Des salopes que nous sommes devenues l'une et l'autre. De son pied malade, de la crémaillère qu'on va bientôt pendre dans les Terres froides. Elle me fait peur. Elle se hérisse à la moindre contrariété. Elle souffre, c'est certain, elle tourne en rond et on la sent prête à mordre… Je n'ai pas eu le cran de l'inviter.

17

Un soir, juste avant le procès, Danton a dû reconsidérer son existence parce qu'une jeune lycéenne s'était assise à côté de lui sur le canapé de la rue des Tables-Claudiennes, l'avait fixé droit dans les yeux, sans ciller, puis avait posé la main sur son cœur en marmonnant que dorénavant elle ne s'intéresserait plus qu'à la nature, aux histoires inventées et aux animaux. Son geste, cette façon de glisser les doigts sur sa poitrine était d'une grâce bouleversante. Après quoi elle s'était penchée, avait tendu la main dans sa direction, avait frôlé sa cuisse et sa hanche puis avait posé les doigts sur son sexe. Elle avait un peu plus de quinze ans, de la candeur à revendre. Elle disait qu'il valait mieux se taire, qu'il ne servait à rien de parler. Elle avait la main sur son ventre et s'étonnait qu'il ose encore ouvrir la bouche pour lui demander son âge, le nom de ses professeurs et de ses copains au lycée. Il ignorait si elle agissait consciemment. Elle était sans âge. Elle effleurait un escargot sans réaction. Elle hésitait à bouger les doigts, à agripper carrément l'escargot, mais il restait inerte dans sa gangue. Elle allait probablement renoncer puis, toute honte bue, revenir à la vie ordinaire. Il essayait de lui dire à l'oreille ce qu'elle savait déjà, qu'il sortait avec sa sœur depuis trois mois et qu'elle-même n'était qu'une enfant. Elle hochait la tête. L'audace et la candeur n'ont pas leur place dans ce monde d'adultes. La loyauté non plus. Elle enleva sa main en murmurant qu'elle s'en doutait depuis le début et qu'elle s'en foutait. Elle sauta sur ses pieds avec une moue méprisante, claqua la porte, dévala l'escalier et traversa d'un bond la rue des Tables-Claudiennes. Un fourgon passait par là. Il pleuvotait. La jeune fille percuta le pare-chocs du fourgon Citroën, vola au-dessus de la chaussée, comme auparavant le chat Pistil à la Guillotière et atterrit sur le goudron huileux. Pas un mot durant tout le trajet à l'hôpital, sauf pour enjoindre Danton de ne pas dire la vérité, d'inventer une histoire à l'intention de sa sœur et de ses parents. Très bien. Il jura la main sur le cœur avant même de savoir que ses blessures n'étaient pas trop graves, deux côtes cassées, une fracture au poignet et des bleus partout. Il imagina tout de suite un récit justifiant l'accident, une fiction minuscule qui, au bout du compte, lui coûta beaucoup. Il tint promesse en sachant que la vérité les aurait enfoncés tous deux, aurait réduit le geste de la gamine à une provocation alors que c'était l'injonction d'un corps neuf, intimidé, éperdu. Il ne faillit pas à son engagement.

Quelques mois plus tard, depuis la prison Saint-Paul où il se trouvait de nouveau incarcéré, sous les fenestrons grillagés de la Marmite du diable, alors que je ne savais même pas si nous nous reverrions un jour, il m'a fait promettre de rester debout sous les rafales quoi qu'il arrive, debout pour les autres, pour les perdants et tous les taulards de ce bas monde. Danton m'a fait jurer d'écrire ce livre, de raconter leur histoire à tous et, à chaque obstacle, à chaque protestation de la vérité, de passer outre en inventant un récit incorrect en leur hommage. Il s'époumonait derrière la fenêtre de sa cellule. Tout le monde hurlait autour de lui. Il a plaqué le visage sur la grille, a levé son doigt, m'a montré le ciel si bleu si calme puis, mettant ses mains en porte-voix, a gueulé que notre histoire pourrait s'intituler *Les enfants du tumulte* ou alors *Double ciel.* Il a rajouté que la petite lycéenne, au moment de sortir de l'ambulance, pâle comme un linge au fond de sa civière, avait posé de nouveau les doigts sur son cœur avec sa grâce d'adolescente et murmuré qu'elle voulait bien souffrir à présent car la vraie vie faisait un boucan du diable et n'en finissait pas de lui casser les oreilles. Elle respirait difficilement. Un vol de canards coupait le ciel au-dessus du fleuve, formant un V parfait. Le meneur nasillait un mètre en avant, les suiveurs battaient de l'aile dans son dos. Elle avait levé la main vers cette compagnie de vagabonds tapageurs et un sourire avait éclairé son visage.

Il n'y aura ni témoin ni arbitre dans la maison des Terres froides. Pas de canards non plus. Juste cette partie d'échecs grandeur nature donnant l'illusion qu'on peut s'élancer sur l'immense carrelage noir et blanc et jouer une bonne fois son va-tout. Ce genre de compétition mobilise les hommes. Les voici, ils reviennent un à un, ils surgissent dans ce récit l'un derrière l'autre, chacun avec sa muse, chacun au service de sa reine ou de son roi couronné. Ils ont peur de la fiction, mais adorent ces confrontations où on parade sur un damier en contraignant son corps, en luttant avec sa condition de mâle, en ignorant le sang qui s'accumule pour un rien au fond de l'escargot, là où appréhension, arrogance et convoitise se font face depuis toujours, là où la gamine aurait peut-être posé la main. Ils se débrouillent comme ils peuvent avec leur désarroi. Les voici… Pitié pour eux.

On pend la crémaillère.

On rend hommage à la grand-mère que personne n'a connue sinon Mila, sa petite-fille, une vieille dame dont ne subsistent qu'une photo et un dentier rose. Il pleut. Il pleut encore. L'entrée est repeinte à neuf. L'odeur de badigeon a chassé les remugles de paradichlorobenzène, de bergamote et de pipi de chat. Les meubles de la grande pièce ont été remisés au fond du corridor. Deux plateaux en bois accueillent les visiteurs à l'entrée, encombrés de bouteilles, de verres dépareillés, de victuailles en tous genres, chips, noix, saucisses de couenne, jambon cru, pommes de terre du jardin, jésus des Terres froides, fromage de tête et surtout, au milieu de ce florilège de cochonnailles, les fameux pieds de porc de la Baronne dans leurs plats en pyrex, revenus au saindoux et finement gratinés, qui fleurent bon la cuisine lyonnaise mais que personne n'ose goûter pour le moment. Mme Baron, dite la Baronne, les a cuisinés avec Gilbert Legoff et sa bande de ballots. C'est une veuve de fraîche date, fille de canuts, grande amoureuse depuis la mort de son mari et, accessoirement, lingère en chef à l'hôpital psychiatrique du Vinatier.

Crémaillère aux Terres froides donc, avec Théo, Mila, Delphine Valladon, la Baronne, l'antipsychiatre Legoff et une douzaine de jeunes handicapés mentaux tout juste sortis de l'hôpital, Bibi et sa jeune sœur Sonia, Claire Auzias et sa bande de trimardeurs, un chien, un rat, quelques frelons tournant encore sous les branches de l'arbre étêté, plus le dentier de la célèbre mamie. Autant d'hommes que de femmes cette fois, autant de pièces noires que blanches, des règles connues de la plupart, des déplacements compliqués, des prises de guerre. Personne ne cerne les enjeux de cette échappée belle – peut-être n'y en a-t-il pas –, mais la perspective du gueuleton et de la partie d'échecs grandeur nature tombe à pic avec ce temps de chien. C'est Bibi qui en a eu l'idée en contemplant les simplets du Vinatier en train de se regrouper au bord du carrelage. On ne les emprisonne plus, ceux-là. On essaie de les sortir de l'institution, de leur ouvrir de nouveaux espaces. Ces expériences les distraient autant qu'elles les perturbent et, au fond, ils se fichent d'être exhibés. Ils se contentent de grignoter leurs chips et de prendre possession des lieux. On dirait qu'ils battent le pavé. Certains restent prudemment sur leur dalle blanche ou noire, d'autres en franchissent les limites à reculons, les explorent du bout de la semelle ou tapent du pied en chantonnant et en se grattant l'entrejambe. Les règles de leur récréation sont opaques, ils occupent les lieux, utilisent le damier et n'embêtent personne.

Le rat et le clairon du trimardeur ne gênent pas non plus. Passé la première surprise, les simplets ont préféré se concentrer sur le carrelage et l'odeur de pieds de cochon. Bibi idem. Les relents de chaux et de vinyle lui rappellent de mauvais souvenirs. Pas la maison elle-même ni les invités de Mila, juste les remugles de plâtre et de désinfectant. Prison, soude caustique, pièces humaines… Un grand jeu détraqué se profile dans la maison des Terres froides, aussi insolite que le dentier de la mémé morte attendant son heure dans le verre à moutarde, aussi inquiétant que les orteils manquants de Marianne Delcourt.

Bibi contemple le damier où se prélassent les innocents, sonne une deuxième fois du clairon, puis déclare que la vie qui nous attend ressemble à ce damier sans enjeu où les petites gens oublient de s'entraider, où les pièces ont perdu conscience de leur force collective et se combattent plutôt que de s'unir, se capturent, occupent docilement les cases qu'on leur attribue, obéissent aux ordres du patron. Mila approuve, se tourne vers Théodore et lui demande de photographier les simplets du Vinatier au garde-à-vous qui accueillent sans objection ce beau parleur venu leur offrir à boire au nez et à la barbe de leur psychiatre. Bibi s'avance avec son pichet jusqu'au milieu du salon. Les pions sont intimidés, mais aux anges. Ils goûtent le blanc limé, gloussent, oscillent d'un pied sur l'autre. Ils se font des clins d'œil.

Bibi stoppe sous la rosace du plafond, pose son pichet sur la table, se roule un nouveau joint et distribue les rôles d'un ton docte et professoral. Gilbert Legoff sera le roi du camp noir, Yann et Everest ses deux fous, Gitan une tour noire. Théo sera le roi blanc avec sa reine Mila Galpérine propriétaire des lieux, Danton un cavalier avec son fouet, Delphine une tour blanche, et le reste à l'avenant… Les simplets se pressent sur les premières cases, douze en tout, six blancs et six noirs. Les deux meneurs de jeu, Bibi et sa sœur Sonia, s'installent de part et d'autre de l'échiquier. Le dallage est à moitié rempli. Le vin circule librement. Les joueurs se regardent sourire aux lèvres. Claire Auzias, par exemple, est très libre. Elle a de jolis seins qui flottent sous une blouse écrue, une pièce de coton sans manche ni ceinture couvrant à peine ses jambes, aérée, grise sous les bras à cause de la sueur. C'est la plus jeune cavalière, la jument blanche dont les taches de transpiration semblent fasciner Bibi, le meneur du clan opposé. Il glisserait volontiers les doigts ou la langue dans ces suées, ou bien le visage, peut-être même son clairon et son rat, mais il se tient tranquille, le trimardeur.

Se pourrait-il que cette partie grandeur nature ramène chacun sur une même ligne de départ ? Théo l'ignore. L'idée du jeu est loufoque et pourtant bienvenue après les épisodes douloureux de ces derniers jours. Chacun a besoin de son grain de folie. Il faut oublier les heures grises, tourner le dos aux flics et à leurs enquêtes. Mais, à observer certains joueurs – Sonia spécialement –, il semble que ce soit déjà un peu tard pour l'allégresse. La sœur de Bibi est fatiguée. Elle s'installe à contrecœur sur sa chaise puis leur tourne le dos en serrant les jambes. Elle porte une jupe à carreaux qu'elle ne cesse de lisser avec ses mains. On dirait qu'elle hésite, qu'elle a peur.

Trois ou quatre lampes à pétrole oscillent au-dessus du perron, suspendues aux branches de l'arbre. Parfois, elles s'entrechoquent et les mèches se mettent à fumer. Parfois, le vent les ranime et la façade s'illumine une seconde. Il y a peu de lumière à l'intérieur de la maison elle-même excepté une guirlande au-dessus du pétrin de la cuisine, le plafonnier du salon qui éclaire les joueurs, quelques lampes Pigeon aux poignées de fenêtre et des coupelles remplies d'huile. Un vrai décor de Noël. Théo a également disposé une trentaine de bougies dans les grottes de la falaise. Elles clignotent par intermittence. C'est étonnant. On dirait des lucioles, un embrasement léger, un clapotis de lumière. Une minuscule combustion verticale… La table est dressée dans un coin du salon, chargée de victuailles. La Baronne et les trimards se sont occupés du plat principal, Sonia du dessert, Danton et Bibi du shit et des alcools forts, Delphine Valladon du citrate de bétaïne indispensable à la bonne conclusion d'une soirée de ce genre. Chacun est déjà légèrement aviné excepté la Baronne qui, ne comprenant pas l'intérêt de cet intermède ludique et déjanté, finit par s'éclipser avec un jeune puceau dégoté à Bourgoin-Jallieu, un aristocrate fasciné par son teint de pêche, ses rondeurs, ses façons de pétroleuse. Elle a la cinquantaine duveteuse. Exit donc la Baronne. Place au jeu. Danton, le maître des horloges, fait claquer son fouet.

C'est parti.

Trois minutes pour réfléchir, après quoi le clairon retentit et il faut jouer à la seconde. Les pensionnaires du Vinatier adorent le son de la trompette. Nous aussi au début. Sonia un peu moins, qui dirige les blancs assise dans un fauteuil en rotin sous la grande fenêtre. Bibi, le meneur noir, a préféré rester debout. Les pièces évoluent sur le carrelage avec un mélange de gravité et de désinvolture, buvant plus que nécessaire, faisant circuler les plateaux d'amuse-gueules et obéissant sans sourciller aux ordres de leurs chefs. Les ballots avancent solennellement, à petits pas furtifs. Bibi est ravi mais le jeu peine à trouver son rythme car Sonia n'a pas trop le cœur à l'ouvrage. Elle semble perdue devant ce ballet des corps. Elle se tient le ventre sur son siège et joue à contretemps. Elle a du mal à se concentrer. Blanc limé, shit de l'Atlas, assiettes de spaghettis au noir de seiche pour les pions, fromage de tête pour tout le monde après l'apéritif. Sonia refuse d'y goûter. Elle n'est pas dans son assiette. Elle lisse sa jupe et, passé les premiers plats, perd trois pièces majeures en quelques minutes. Ses troupes commencent à se disperser. Elle nous avait prévenus dès le début qu'elle n'était pas au mieux de sa forme, qu'elle acceptait ce rôle de meneuse uniquement parce qu'il lui permettait de rester assise. Tant pis pour elle.

On avance, on recule, on boit, on dévore les pieds de cochon gratinés au saindoux et on se fiche que le jeu ait des ratés. Claire Auzias, la jument blanche, essaie d'animer la partie en piaffant et hennissant pour un rien. Les pièces noires en font des tonnes elles aussi, qui avalent de grandes lampées de communard dès que quelqu'un s'avise de les contrer. Sonia est ailleurs. Elle s'agrippe à son siège et, de plus en plus pâle, hésite sur la marche à suivre.

Elle sacrifie un second fou, s'excuse pour ses errements stratégiques, balaie la salle des yeux et constate d'une toute petite voix que le dessert qu'elle a préparé cet après-midi n'est pas encore sur les tréteaux. Il devrait être là. Elle se prend la tête dans les mains, murmure qu'elle ne sait plus que faire. Les noirs dansent autour d'elle. Delphine, la tour blanche, devrait s'inquiéter de cette soudaine pâleur, mais elle ne veut s'occuper de rien ni de personne ce soir. C'est une partie autonome et sans enjeu. La révolution est finie. La politique a repris ses droits dans le pays. Pompidou tient fermement les rênes du pouvoir. Raton et Munch sont libres. Il s'agit de pendre la crémaillère dans la maison de la mamie morte et de laisser chacun refaire surface. Les murs ont été lessivés et peints à neuf, les deux Lacroix reposent tranquillement dans le cimetière d'Oullins, décédés le même jour, ensevelis quasiment côte à côte. L'enquête est close. On boit, on oublie, on se défonce. Daniel Danton fait claquer son fouet. La nuit est en train de tomber. Mme Baron arrive avec un plateau de grattelons et du Picon bière. Les blancs perdent du terrain.

En réalité, on se fiche du Picon bière. Ce qui compte, ce sont les simples d'esprit. Repliés l'un après l'autre à l'extérieur du damier, ils sont à la peine eux aussi. Gitan, la tour noire, essaie de les protéger mais il est très impressionnant, tout de carton vêtu, avec des fentes pour les yeux et, dessous, une porte béante en papier mâchée par où déborde sa bedaine. Gitan la tour de papier, Bibi le meneur noir et son rat lui grignotant l'oreille, Danton le fou qui ne quitte pas des yeux la sœur de Claire Auzias et, en face, c'est la débandade blanche sous les imprécations de la Baronne qui revient de temps à autre jeter un coup d'œil à la bamboche, mais s'ennuie ferme, ne comprenant rien aux règles. Elle encouragerait volontiers la jeunesse à faire la révolution plutôt que de fumer de l'herbe sur des cases en grès vernissé. Reste le Picon bière et un garçon filiforme qui ne veut absolument pas se laisser capturer. Maigre prise. Bibi s'approche, glisse la main le long de sa joue et lui dit d'aller rejoindre les autres pions qui attendent sur la touche. Le ballot se met à bégayer qu'il déteste la touche et les tours en carton. De la morve coule sur son menton. Un instant, on croit que Bibi va renoncer à son butin. Il se lève, consulte Sonia qui, de plus en plus blafarde, secoue la tête en se mordant les lèvres. Elle se fiche de ce pion. C'est une perte minuscule. Prononçant ces deux mots – perte minuscule –, elle pousse un gémissement et agrippe le bras de son frère. Un frisson la traverse. Elle appelle la tour blanche de sa petite voix.

Delphine, à l'autre bout, finit de dévorer une caillette aux herbes sans se rendre compte de rien. Elle déplie la crépine qui entoure le pâté, la lève devant ses yeux et l'examine à la lumière d'une lampe-pigeon. C'est comme un fourreau, une membrane striée de minuscules vaisseaux graisseux, diaphane, avec des mailles irrégulières et translucides. Elle dépose le petit filet anatomique sur une coupelle tandis que Sonia s'avance en titubant. Le siège en rotin roule dans son dos. Elle trébuche, s'arrête à la limite du carrelage. Silence d'un seul coup. Ce qui a commencé à la manière d'un jeu menace de tourner au drame. Les joies sont abolies. C'est le temps de l'alarme et du soin. Sonia stoppe sur la première case et s'y laisse tomber, pâle comme un linge. Elle se recroqueville en se tenant le ventre. Les autres pièces se figent soudain, pions, cavaliers, tours, rois et fous. Les gémissements de la meneuse ont fini de les alerter, assourdis, comme sortis directement de son ventre. Les simplets sont les premiers à réagir. Ils se précipitent pour la relever. L'interne abandonne sa caillette et traverse le damier à grands pas alors que Sonia sort du jeu en chancelant et s'affaisse contre un radiateur, navrée d'interrompre la partie. Une autre réalité s'impose. Il n'y a plus de fiction qui vaille, plus de coup de folie, juste des ballots, des joueurs, un passetemps stupide et une jeune femme en souffrance qui avorte. Delphine se précipite, la prend dans ses bras et la tire à l'écart dans la cuisine.

Quatorze semaines d'aménorrhée, absence de curetage, douleurs abdominales subaiguës, risque d'hémorragie interne et de péritonite.

Delphine revient un quart d'heure plus tard rouge de colère et d'indignation, insultant Bibi et son clairon, son animal ridicule, la société tout entière, l'hôpital public et bien sûr les tricoteuses de la rue Mercière. Bibi fait les cent pas devant le perron en se tordant les mains. Il savait que sa sœur finissait d'avorter, mais il n'en a soufflé mot à personne. L'interne récupère les clefs de la P60 sur la tablette de la cuisine, les balance à Théodore qui a trop bu, lui demande juste de sortir la voiture. Il file au garage, revient avec le véhicule, récupère son Instamatic dans la cuisine et immortalise le visage de la meneuse blanche se tenant le ventre sur le perron de la maison puis celui de son frère Bibi, tout aussi pâle, qui s'installe sur le siège passager. On allonge Sonia sur la banquette arrière. Elle a de la fièvre. On la couvre avec un plaid. La vie part à vau-l'eau. Delphine refuse que Théodore les conduise à l'hôpital. Mila tente d'intervenir, mais l'interne l'écarte à son tour. Elle prend le volant elle-même, démarre sur les chapeaux de roues. La pantalonnade a assez duré. La voiture passe le portail et s'éloigne dans la nuit. Mila Galpérine éteint les lampes-tempête qui oscillent sous la couronne de l'arbre.

— *Soyons cruels.*

Théo ne réagit pas. Il sait exactement à quoi elle pense. Il la dévisage tristement tandis qu'elle souffle les autres lumières de la cour et lui assène sans moufter son deuxième slogan.

— *Jouissez sans entraves, baisez sans carotte.*

Voilà, elle ressasse de vieilles lunes et il ne peut pas lui en tenir rigueur. Elle souffre plus que les autres. Elle rajoute une dernière maxime tout en fixant des yeux le plat de grattelons.

— *Mangez de la salade.*

Oui Mila, tu as avorté toi aussi, et seule, en prison, loin de moi et de ta famille. Tu ne t'en es jamais remise. Notre révolution a avorté également et elle n'en finit plus de nous hanter. Il est peut-être temps de tourner la page, de faire comme les ballots, d'oublier tous ces drames, de sauter d'une case à l'autre en se grattant l'entrejambe… Mila hoche la tête et sourit faiblement. Bibi, décomposé, nous donne l'adresse de la faiseuse d'ange.

Les voisins d'à côté, alertés par le remue-ménage, se pointent peu après le départ de la P60, mais le spectacle que nous offrons est accablant. Everest et Moumoute se remettent de leurs émotions en fumant un joint sous le platane étêté. Le fouet claque dans la cour. La falaise clignote faiblement et moi, devant la caravane, je promène le rat de Bibi au bout d'une ficelle. Mila a disparu. La Baronne propose aux voisins apeurés un verre de Chartreuse mais ce qu'ils voient les inquiète, la falaise éclairée, le fouet, les ballots passant un à un la tête par la fenêtre de l'étage, Yann et Danton faisant les cent pas devant la porte d'entrée, le rat qui grignote sa laisse et ne semble pas du tout dans son assiette… L'odeur de pieds de cochon peine à recouvrir le parfum du shit marocain. Ils déclinent l'invitation. Mme Baron se détourne et les traite de péquenauds. Sitôt après, les ballots se rassemblent sur le perron de la maison, s'engouffrent dans le combi Volkswagen et disparaissent avec leur médecin.

18

Delphine nous tranquillise dès le lendemain. La sœur de Bibi va mieux. Le risque de péritonite est écarté. Elle doit rester quelques jours en observation à l'hôpital et achever son avortement sous protection médicale. On respire. Il ne pleut plus sur les Terres froides. Les victuailles se sont accumulées à la cuisine et on attend le retour du psychiatre Legoff et de l'interne pour finir de pendre la crémaillère. Delphine s'est engagée à reprendre la partie d'échecs dès que Bibi aura complètement dessoulé, amenant peut-être un cadeau avec elle dans ses bagages. Mila grimace. Moi, non. Je pense qu'elle se trompe. Je ne crois pas une seconde qu'il puisse s'agir de Marianne Delcourt. Ce rabibochage serait aussi illusoire qu'improductif. Il n'intéresse personne. Pourtant, elles arrivent bel et bien toutes les deux sur le coup de dix-sept heures, juste après le psychiatre et, là, devant la tenue négligée de mon ancienne maîtresse, ses yeux glaçants, son sourire, je comprends que le jeu devient dangereux.

Une belle lumière d'automne illumine à nouveau la falaise. Les grottes sont encore plus mystérieuses que d'habitude avec ce halo de safre humide au-dessus de l'entrée et les ruisselets qui zigzaguent partout. On dirait des bouches, des figures humaines perdues dans un lacis de vires et de corniches. Le calcaire renaît après la pluie. Des gouttes d'eau restent accrochées aux arbustes, étincelantes sous le soleil, luisantes, gonflées de l'intérieur, prêtes à quitter la branche où elles oscillent encore, à oublier le passé qui les encombre... Marianne Delcourt sort de la P60 sans me regarder ni m'adresser la parole. Elle jette un rapide coup d'œil au platane puis avance vers l'hôtesse, lui serre la main, la remercie pour son accueil et demande à visiter les lieux. Les deux femmes montent à l'étage. Marianne, appuyée sur sa canne en buis, ne tarit pas d'éloges sur les travaux en cours. Mila lui ouvre grand les portes de la maison en évoquant l'orage qui l'a marquée quand elle était gamine et a laissé son empreinte au sommet de l'arbre de la cour. Aucune allusion à nos amours, notre rivalité, au passage clandestin en Suisse ou même à la cicatrice sur la poitrine de Mila. Aucune référence aux deux procès qui suivirent la mort d'Antoine, le premier pour meurtre et le deuxième, le mien, pour insoumission.

Elles redescendent en humant les cloisons, puis vont prendre le thé à la cuisine. Après quoi, m'ignorant toujours, Marianne demande à se reposer en compagnie du trimardeur Bibi qui, à l'évidence, se fiche pas mal de son pied sans orteils, en pince pour sa poitrine et peut-être aussi pour son fric. Elle récupère la clef de la roulotte. Au passage, elle me donne une chiquenaude sur la joue. Cela fait sourire Mila. À la nuit tombée, Bibi ressort tout ragaillardi de la caravane de chantier et propose de finir la partie d'échecs en désignant sa bourgeoise comme leader des blancs en lieu et place de Sonia. Ce ne sera pas long de toute façon. Les dés sont jetés. Ne restent à disposition de la nouvelle meneuse de jeu que la reine Mila, la tour Delphine Valladon, un fou et moi-même, le roi blanc sans défense. Marianne Delcourt s'installe en face de Bibi pendant que les pièces prennent place sur l'échiquier. Le fouet claque. Plus personne ne sursaute car les simplets sont partis. Le clairon retentit et Marianne me fixe droit dans les yeux. Elle qui n'a même pas daigné jeter un coup d'œil dans ma direction ne me lâche plus à présent. Je suis sa pièce principale, son amant, son roi en péril. Mila nous observe avec toujours le même sourire en coin. Je sais que Marianne va entrer bille en tête dans la partie, jouer son va-tout dès les premières minutes et essayer de déstabiliser l'adversaire. Elle met ses troupes en ordre et, en effet, capture aussitôt un cavalier. Elle joue vite, clopinant sur le bord de l'échiquier avec une désinvolture désarmante. Elle regagne aussitôt un peu du terrain perdu. Nous bougeons selon son bon vouloir. J'essaie de ne pas trop montrer mon inquiétude. Je la connais. Son arrivée dans les Terres froides n'augure rien de bon. C'est une féline, une lionne blessée qui a trop lézardé au soleil.

Elle a sacrifié sa peau. Elle me fait peur. Le jeu reprend et la femme barbare se profile avec son aplomb carnassier et ses rides. Elle retourne s'asseoir sur le fauteuil en rotin et, genoux repliés sur son ventre, ne me quitte pas des yeux. Elle n'est pas agressive, seulement ridée et résolue, le menton haut, les poings serrés comme si elle attendait que le rideau tombe. Bas les masques. Un instant, je pense que le rideau tombe en effet. Elle recommence à perdre, laisse filer une pièce importante – le deuxième fou –, abandonne son siège, ôte ses bagues, les pose l'une après l'autre sur l'appui de fenêtre puis, sourire aux lèvres, entre lentement dans l'échiquier. Sa canne est restée accrochée à l'accoudoir du fauteuil. Elle s'approche de notre reine Mila, la prend par la main et lui fait traverser le jeu en claudiquant, une longue translation qui la ramène près de moi. C'est un déplacement périlleux, un changement de position radical, mais cette migration est empreinte d'une douceur bizarre. Elle dépose la main de sa reine blanche sur mon épaule puis retourne au bord du dallage et fait signe à Bibi de jouer à son tour. Mila hésite à laisser sa main. Ses doigts sont chauds. Elle est inquiète aussi. Elle se penche, me souffle que Marianne s'est mise à pleurer dans la salle de bains exactement comme l'autre jour au supermarché, mais qu'elle n'a pas su la consoler cette fois-ci. Elle a fini par s'essuyer les yeux, l'a regardée avec un rictus, lui a crocheté l'épaule et l'a tirée dans l'escalier. Elles ont dévalé les marches pendues l'une à l'autre, Mila faisant tout pour ne pas chuter et Marianne cherchant la faute, l'accident.

— Elle aurait voulu m'humilier qu'elle ne s'y serait pas prise autrement. Puis, arrivées en bas, alors que je ne lui demandais rien, elle a desserré l'étau sur ma nuque comme si c'était une bonne blague, puis s'est mise à me décrire dans le moindre détail l'état de son pied malade, de son moignon, de ses artères bouchées.

Je secoue la tête. Mon ancienne amante est appuyée au pommeau de sa canne sous la fenêtre du salon. Manifestement, elle réfléchit. Elle hésite. Le clairon sonne une deuxième fois.

— Elle tourne en rond, cette femme. Elle rabâche. C'est dangereux.

Mila recule sur sa case tandis que je bats la semelle avec le sentiment que Marianne Delcourt est venue tester les amours d'autrefois, le sien en tout premier, tellement impérieux et suicidaire, ce qui demeure du mien en filigrane, et le nôtre à

Mila et moi bien sûr, en contrepoint… Elle veut éprouver ce passé commun. Je devrais peut-être lui dire la vérité en ce qui concerne Antoine. Mila lève les yeux au ciel.

— Elle veut juste s'envoyer en l'air avec Bibi.

Non. Il y a trop de choses qu'elle ignore. Mila essaie de me retenir, mais je sors de l'échiquier à mon tour, dépose ma couronne dans les mains du roi noir et m'approche de son fauteuil en rotin en essayant de ne pas trop regarder le plâtre et le pansement effiloché. Marianne me demande ce que je fous là. Je murmure que c'est la première fois qu'on se trouve l'un en face de l'autre depuis la mort d'Antoine. Elle hausse les épaules. J'ajoute qu'elle se trompe depuis le début. Ce n'est pas Mila qui a débranché l'assistance respiratoire, mais moi, moi seul, son ami, son copain d'enfance. Marianne se détourne avec un rictus. Antoine était condamné et nous le savions tous. Il n'avait plus le moindre espoir de sortir du coma. Les médecins avaient décidé d'en finir avec ce blessé de guerre inutile et encombrant et moi j'étais son ami, j'étais l'amant de sa mère, je devais réagir. Je lui ai embrassé les yeux, j'ai vu que ses pupilles ne bougeaient plus, qu'il n'y avait que du blanc laiteux au fond de ses orbites, aucune vie. Ses iris avaient déjà basculé ailleurs. Je me suis penché sous le lit, j'ai débranché le moniteur et j'ai continué à l'embrasser les minutes qu'il lui restait à vivre. Marianne me fixe en tremblant. Je lui dis que Mila s'est accusée du meurtre car je risquais beaucoup plus qu'elle en tant qu'ami d'enfance de la victime et amant clandestin de sa mère. De plus, elle était enceinte et espérait bénéficier de circonstances atténuantes.

— Y en a marre de ces histoires de grossesse.

D'accord, mes révélations ne l'intéressent plus. Elle me

repousse vers le jeu en soufflant que Mila Galpérine a déjà amplement payé son dû. La Baronne, qui n'a pas sa pareille pour mettre les pieds dans le plat, arrive au même moment la bouche en cœur avec une poêlée de grattelons. Marianne détourne la tête.

— Y en a marre aussi de la cochonnaille.

Mme Baron ne se laisse pas démonter.

— Vous avez un pli amer autour de la bouche, madame Delcourt. Je ne sais pas ce que vous ruminez. Quand on a trimé toute sa vie comme moi, on apprend à détecter les embrouilles et les coups foireux. L'âge est un privilège, ma petite dame, une chance à saisir… Moi par exemple, je suis restée célibataire jusqu'à cinquante ans, mais, au bout du compte, j'ai épousé un pensionnaire de l'hôpital psychiatrique où je travaillais, un patient du long séjour qui, deux fois par semaine, m'aidait à enfourner le linge sale dans les machines, à repasser et à plier les draps. Il était chauve, très méticuleux. Je l'ai fait sortir de l'ergothérapie puis, quelques semaines plus tard, sur un coup de tête, l'ai épousé. Si vous saviez comme il était fier de me serrer dans ses bras devant les autres ! Rien que pour cette joie, cette gratitude au fond des yeux, je recommencerais illico, madame Delcourt. Pas comme vous, les bourgeois. On méconnaît la gratitude dans vos milieux cossus. La bienveillance aussi et c'est bien malheureux… Quatre ans plus tard, un beau matin, au moment de partir au boulot, Maurice Baron m'a filé entre les doigts. Il a tiré sa révérence. Crise cardiaque en bas de notre immeuble. C'est le docteur Legoff, le roi maigre en face de vous, qui avait donné son accord pour que j'épouse un patient de l'hôpital où nous travaillions tous. Maurice n'était pas fou, seulement alcoolique et bienveillant. Il est mort en bas de la rue et je lui en ai voulu. Il faut du temps pour pardonner aux morts. J'ai mis presque une année. Je ne sais pas ce que vous mijotez, madame Delcourt. Vous avez perdu vos doigts de pied, mais vous êtes bien vivante... Alors pardonnez. Commencez par pardonner. Vous avez de l'allure, vous portez le chignon comme une bourgeoise, vous avez une poitrine de fermière et vous sentez le fric à plein nez. Que demander de plus ? Vous avez goûté à mes pieds de cochon ?

— J'ai goûté.

— Au clafoutis ?

Marianne hoche la tête. Le clafoutis de la lingère du Vinatier est sublime, sans égal dans les Terres froides. Mme Baron lui tend un verre de blanc limé en souriant. Marianne boit en faisant signe à Bibi de l'autre côté du jeu. Le rat piaffe sur son épaule, le clairon se balance sur son torse. Elle déplace sa tour et me fixe de nouveau. Échec à la reine noire... C'est bien vu, mais son avantage ne dure pas. Bibi, impérial, reprend la main immédiatement après. Marianne fronce les sourcils, se gratte la tête, siffle entre ses dents. Elle demande à Auzias d'aller mettre un disque. Claire sort du jeu et choisit Johnny Hallyday. Bibi laisse un peu de temps à son amante pour trouver la parade. La voix sombre de Johnny envahit l'échiquier et surprend tout le monde, y compris la Baronne qui repart en cuisine avec son plat de grattelons.

Mon amour donne-moi des nuits sans sommeil,
Pour qu'enfin nos désirs se rassemblent.
Mon amour guide-moi vers les tendres réveils...

Qui es-tu, Marianne Delcourt ?

Tu déplaces une seconde fois ta cavalière et là, tu nous emmènes au bord du gouffre. C'est la fin… Échec au coup d'après. Échec et mat probablement, mais cela on ne le saura jamais car c'est à ce moment que les forces de l'ordre interviennent. Trois véhicules se garent tous feux éteints dans la cour de la maison. Crissements de pneus, pas de gyrophares, pas de sirènes, juste les portières qui claquent et des bruits de bottes sur le gravier couvrant immédiatement la voix du rocker. La Baronne n'y comprend rien. Elle ouvre la porte d'entrée avec son grand sourire, sans se méfier. Bibi, par contre, mesure immédiatement le danger. Il balance son rat dans un cagibi, embouche sa trompette et fonce bille en tête sur le capitaine. Il se bat comme un tigre. Coups de boule, coups de lattes, rien n'y fait. Il donne, reçoit et encaisse plus qu'à son tour. Finalement, il recule. Les gendarmes l'alpaguent sous l'escalier puis se séparent – moitié vers le salon, moitié vers la cuisine et l'étage. Ils investissent les lieux en quelques secondes. Ils sont nombreux, très déterminés. Legoff essaie d'intervenir en sa qualité de médecin mais un gradé lui cloue le bec avec sa matraque, un premier coup dans le bide, un autre derrière la nuque qui manque sa cible, frappe le mur du fond et rebondit sur son visage. Gilbert pousse un cri, s'affaisse sur le sol et ferme son clapet pour de bon. Le gradé s'écarte de lui avec un rictus. La Baronne tente une diversion en arrivant avec un pichet de vin, son plateau valse comme le reste. Le blanc limé se répand sur le carrelage, les trimards sont plaqués un à un contre le mur du salon, fouillés au corps, menottés en un tournemain puis dirigés vers les paniers à salade. Ils n'ont même pas eu le temps de se débarrasser de leurs produits illicites.

Blessé au bras et à l'arcade sourcilière, Bibi est évacué dans une jeep Hotchkiss garée à l'écart. Marianne Delcourt, handicapée, le rejoint presque aussitôt. Les autres sont entassés sans ménagement et se font tabasser à l'entrée des fourgons. Ils se protègent le bas-ventre comme ils peuvent et ferment leur gueule. Le capitaine brandit un mandat d'amener sous les yeux du psychiatre resté prostré au fond du corridor, mais Gilbert ne réagit pas. Il se tient le visage dans les mains sans cesser de gémir. Il est évacué à la toute fin, jeté dans une seconde jeep. La perquisition commence immédiatement après, avec un résultat mitigé : deux couteaux à cran d'arrêt, une douzaine de barrettes de shit, quelques comprimés de LSD, le fouet en cuir abandonné par Danton sur le carrelage du salon, vingt grammes de coke, un coup de poing américain et le pistolet démilitarisé du grand-père récupéré dans le tiroir de la cuisine, un vieux Luger Parabellum.

19

L'aube point. Je n'écris plus. L'inculpation pour trafic de stupéfiants est incompatible avec mon statut de journaliste. Julien Combas, mon père, qui sait parfaitement que je ne suis mêlé ni de près ni de loin à ce commerce, a tout tenté pour me sortir du piège. Il a mobilisé le syndicat du livre, recontacté maître Khoury qui s'était occupé de mes problèmes d'insoumission, fait des pieds et des mains pour que je reste au *Progrès de Lyon*, mais j'ai été viré, et définitivement cette fois-ci. Le coup de filet des Terres froides occupe la première page du journal concurrent, *Le Dauphiné libéré*, où nous sommes affublés d'un surnom qui s'imprimera un temps dans la mémoire des lecteurs : *La bande des pièces humaines*. Le quotidien isérois clame que nous sommes des fils de bourgeois, des étudiants fortunés qui vont certainement profiter d'un régime de faveur sitôt incarcérés à la Marmite du diable. C'est faux, bien entendu, seule Claire Auzias est étudiante et personne n'a été écroué jusqu'alors. Nous sommes plutôt racailles que nantis, plutôt rebuts que privilégiés. La quantité de produits illicites saisie dans la maison de la grand-mère est insuffisante pour justifier notre détention provisoire et aucun de nous n'a de fortune personnelle sauf peut-être Gilbert Legoff.

Pourtant la presse se régale du fait divers, enchantée qu'un médecin psychiatre soit mêlé à un trafic de drogue et que les anciens rebelles de 68, dépourvus de tout sens moral, aient trouvé naturel de s'amuser avec un groupe de simplets sortis du plus grand hôpital de la ville. Les journaux racontent que les déficients mentaux ont été manipulés et exploités sans vergogne puis remisés au bord du jeu comme de simples pions. On ne méprise pas ainsi les simples d'esprit. On ne joue pas avec la candeur. Difficile néanmoins d'admettre que ce sont eux, les débiles, les innocents, les demeurés, eux qu'on ne sait jamais nommer correctement qui ont choisi d'occuper le carrelage... Difficile de reconnaître qu'ils ont adoré notre échiquier, qu'ils s'y sentaient étrangement fiers et libres, qu'ils ont joué leur partition dès le début en sirotant du vin blanc coupé de limonade et en dégustant sans manière les cochonnailles de la Baronne. Les voisins ont parlé de leurs visages tourmentés apparaissant et disparaissant à la fenêtre de l'étage, en vérité c'était le terme de la partie d'échecs qui les effrayait, la fin du jeu de rôles. Ils auraient vagabondé des jours durant sur le damier pour continuer la partie avec ces inconnus qui leur ouvraient les bras, les respectaient, saluaient leur gentillesse étrange. Pour eux tous, pour la singulière beauté de ces compagnons exemplaires, je reprendrais illico le jeu d'échecs. Mais il n'y a rien à recommencer ici, rien à sauvegarder. Ce sont des proies autant que nous, des mires. Ils ont été contraints de retourner à leur prison pavillonnaire, emmenés par des gardiens en blouse blanche comme nous, menottes aux poings, par des flics jusqu'aux cellules de dégrisement de trois postes de police différents. Désarroi. Suspicion. Flagrant délit. Dossiers à moitié vides. Interrogatoires musclés. L'opération policière menaçait d'être un fiasco. Ballots et innocents d'un côté, rebelles et drogués de l'autre. Les simplets sont retournés à l'hôpital et les insoumis ont sagement attendu la décision du procureur de la République. L'affaire Lacroix, faute de mieux, a failli resurgir dans ce micmac pour donner un peu de piment à l'enquête. Mila aurait pu concentrer à nouveau les polémiques… Et puis, non, il n'y avait rien à voir. Tout s'est arrêté d'un coup.

On nous libère. On passe à autre chose.

Nous refusons de répondre aux questions des journalistes qui n'ont presque rien à se mettre sous la dent et, pour une fois, nous ne faisons aucun faux pas. Pas d'esclandre, pas de provocation. Il faut anticiper le monde sans fièvre et sans idéal qu'on nous prépare, où l'insouciance et la candeur irriteront davantage que l'arrogance. Les ballots nous ont montré la voie. Ils ont réintégré leurs bâtiments avec leur naïveté habituelle, ce tout premier atout. Ce sont eux les seigneurs. Mme Baron est une princesse aussi, qui a épousé son patient sur un coup de tête, l'a enterré quatre ans plus tard, s'est retrouvée libre, libertine, cuisinière d'exception, apprêtant les bas morceaux comme personne, les ris de veau, la couenne et les mollettes d'agneau. Mila répète qu'il faut tirer un trait sur tout cela, remiser la Baronne au fond de notre mémoire comme nous l'avons fait pour Antoine Delcourt ou Marie Laffranque, la pacifiste de Toulouse. Les ballots idem… Ce sont des mirages. Nos vies sont déjà déréglées. Nous nous réveillons chaque matin avec un mal de crâne carabiné et ce double ciel au-dessus de nos têtes, orageux, combatif et vengeur d'un côté ;

amoureux, mais si opaque et si imprévisible de l'autre que les rayons du soleil n'y passent pas.

— Et on attend tous nez en l'air comme des cons.

Elle me souffle ça au retour de sa garde à vue. Elle ajoute qu'à force de regarder le ciel, on a la tronche dans le cul. Je ne sais que répondre, constate juste que cette fois-ci elle n'a pas été malmenée. Aucune menace, aucun chantage, seulement ce ciel pesant et contradictoire que nous connaissons trop bien. Elle me sourit, se détourne, me dit de photographier les nuages. Je lui demande ce qu'on fout dans cette société sans joie. Elle me sourit encore. Je lui demande ce qu'il en est de l'insouciance. Je lui pose cette question idiote et elle me désigne l'Instamatic. Je récupère mon appareil, la rattrape dans la cuisine, tend la main et lui caresse la joue. Je lui chuchote que je n'aime pas trop cette image de témoin indifférent qui me colle à la peau. J'observe, d'accord, je me souviens de tout, pourtant je ne suis jamais passif. Résigné encore moins. Mon horizon est dégagé. Le sien orageux, une tornade. On ne lutte pas avec une tornade, on la regarde passer. Elle sourit, chuchote qu'elle vit avec un buvard qui ne devrait pas absorber autant.

État des lieux et des personnes

Danton est sorti du commissariat au bout d'une journée. Les flics le connaissaient et, cette fois, ont décidé de lui foutre la paix. Il est inculpé de trafics de stupéfiants comme les autres, mais laissé en liberté. La garde à vue de Mila a été prolongée de vingt-quatre heures. Ils la connaissent aussi, mais ils la craignent et ne la lâchent jamais complètement. Finalement, elle est libérée suite aux interventions conjuguées de

Khoury et de Gisèle, la patronne du Café du Soleil. Everest et Gitan ont été inquiétés le premier matin puis relâchés illico. Ils sont retournés à leurs petits trafics. Sonia est toujours hospitalisée dans le pavillon gynécologique de Grange-Blanche, mais ça va mieux, elle se remet. Elle en aura bientôt fini avec l'ouvrage des tricoteuses lyonnaises. Bibi échappe lui aussi aux poursuites, probablement grâce à Marianne Delcourt. Son rat a disparu dans les sous-sols de la maison des Terres froides et il a offert son clairon à l'ancienne assistante de Louis Pradel. On dit qu'il déambule dans les escaliers de la Grande-Côte en exhibant cette amante comme une prise de guerre. C'est ce qu'on raconte. Le reste de la bande est en liberté conditionnelle avec interdiction de sortir du département et obligation de pointer deux fois par semaine au commissariat de la place Bellecour. Claire continue à virevolter rue des Tables-Claudiennes, jonglant avec le shit, les pilules d'acide, les amphétamines et ses amants d'un soir ou d'une semaine. Delphine Valladon a été libérée dans la nuit. Son statut d'interne en chirurgie vasculaire et de médecin personnel de Marianne Delcourt la protégeait. Elle a repris le travail à l'hôpital. Le soir, elle s'endort seule sous la baignoire en fibre de l'appartement de la rue des Os rangés. Sa peau est une parure, une enveloppe magnifique dont elle ne sait que faire.

On est sans nouvelles du psychiatre Gilbert Legoff. Mme Baron, lingère à l'hôpital du Vinatier, aurait dû nous en donner depuis longtemps, mais elle a disparu de la circulation elle aussi, probablement retranchée à la Croix-Rousse avec son puceau et une bonne réserve de mousseux ou de clairette de Die. Mila travaille de nuit au Café du Soleil. Moumoute, sitôt relâché, a recommencé ses casses minables dans les beaux quartiers et moi, je suis au chômage. C'est la première fois que je suis désœuvré ainsi. J'ai beau repenser aux simplets et à leur fausse indolence, j'envisage de reprendre des études. J'avais abandonné l'idée d'être prof de gym, il n'empêche que j'aimerais entreprendre quelque chose de nouveau, essayer d'entrer à l'école normale, peut-être devenir instituteur. J'avais cette idée en tête ces derniers jours et ça faisait sourire Mila. Elle m'imaginait en blouse grise, trimballant un vieux cartable, me mordant les lèvres devant une tripotée de marmots braillards en culottes de cuir. J'ai beau lui répéter qu'il n'y a plus ni culottes de cuir ni uniforme, elle m'a dégoté une paire de blouses dans un magasin de la place Gailleton, *Le Rouge et le Noir*, où l'on peut acheter n'importe quel vêtement de travail, de la bavette de cuisinier au tablier de chevillard, du sarrau d'infirmière au largeot de charpentier ou à l'uniforme d'hôtesse de l'air. En plus des blouses, elle m'a offert une vareuse de marin. J'ai dû enfiler la tenue d'instituteur et on a fait l'amour comme ça, elle complètement nue et moi engoncé dans l'uniforme gris de l'école républicaine. Ça lui plaisait. Nous nous sommes aimés très librement, cessant pour un temps d'être ce couple ringard qu'elle dénonce à intervalles.

À part ça, aucune nouvelle de Marianne.

Personne ne sait ce qui s'est passé exactement entre elle et Bibi, en tout cas, ce qui est sûr, c'est que les choses ont sacrement dérapé peu après notre histoire de blouse. Bibi m'a appelé d'une cabine téléphonique. Il avait une drôle de voix. Il bafouillait que ça n'allait pas fort, cherchait ses mots, se raclait la gorge, se contredisait tout le temps. J'ai tout de suite pensé que quelque chose de grave venait d'arriver. Il attendait dans un bistrot près de chez nous, à deux pas de la rue de la

Guillotière. Je suis descendu lui ouvrir la porte de l'immeuble et j'ai compris qu'il avait erré trois heures durant dans les ruelles du vieux Lyon avant de se décider à me contacter. Il était méconnaissable, hagard, la chemise entrouverte, le visage griffé, répétant qu'il avait fait une connerie, mais que cette empaffée de Marianne Delcourt ne méritait pas mieux. Il m'a tout raconté en quelques mots. Difficile de le croire. Il a posé ses avant-bras sur mes épaules, m'a secoué comme un prunier et a redit que c'était elle qui nous avait trahis... Il m'a secoué de plus belle puis, devant mes yeux dubitatifs, a fini par se prendre la tête entre les mains et a répété de sa voix d'outre-tombe que cette salope avait contacté les flics dans notre dos le dimanche après-midi. Il aurait dû s'en douter depuis le début, car elle refusait d'avouer ce qu'elle avait foutu après leur étreinte dans la caravane de chantier. Elle l'avait laissé là, repu et endormi, s'était éclipsée sans rejoindre les autres, sans croiser quiconque, sans dire où elle allait. Une heure de promenade solitaire au coucher du soleil puis le soir, comme par hasard, au moment de l'intervention policière, un traitement de faveur pour eux deux, une évacuation discrète dans la jeep Hopkins.

Bibi serre les poings. Elle nous a roulés dans la farine. Il ne voulait pas voir la vérité car elle baisait comme une déesse. Il redit que c'était une baiseuse de première et que tout l'excitait en elle, son fric, son âge, son corps et même son absence d'orteils. C'est pitoyable. Il a aimé sa reine déchue jusqu'au soir anniversaire de Claire Auzias. Tout le monde était là mais elle, non, pas question, elle en avait sa claque de notre petit groupe qui, à l'en croire, sentait le rance. Déjà, dans les Terres froides, elle avait dénoncé cette odeur de moisi, ce parfum de révolutionnaires sans le sou aussi déplaisant que l'odeur des simplets du Vinatier ou les remugles d'eau de Cologne sur la poitrine de la lingère. Elle en avait soupé du psychiatre Legoff, de sa Baronne pétroleuse, de cette bande de débiles, de tous ces fainéants revanchards… Lui, Bibi, c'était différent bien sûr, mais pourquoi soutenir ses potes dégénérés ? Pourquoi passer l'éponge sur leurs activités illégales ? Au bénéfice de qui ?… Marianne déteste les éponges. Elle a horreur de leur contact humide et froid.

Elle a fini par reconnaître au moment du déjeuner qu'elle était allée avertir la police depuis la ferme des voisins. Il a blêmi. Voyant son visage se crisper de rage, elle a cherché des excuses, s'est tordu les mains, a désigné sa jambe d'un air piteux. Au bout d'un moment elle s'est tue et s'est mise à fumer clope sur clope en regardant le plancher. Il aurait presque compris sa trahison, mais accuser les voisins à sa place, non, c'est scandaleux. Elle est là, elle fume. Il se lève, tape du poing sur la table, range ses affaires, les entasse dans un sac de voyage kaki et part en claquant la porte. Il s'en va, revient une heure plus tard, toujours aussi énervé, avec son clairon de gendarmerie autour du cou. Il veut savoir comment elle a pu faire l'amour dans ces conditions. Pas de réponse. Il balance la trompette sur le canapé. Elle l'attrape au vol et, bravache, souffle dedans de toutes ses forces. Il l'insulte. Elle souffle encore, comme si elle voulait ameuter les voisins. Elle ferait mieux d'avertir les flics. Elle ricane, lui dit d'appeler lui-même. Il ne supporte pas son rire. Il arrache les fils du téléphone, récupère son pistolet-mitrailleur dans le sac kaki, le charge et tire dans le miroir du salon qui se fendille à la seconde, leur renvoyant l'image ridicule d'un couple qui se disloque. Il contemple ce portrait étoilé, puis s'avance pour reprendre la trompette. Elle claironne de plus belle. Ils en viennent aux mains. Ils s'écharpent, se mordent comme des chiens et ensuite ils baisent. Ils baisent avec l'énergie du désespoir, puis se battent de nouveau et il la laisse comme morte dans l'appartement du boulevard des Belges. Il ramasse juste les douilles, abandonne sa maîtresse sur le tapis du salon, sans connaissance, amochée au point qu'à peine arrivé en bas de l'immeuble il se sent coupable et remonte. Il sonne à la porte, elle ne répond pas. Il fiche le camp, revient un peu plus tard, sonne plus longuement. Rien. Pas de réponse. Il me téléphone, me rejoint à la Guillotière, me raconte tout. J'y vais à mon tour. De peur de se faire remarquer, Bibi reste en planque au coin de la rue Montgolfier. Je prends l'ascenseur, débarque sur ce palier que je connais trop bien, frappe au battant, me mords les lèvres à l'idée que la porte puisse s'ouvrir sur cette belle femme que j'ai aimée jadis, peut-être saoule comme autrefois, ou à moitié nue, ou à moitié folle. Pas un bruit. Cette absence de réaction me soulage. Je serre les poings, m'en veux d'être ainsi rassuré par le pire, fais demi-tour, redescends par l'escalier de service. Nous marchons jusqu'au parc de la Tête d'or où une cabine téléphonique a été installée récemment. De là je peux appeler la police sans risques. Le planton de service m'écoute une minute avant de me demander de décliner mon identité. Je ne décline rien. Je lui signale qu'il y a un blessé grave au 43 boulevard des Belges et raccroche. Les flics interviennent dans la demi-heure. Nous les voyons passer en buvant notre café au zinc du bistrot de la rue Montgolfier. Aussitôt après, Bibi file à La Croix-Rousse et, moi, je rejoins le sud de la ville.

Ils n'ont pas hésité à enfoncer la porte. L'appartement était sens dessus dessous. Des verres et des bouteilles à moitié vides traînaient dans les coins. Le pouf tunisien était éventré. Il y avait du sang par terre, des bouts de pizza sur le tapis, des sous-vêtements lacérés accrochés au dossier de la chaise, une ordonnance roulée en boule dans la cuisine. Le grand miroir du salon était fendillé, avec deux impacts de balles dans l'angle gauche et, en face, sur la table basse, à portée de main, un petit calibre 22 Bulldog à cadre ouvert, chargé, prêt à l'emploi. Une gouttière plâtrée gisait dans le corridor, fendue en deux, découpée au sécateur ou au couteau de cuisine, sur laquelle on pouvait découvrir quelques images salaces dessinées au feutre noir ainsi qu'un poème d'amour assez stupidement signé Bibi Fricotin.

20

Il a ramassé les douilles et oublié le clairon. C'était une erreur. Pourtant, cette trompe d'infanterie ne figure pas parmi les pièces à conviction recueillies dans l'appartement. Les flics ne l'ont jamais retrouvée. Elle est mentionnée dans le rapport officiel pour avoir cassé les oreilles d'une partie des habitants de l'immeuble. Rien de plus… Tout désigne Bibi quoi qu'il en soit, son passé de délinquant, sa relation hors normes avec la disparue et bien sûr ses anciennes pantalonnades devant le palais de justice qui ont failli tourner au drame. Sans compter le pistolet-mitrailleur Uzi qu'il est allé planquer sans réfléchir dans l'immeuble de la Guillotière juste avant d'appeler Théodore, dévalant les huit marches menant à la cave, écartant le panneau de l'entrée – une planche sans gonds ni cadenas – et cachant arme et munitions derrière des sacs d'engrais et de sulfate de fer. Il aurait pu avertir Théo. Il ne l'a pas fait, conscient que beaucoup trop d'armes circulent ces jours, à commencer par le Luger de la maison des Terres froides et le Bulldog à cadre, en état de marche, inutilisé depuis plusieurs mois, retrouvé dans l'appartement du boulevard des Belges. Les enquêteurs ont vite compris que les impacts de balles dans le miroir ne provenaient pas de cette arme de poing. Ils ont interrogé les voisins de palier qui n'en savaient pas plus car ils étaient au boulot. La concierge et les locataires du dernier étage ont bien entendu quelques détonations, mais les coups de clairon évoquaient plutôt une commémoration ou un anniversaire. Mme Delcourt ne faisait pas mystère de ses amours avec le loubard de la Croix-Rousse et ils ne se sont guère alarmés. Les enquêteurs, eux, s'alarment. Pourtant, dans un premier temps, ils écartent les journalistes et font tout pour étouffer l'affaire. Le procureur exige la plus grande discrétion à propos de la disparition de cette Marianne Delcourt qui peut réapparaître à n'importe quel moment. Les taches de sang retrouvées sur le tapis – peu abondantes, circonscrites aux parages immédiats du canapé – évoquent davantage une dispute alcoolisée qu'une véritable agression. Elles laissent supposer que la victime a pu s'enfuir, qu'elle s'est échappée à temps. Ses prises de position politiques et sa relation avec le maire de la ville, sulfureuses à plus d'un titre, exigent du tact et de la diplomatie. Un avis de recherche est néanmoins lancé par le juge d'instruction parallèlement au mandat d'amener concernant le trimardeur.

Claire Auzias est déjà au courant.

Elle a passé la soirée avec Mila au Café du Soleil. Elles rentrent ensemble après son service, sur le coup de trois heures du matin, et ne réveillent pas Théodore. Elles dorment sur le grand canapé, pelotonnées l'une contre l'autre, mortes de fatigue. C'est au matin seulement qu'elles lui annoncent la seconde nouvelle, autrement plus inquiétante, apprise de la bouche de Sonia au sortir de l'hôpital Grange-Blanche. Gilbert, le jeune psychiatre du Vinatier, est borgne.

Les chirurgiens n'ont pas réussi à sauver son œil endommagé par les flics dans la maison de la grand-mère. Les gendarmes l'avaient allongé sur une civière et emmené dans la clinique la plus proche où il était resté une heure en observation. Son état était trop grave pour être pris en charge par cet établissement. Il avait été évacué en pleine nuit vers l'hôpital lyonnais de l'Antiquaille où les chirurgiens ophtalmologues, le lendemain matin, avaient vainement tenté de sauver son œil gauche. Ainsi le roi noir du jeu d'échecs, une des pièces maîtresses de Torchefelon, le grand souverain maigre, a perdu la bataille. Sa cornée droite est touchée aussi mais de façon plus superficielle et il gardera une vue correcte de ce côté. Il souffre de migraines et de troubles de l'équilibre. Théodore se mord les lèvres en apprenant la nouvelle. Il est incapable de faire le moindre commentaire. Il commence à s'activer autour de la table du petit déjeuner, sort un pot de miel, un autre de confiture, prépare le café, descend à la boulangerie, revient avec des croissants et le journal du matin et reste planté là, face aux deux filles, bouche bée, son sachet de viennoiseries entre les doigts.

— Réagis, fais quelque chose !

Il brandit le quotidien et s'étonne à voix haute de ne pas y avoir trouvé une seule ligne se rapportant au drame. Mila le traite de naïf, puis se met à tapoter nerveusement le formica avec ses mains chérubines. On dirait des battoirs, des petites paluches de fermière. Théo secoue la tête avec une moue amusée. Claire ne peut s'empêcher de sourire à son tour et Mila finit sa tasse de café en ravalant sa salive.

— Qu'est ce qu'il y a de drôle ?

Son visage se creuse et vieillit d'un coup. Elle se lève,

embrasse furtivement l'étudiante sur les lèvres, puis lui désigne la porte. Claire s'en va en haussant les épaules. Quand les couples se chipotent ainsi, mieux vaut ficher le camp en effet, les laisser à leurs chicaneries, leurs médiocrités. Elle rejoint son amant Gélineau et la jeune Sonia qui, à peine sortie de ses problèmes d'avortement incomplet, pense déjà à organiser la riposte.

Fin de la fraternisation, de la solidarité et de la fête.

Cette nouvelle bavure est l'événement de trop pour le groupe de la Croix-Rousse. Le toubib du Vinatier était apprécié de tous. Il fréquentait les trimards sans arrière-pensée, les respectait, savait rigoler avec eux, boire l'apéritif avec sa douzaine de ballots qui bluffaient tout le monde, ne refusait jamais un chichon. Maintenant, il est handicapé à vie. Il ne rigole plus. Il ne pardonnera jamais.

Bibi est arrêté le week-end suivant sous les arches du pont la Feuillée où il s'était planqué pour célébrer avec ses potes la fin du printemps. Beaux jours ou pas, il est appréhendé la dernière semaine de juin, accusé de trafic de stupéfiants, de voie de faits et de tentative de meurtre sur la personne de Marianne Delcourt. On le garde quelques heures au commissariat central, puis il est incarcéré à la prison Saint-Paul où on lui notifie son futur transfert vers la maison d'arrêt de La Talaudière, dans la banlieue de Saint-Étienne. Parallèlement, une rafle est organisée chez ses amis loubards, aboutissant à la saisie de plusieurs sachets de poudre et de deux kilos du fameux shit de l'Atlas dont tout le monde parle. Les trimardeurs font profil bas. Bibi débarque à la Marmite du diable au moment où l'administration pénitentiaire a choisi de repeindre le parloir, la salle de sport et les couloirs menant aux cellules. La peinture pue, laiteuse, grisâtre, peu couvrante. Le directeur adjoint décide de badigeonner aussi les parois du labyrinthe menant à la promenade pour dissimuler l'état du crépi et l'humidité générale qui gangrène les murs. Un cache-misère censé donner le change aux inspecteurs sanitaires et obliger les détenus à faire le vide dans leur tête. On ne fait pas le vide avec des cafards dans sa gamelle, des rats sous son lit et du salpêtre jusqu'à hauteur d'yeux. Bibi fait le vide pourtant. Il envisage de s'évader à la faveur de ces travaux, mais c'est risqué, quasi impossible. Il y renonce la mort dans l'âme et, avant même que l'enquête soit bouclée, à cause de son caractère de cochon, chope deux mois ferme pour refus d'obéissance et insultes à agents de la force publique et surveillants pénitentiaires.

Gilbert Legoff ne reprend pas le travail de sitôt. Il souffre d'acouphènes, de troubles de l'équilibre. Il faut lui implanter un globe artificiel et rééduquer ses muscles faciaux et sourciliers afin de maintenir un minimum de mobilité à son visage. Côté séquelles donc, ce n'est guère brillant. Au Vinatier, c'est pire. Ses collègues, après lui avoir passé le coup de téléphone d'usage pour lui souhaiter un bon rétablissement, parfois un simple télégramme, se sont complètement désolidarisés de lui. Ils n'hésitent plus à le désavouer face à la hiérarchie, à mettre en doute ses compétences, à critiquer ses expériences avec les déficients mentaux et ses diatribes récurrentes contre l'institution. Son accident, bien que regrettable, n'est pas anodin. Il témoigne d'une certaine complaisance à l'égard de la jeunesse corrompue ainsi que d'une mise en pratique discutable des théories des antipsychiatres à la mode, Laing, Guattari ou Basaglia. Il y a manifestement un problème Gilbert Legoff à l'hôpital public. Les différents chefs de service n'hésitent plus à le pointer du doigt. La direction finit par envisager la possibilité, si toutefois il devait reprendre le travail, de le muter dans un nouvel établissement qui doit ouvrir prochainement ses portes sur la colline de Saint-Cyr-au-Mont-d'Or.

C'est le premier à parler de prendre les armes. Comment contrecarrer cette société individualiste et racoleuse que les tenants du libéralisme mettent partout en place ? L'idéologie sociale et égalitaire bat de l'aile depuis la fin des années soixante. Les financiers font la loi avec cynisme, exigeant toujours plus de servilité et de pillage des richesses. On emprunte, on s'endette et on pollue. On dépense, on gaspille et on jouit. À Lyon, le découragement a gagné les anciens révolutionnaires. Une partie des rebelles de 68 est aux champs, une autre tente de faire carrière dans la culture ou les médias, une autre intègre discrètement la fonction publique et la dernière, plus désenchantée, sociologiquement plus hétérogène, hésite entre boulots précaires et petite délinquance. Les utopies ont fait long feu. Place au désenchantement. On oublie le passé. On joue avec le fric, les conditions de travail, le patrimoine, la santé des salariés. Le grand chaudron social continue à bouillonner et on ne peut imaginer ce qui va résulter de ces fermentations. Un ancien militaire de carrière, Maxime Frérot, ainsi qu'un théoricien de l'antimilitarisme se radicalisent dans la capitale des Gaules. Le maoïste André Olivier bascule lui aussi dans la lutte armée. L'artificier Frérot prépare ses explosifs. Il croisera bientôt la route de Jean-Marc Rouillan et de Nathalie Ménigon et actera en quelque sorte les débuts d'Action directe, les prémisses des années de plomb. Le compagnonnage avec les Brigades rouges et la bande à Baader n'en est qu'à ses débuts, mais les militants de la cause révolutionnaire se reconnaissent, se comptent, prennent les armes un à un. Mila Galpérine est fascinée par ces stratégies et ces combats de l'ombre.

Le pistolet-mitrailleur, un Uzi israélien, a changé de planque. Didier Gélineau est venu le récupérer dans la cave de la Guillotière et l'a enfermé dans le placard de l'appartement de la rue des Tables-Claudiennes avec une autre arme de poing. Il a donné la clef à sa jolie complice Claire Auzias, sa future femme. Ces deux-là s'aiment depuis trois mois. Ils partagent le butin de leurs petits cambriolages et mêlent sans façon leurs langues et leurs corps impatients. Ce sont des étudiants sans repères, des enfants de la classe moyenne qui, au fond, n'ont pas grand-chose à voir avec Bibi, la Baronne ou les ballots du Vinatier. Ils font quelques casses, trafiquent les chichons du Maghreb, dealent la poudre, profitent sans faillir de l'amour et des substances censées l'entretenir ou l'aiguillonner. Ce soir-là, en tout cas, Auzias ne profite de rien. Elle est inquiète pour sa sœur partie se baigner avec Danton au canal de Jonage. Elle refile sa pilule de LSD à son amant qui, d'un haussement d'épaules, avale double dose sans hésiter. Daniel les rejoint bientôt avec la gamine, tous deux en trip acide également. Ils boivent des bières tous les quatre puis, à la nuit tombée, descendent casser la croûte à la brasserie du dessous, rue Burdeau, où ils ne tardent pas à s'accrocher avec des clients. Les deux hommes et la jeune fille sont complètement défoncés. Auzias, qui ne parvient pas à oublier le toubib croisé dans la maison des Terres froides, est un peu soûle aussi, mais encore d'aplomb. Elle tente sans succès de les calmer. Difficile dans ces conditions de comprendre exactement la suite des événements, d'en reconstituer la chronologie précise. Ce qui est sûr c'est que Gélineau s'énerve et que son copain Danton lui emboîte le pas. Ce sont des truands à la petite semaine, des jolis cœurs qui expérimentent le vol à la tire et le braquage des banques de quartier. On les surnomme les Dalton. Ils annoncent la venue d'un monde sans travail, une société du spectacle et du chichon. Pour l'heure, ils quittent le restaurant et vont chercher leurs armes. Ça ne mange pas de pain. Ils démolissent au passage la chaîne hi-fi de l'appartement de Claire, puis reviennent montrer de quel bois ils se chauffent aux dîneurs du restau et probablement aussi à la nuit lyonnaise, aux chats de gouttière, au croissant de lune. Les soirées sont douces en ce début du mois d'août. Ils sont nerveux. Danton s'est légèrement entaillé le pied pendant la baignade au canal de Jonage et, sitôt en bas de la rue, préfère repartir à grands pas vers la Saône. Auzias et Gélineau filent récupérer leur voiture volée. C'est à ce moment que tout bascule. La mitraillette est chargée. Un fourgon de police fait sa ronde de nuit dans les parages. La gamine, qui les accompagne, ne se sent pas très bien. Elle commence à dégueuler dans le caniveau, les retarde quelques secondes, le temps que le fourgon sorte de la rue Burdeau et emprunte la montée des Carmélites. Didier Gélineau voit les phares des flics balayer la chaussée en dessous de lui et, défoncé, alcoolisé, exalté comme jamais, se persuade qu'ils arrivent pour l'alpaguer. L'éventualité qu'ils puissent être là par hasard ne l'effleure même pas. Il est sûr que les voisins de la rue des Tables-Claudiennes ont sauté sur leur téléphone après avoir entendu les coups de feu. Le reste l'indiffère. Il ne réfléchit pas au délai nécessaire pour venir jusque-là. Il est acculé, ne voit qu'une solution, arroser joyeusement ces emmerdeurs, les repousser avec son pistolet-mitrailleur. Il appuie sur la détente. Ça vibre, ça claque, ça détone. L'arme obéit docilement. Il est ivre de puissance. Les balles fusent et dressent un mur de feu au bout duquel chacun va se ressourcer en hurlant de joie, un entonnoir où tout sera blessure et parure, libération et marche funèbre. La bride du vieil Uzi vibre sur sa hanche, le ciel est étoilé au-dessus de sa tête, les silhouettes s'agitent dans la voiture, la carrosserie du fourgon de police vibre sous les impacts. Il gueule aux filles de se tirer. C'est un coup de folie, un suicide déjanté et sinistre. Claire Auzias lui crie d'arrêter les frais mais, paniquée à l'idée que sa petite sœur se trouve prise au piège à son tour, s'engage sur le chemin menant au Jardin des Plantes. Didier Gélineau continue à canarder. La voiture de flics fait demi-tour. Claire traverse le jardin au pas de course, arrête une camionnette, demande au chauffeur de les conduire chez ses grands-parents. Le type, devant cette jeune femme et cette gosse perdues dans la nuit noire, accepte de les emmener jusqu'à Francheville sans trop poser de questions. Les flics contournent le pâté d'immeubles et prennent Didier Gélineau à revers. Il a épuisé ses munitions. Bravache, il avance vers eux en brandissant son arme. Il s'écroule sur la chaussée, le corps criblé de balles. Les policiers le basculent sur une civière et lui demandent son nom. Il supplie qu'on l'abandonne là, sur les pentes de la Croix-Rousse, qu'on le laisse crever en paix.

21

Bibi est en prison, Didier Gélineau en soins intensifs. Il devrait survivre à ses blessures et intégrer la Marmite dès sa sortie d'hôpital. Les policiers ont alpagué aussi la gamine chez les grands-parents, mais ont dû la relâcher à cause de son jeune âge. Ils traquent Claire. Au bout de trois jours, ils finissent par lui mettre le grappin dessus alors qu'elle essaie de prendre contact avec un avocat. Elle ne répond à aucune question durant sa garde à vue, refuse obstinément de livrer les noms de ses copains. Malgré tout, l'enquête avance. Danton est arrêté à son tour. La bande des Tables-Claudiennes est bientôt incriminée dans une demi-douzaine de hold-up plus ou moins ratés. Les journalistes et les policiers sont aux anges. Cette fois, l'échantillon de têtes brûlées est homogène géographiquement et sociologiquement. On ne mélange plus lingère, ballots, médecin et trimardeurs. On a affaire à de jeunes nantis contestant la société qui les a vus naître, des étudiants qui s'ennuient, des drogués qui crachent dans la soupe à la moindre occasion.

Mila, qui été hébergée par Claire Auzias, doit une fois encore se cacher. Elle retourne chez son amie médecin qui l'accueille sans faire de commentaire. L'appartement de la rue des Os rangés n'a pas changé. La baignoire est toujours là et Delphine toujours aussi prude et réservée comme si, depuis son saut de l'ange, les corps ne l'attiraient plus. Le sexe lui fait peur ou la débecte. Seule la douceur et la bienveillance semblent l'intéresser… D'après Mila, il faut se méfier de la bienveillance autant que de cette espèce de rat apprivoisé qui paradait sur l'épaule de Bibi. La bonté frotte son museau partout, et se met à couiner désagréablement dès qu'on cesse de la célébrer. Elle est insatiable, elle exige beaucoup trop en retour. Théodore devrait se défier du reste aussi. Il ignore que le pistolet-mitrailleur Uzi a transité par sa cave, mais se doute que les flics vont venir l'interroger. Mila Galpérine loge chez lui et Claire Auzias était avec eux dans la maison des Terres froides. On l'a souvent aperçue au bas de son immeuble, peut-être même la veille de la fusillade.

Le premier jour, il se ronge les sangs. Le second, il décide de rejoindre Mila, or elle n'est déjà plus chez Delphine. Une lettre l'attend rue des Os rangés, accrochée à la tuyauterie de la baignoire, signée d'un double cœur, annonçant qu'elle quitte la ville et lui conseillant de se mettre au vert lui aussi. Le troisième jour, n'ayant plus personne à étreindre ou à photographier, plus d'article à écrire, il repense à Bibi qui croupit dans la Marmite du diable et à Marianne dont on n'a aucune nouvelle. La vision des calanques de La Ciotat s'impose brusquement, la mer immense, le cabanon en pierre, le ciel, les cigales. Quelque chose se déclenche, intuition, révélation, afflux de souvenirs. Tout à la fois. L'idée prend corps et, peu à peu, une évidence s'impose. C'est là-bas que Marianne Delcourt s'est enfuie. Elle est à La Ciotat. Elle n'est pas morte, il l'aurait su, il l'aurait senti. Il s'étonne de ne pas avoir pensé plus tôt à leur ancienne planque d'amoureux. L'enquête de police n'avance pas mais s'il la retrouvait vivante, le chef d'accusation le plus grave tomberait de lui-même et Bibi sortirait de prison. Théodore n'hésite pas. Il prend la route du Midi.

Le train de nuit pour Vintimille part à vingt heures quinze. Il renonce à la couchette pour des raisons d'argent et, lui qui ne porte guère les bidasses dans son cœur, doit quitter la capitale des Gaules en compagnie d'un groupe de conscrits avinés et très volubiles. Le train est bondé. Les drolatiques se mettent à jouer aux tarots dans le compartiment et, au bout de quelques minutes, il tape le carton avec eux. C'est comme une césure. Il oublie ses soucis et sa mission. Il gagne au jeu. Une heure plus tard il emmène tout ce petit monde au wagon-restaurant, paie une tournée générale, puis retourne saucissonner avec eux dans le compartiment. Sept militaires et un insoumis face à face sur les mêmes banquettes… Ce n'est même pas une confrontation, juste un voyage vers le Sud et une partie de tarots. Il boit du rhum, continue de rafler la mise, écoute docilement leurs histoires de chambrées, leurs grosses blagues de troufions et n'abandonne les lieux que vers minuit, en gare d'Orange, alors que la moitié de ses compagnons s'apprête à descendre. Il change de crémerie, se retrouve dans le wagon de queue et s'endort sourire aux lèvres. Il se réveille une heure plus tard avec l'impression de discerner la silhouette de la motrice dans la pénombre. Il se trompe. Il fait encore nuit noire. Le train arrive à Marseille, reste en gare une bonne heure puis repart seulement quand le jour point, longeant la grève, disparaissant dans les tunnels. Quelques barques de pêcheurs se suivent de loin en loin sur la mer sombre, jetant leurs filets du côté du levant, déposant partout leurs petits fanions. Le ciel change. La ligne de crête bleuit. Une bande de rose pâle couvre l'intérieur des terres. Il va faire beau et chaud.

La Ciotat. Les chantiers navals tournent au ralenti en cette période estivale, même si quelques centaines d'ouvriers continuent à s'activer sur le site. On n'abandonne pas un méthanier en construction, surtout celui-là, le *Westernport,* le plus grand du monde. Les grues s'entrecroisent au-dessus de la rade, besogneuses, rouillées, bardées de câbles. Elles ont fait leur temps. Deux nouveaux portiques géants seront édifiés bientôt. Les carnets de commande sont pleins et personne n'imagine que cette activité puisse ralentir un jour. Personne, sauf peut-être les habitants de la commune libre de Figuerolles, une minuscule république indépendante autoproclamée dans la calanque voisine, dont la monnaie est la figue et qui, depuis deux décennies, accueille les amoureux des paysages, de la pêche sous-marine, du troc, des galets. Théo a un pincement au cœur en tournant le dos au monde du travail et en retrouvant cette crique inviolée, cette roche poudingue tellement étrange, cette eau turquoise. Il n'a pas le courage d'aller vérifier immédiatement si Mme Delcourt a trouvé refuge dans leur planque d'autrefois. Trop d'appréhension, trop de souvenirs contradictoires. Il traverse le parc du Mugel, repère d'en haut le toit du cabanon, mais les arbres ont poussé, et il ne peut voir si les volets sont ouverts. Il descend vers Figuerolles, profite de ce lieu exceptionnel, cette beauté qui renaît au matin, les lambeaux de roche qui pointent vers le ciel, les insectes qui bourdonnent et s'agacent sous les arbres. Igor et

Tania préparent le café sur la terrasse accrochée au pied de la falaise. Le vieil Igor ne le reconnaît pas. Tania peut-être que oui. En tout cas elle l'embrasse. Il leur explique qu'il a vécu dans la calanque voisine à la fin de la guerre d'Algérie, qu'il était déserteur, qu'il se planquait avec une amoureuse plus âgée que lui, très belle, riche, résolue et courageuse. Elle aurait pu être sa mère. Son propre fils était en train de mourir à Lyon. Là, à cette évocation, ils se souviennent. Leurs traits se rembrunissent, bistres et grumeleux comme les rochers alentour. Ils hochent la tête, puis l'envoient se balader dans la crique pendant qu'ils dressent la table. Une ombre s'attarde sur leurs visages qu'il ne remarque pas.

Comment a-t-il pu oublier tant de beauté ? Comment, après toutes ces années de labeur, de manifestations et de révolte, l'éclat du monde a-t-il pu se ternir ou se dérober au point qu'il a le sentiment d'ouvrir les yeux pour la première fois ? Il en a le souffle coupé, reste debout sur la plage, immobile, stupéfait, sidéré, le front caressé par la brise, guettant le moindre jeu de lumière dans ces falaises d'un autre temps, se disant que tout est somptueusement archaïque ici, en phase avec l'univers, et que les hommes n'ont rien à y faire, eux qui n'en finissent pas de se battre non pour aimer, mais pour témoigner de vivre. La crique s'illumine peu à peu, l'eau clapote sur la grève, l'air vibre doucement. Tout est d'une tranquillité et d'une finesse exemplaires. En miroir, de l'autre côté de la colline, les chantiers s'animent. Où se tourner à présent ? À qui ou à quoi faire allégeance ? À cette nature imparable, aux insectes, aux algues indolentes, aux fruits qui chutent des figuiers et embaument, ces figues violacées que les habitants d'ici ont choisi comme monnaie d'échange, aux pousses d'herbe vert tendre qui se pressent sous les aiguilles de pin, aux poissons furtifs, aux oursins qu'on ouvre dans du papier journal – *Var-Matin* ou *Provençal* – et dont il aimait tant caresser l'intérieur ? À l'extrême douceur du ventre des femmes ? Aux habitants de la république de Figuerolles eux-mêmes, paisibles et laborieux comme Igor et Tania, ou à d'autres humains frondeurs comme les trimards de la Croix-Rousse, aigris comme Marianne ou foudroyés comme Mila Galpérine ? Il a sommeil. Il bâille, pousse du pied une rognure de pomme traînant sur la grève, la regarde ballotter entre les vaguelettes. La rognure oscille un instant entre deux eaux, puis revient vers lui, incurvée comme un sourire. Elle est belle. Ce n'est rien qu'une rognure de pomme, mais elle lutte pour demeurer à flot et elle lui ressemble. Il repense furtivement aux bidasses, au rhum blanc, au jeu de tarots, à Mila qu'il aime plus que personne au monde, à Antoine qu'il n'a jamais osé étreindre jusqu'au bout. Il a peur de ce qui pourrait arriver maintenant. Tout est si immobile et si somptueux. La rognure bouge une dernière fois, pivote gracieusement sur elle-même puis échoue entre ses orteils.

Les volets sont entrouverts. Les clefs de la porte d'entrée traînent sur la table de la cuisine. Le cabanon n'a pas changé, toujours aussi sombre et ramassé sur lui-même, préservant la moindre parcelle de fraîcheur entre ses murs épais. Les placards sont pleins de victuailles. Une bouteille de whisky à moitié vide attend devant la cheminée à côté d'un verre à moutarde qu'il renifle en fronçant les sourcils et part rincer dans l'évier. Le lit est défait. Une serviette est pliée sur la couverture, un maillot de bain traîne sur le couvre-lit avec une nuisette en satin qu'il ne peut se retenir de humer à son tour. Il ressort, plisse les yeux dans le soleil, note qu'il n'y a pas de voiture sur le parking. Avec son pied malade, quoi qu'il en soit, Marianne est incapable de conduire. Elle a dû venir en train. Elle s'est réfugiée ici, c'est sûr. Elle est peut-être partie faire des courses avant d'aller nager dans la crique comme autrefois. Il hausse les épaules. Elle ne peut ni nager ni trimballer des sacs de courses. Il monte dans la garrigue, traverse le parc du Mugel et appelle de droite à gauche car il est tôt, les magasins ne sont pas encore ouverts. Il inspecte les alentours. Le jardin est en friche. Un vieux hamac racle le sol. Il retrouve le panier d'osier empli de pommes de pin sur le muret du haut et deux escargots ventre à l'air sous le banc en pierre comme autrefois, avec une cohorte de fourmis qui les cernent et entament leur repas. Tout est en place. Tout est familier. Les pins parasols sont inclinés dans le sens du vent, les cigales crissent. Il faudrait retourner à La Ciotat pour appeler Delphine Valladon, mais il n'en a pas le courage. Sa nuit blanche l'a éreinté. Il revient au cabanon, pousse la porte, tombe sur le lit tout habillé et s'écroule comme une masse.

À midi, il zigzague sous la muraille. Il est inquiet. Il a trouvé le vieux mange-disque dans la poubelle. Un paquet de sardines pourrit dans la porte du frigo. Un tube de dentifrice est resté ouvert sur la tablette du lavabo. Ce dernier détail l'alarme. Marianne est très maniaque. Elle revisse toujours le bouchon de son tube de dentifrice. Il fouille à nouveau les parages du cabanon et repère d'autres signaux préoccupants. Le parasol est renversé contre la porte de l'appentis, le couvercle du barbecue échoué dans les lavandes, des papiers gras et des mégots traînent sous la porte du garage. Le paillasson de l'entrée est couvert d'aiguilles de pin. Les lauriers ont soif. Les bottines en caoutchouc et le plantoir attendent devant la jardinière où rien n'a l'air de vouloir pousser. Il se rassure en songeant que ces travaux de nettoyage et d'entretien pourraient décourager une infirme… sauf que Marianne n'est pas une infirme comme les autres. Il est de plus en plus anxieux. Après avoir fureté partout, il monte du côté des falaises, là où ils allaient se retrouver autrefois, où les autochtones ne se risquent jamais. Il grimpe le sentier en plein cagnard, coupe les virages, ne cherche plus l'ombre des arbres, n'admire plus le paysage. Les galets roulent sous ses pieds. Les cistes et les genêts remplacent peu à peu les chênes, sauf dans la passe sommitale où l'eau se rassemble et draine encore un peu de terreau. Il marche tête nue sur cette roche poudingue qui, vue de près, est un conglomérat de galets et de mortier d'une solidité à toute épreuve, un liant râpeux, indestructible, une calamité pour les chaussures. Théo est en sandales. Il se fiche de l'état de ses semelles. Il veut tout vérifier, rejoindre le col minuscule qui surplombe le Bec de l'Aigle et regarder au loin, le plus loin possible, comme en ce jour lointain où elle lui avait rendu la lettre de son fils dans le coma, entérinant le début de la haine. Il doute qu'elle ait pu monter jusque-là, mais il y va quand même. Il attaque le dernier raidillon, titube dans le goulet, transpire, s'essuie le front, approche de la brèche, une échancrure plutôt qu'un col, une fissure dans la muraille où le gardien du parc a tendu une longueur de cordage fixée de loin en loin par des pitons.

Le vent mugit derrière la passe. La paroi commence à vibrer sous ses pieds. Il gravit les derniers mètres et se retrouve en plein ciel, trois cents mètres au-dessus des flots, accroché aux lames de calcaire. La mer est agitée. Un liseré blanc ourle le bord de la falaise tout en bas. Les mouettes tournoient à mi-hauteur. Le vent souffle en rafales et il n'y a personne bien sûr, même pas un insecte, juste l'odeur du sel, la clameur du vent et le soleil qui frappe sans mesure. Il s'assied à califourchon et contemple cette immensité. Le vacarme ne cesse pas, assourdissant, coupé de petites plaintes au loin, étranges, comme si la roche poudingue maudissait ces rafales et signalait à qui veut l'entendre qu'elle en a marre de rester verticale après tant de millénaires, qu'elle est lasse de subir les bourrasques et l'éternel assaut des vagues. Quasiment pas d'érosion pourtant, dans ce grand corps minéral. Du bout des doigts, Théo touche son propre corps, le trouve chaud, fragile, maladroit, peut-être usé prématurément. Il se souvient qu'il montait là chaque matin du temps où ils s'aimaient avec Marianne, où ils attendaient des nouvelles d'Antoine, où le mainate Pips restait accroché à son épaule. Il se souvient de toute chose, et rien n'a changé hormis cette plainte intermittente au loin. L'abîme est toujours aussi vertigineux, les bateaux sont toujours aussi minuscules là au-dessous, les flots toujours aussi agités. Parfois, il a l'impression qu'un peu d'écume remonte jusqu'à lui, que le sel marin se mélange aux tourbillons et graisse ses cheveux. Le vent forcit, les mouettes basculent en criaillant le long de la falaise, le gémissement ne cesse pas, si singulier et si peu minéral qu'il finit par se lever et, collé à la paroi, décide d'aller voir de plus près. Il contourne l'éperon.

Elle est là, juste derrière. Elle ballotte au vent. À sa manière cuivrée, elle accueille idéalement les rafales, vibre sous leur étonnante démesure. Il écarquille les yeux et comprend tout. Cette plainte est une salutation, un adieu. Elle ressemble vraiment à Marianne, allusive, fiévreuse, résolument aléatoire. C'est sa signature, un impeccable salut musical. Il tend la main. La trompette de Bibi est accrochée là, oscillant à l'infini au bout de sa lanière en cuir. Le vertige menace, il se penche néanmoins au-dessus de l'abîme et, à la limite de tomber, la saisit, l'embouche et souffle dedans. Elle chante comme une bienheureuse. Elle semble retrouver vie au contact de ses lèvres, mais non, il jette un coup d'œil à la falaise gigantesque sous ses pieds et abandonne. Ça suffit. Il replace la trompette sur la lame de rocher que Marianne a dû franchir avant de s'envoler dans le vide. Le clairon oscille un long moment dans les bourrasques sans le moindre gémissement. Ce n'est plus un cornet, c'est une ridicule trompe d'infanterie, pas même un signal, un gosier morne, un goulot. Puis le vent forcit d'un coup et revient s'y engouffrer. Le clairon tournoie au bout de sa lanière et c'est Marianne qui râle au sommet de la passe, elle qui salue Théo et lui fait un pied de nez ainsi qu'à tous les mauvais garçons du monde.

Igor et Tania ont voulu préparer un repas avant d'appeler la gendarmerie.

Tomates du jardin, calamars grillés, coussignous à l'échalote et tartelette aux figues. Apprenant que Marianne était montée jusqu'à la brèche, ils se sont signés l'un après l'autre, à la russe, gravement, main gauche à plat sur l'abdomen, puis ont levé leur verre et avoué à Théodore qu'ils la connaissaient depuis longtemps, qu'ils étaient devenus amis au moment de la mort d'Antoine. Elle leur rendait visite à chacun de ses voyage, et, ces jours, elle les avait inquiétés. Ses yeux se voilaient. Elle les écoutait à peine, s'absentait, regardait dans le vide ou bien parlait à tort et à travers, les invitant à développer cette république exemplaire et fantasque dont elle était devenue citoyenne d'honneur, à y construire des chambres, y établir un restaurant. Elle n'avait plus beaucoup d'appétit. Le dernier soir, elle les avait embrassés sur le seuil de la maison, et était partie en grillant cigarette sur cigarette, ne se retournant que pour annoncer qu'elle ne reviendrait pas à La Ciotat, mais qu'il fallait exaucer son vœu, lancer ce programme de développement en mémoire de leur amitié et de son allégeance à la commune libre de Figuerolles. Tania avait gentiment moqué ce ton christique. Marianne avait marmonné que la roue tournait et que, quoi qu'il advienne, la vie manquerait toujours de sel et de rédempteur. Elle avait boitillé jusqu'à la crique, s'était penchée sur l'eau qui clapotait, y avait trempé les doigts, puis, la goûtant, était partie d'un petit rire étrange.

22

Le corps d'une femme d'une cinquantaine d'années a été retrouvé au pied du cap Canaille. Il semblerait, d'après les pêcheurs qui l'ont repérée sur cette étroite bande de littoral, qu'elle ait chuté du haut de la falaise. Le corps est disloqué mais le visage, relativement intact, devrait permettre une identification rapide. Les marins-pompiers ont ramené la dépouille à la morgue de Toulon. Il se pourrait que ce soit celle d'une habitante de La Ciotat. Le procureur de la République a ouvert une enquête.

Théo trouve l'article dans sa boîte aux lettres en revenant du commissariat, sans plus de commentaire, plié dans une enveloppe en papier kraft. Deux échantillons de produits ménagers – Vigor et M. Propre – attendent aussi dans la boîte ainsi qu'un dépliant publicitaire Colgate et l'avis de passage du releveur EDF. Théo se demande si l'entreprise Colgate s'occupe de nettoyage de sols. Il garde la lettre, jette les échantillons à la poubelle. L'interrogatoire qu'il vient de subir était si explicite et si détaillé qu'il a envie d'être précis à son tour. Par chance, il ne sait pas grand-chose sur la multinationale Colgate, pas plus qu'il ne sait si Vigor est plus efficace que

M. Propre ou si Bibi a été transféré de la Marmite du diable à la maison d'arrêt de La Talaudière. Quant à Mila, il ignore où elle est passée. Elle n'est plus revenue dans l'appartement et a quitté la rue des Os rangés sans laisser d'adresse.

Il a dit la vérité à l'inspecteur Rodari, n'a pas caché son amour pour la serveuse du Café du Soleil, ni sa récente mise au chômage, ni son ancienne aventure avec la disparue Marianne Delcourt, ni même ses articles sur les trimardeurs de la Croix-Rousse. Le policier semblait assez mécontent. Il se grattait la tête et ne cessait de triturer son stylo. Il a contemplé une seconde son capuchon mâchouillé, l'a jeté à la poubelle d'un geste agacé, a conseillé à Théo de retrouver au plus vite du travail tout en lui notifiant une interdiction de quitter le département du Rhône. Théo est reparti sur la pointe des pieds. Il devait rester à disposition des enquêteurs, mais s'en tirait à bon compte, d'autant que l'article du *Provençal* sous-entendait qu'on allait découvrir rapidement le nom de la victime. Ainsi, il serait démontré que le trimard Bibi, l'amant de Mme Delcourt, croupissait en prison au moment où elle a escaladé la falaise, et il ne pourrait plus être accusé de quoi que ce soit. Théo n'en a rien dit. Il fallait attendre l'identification du corps pour espérer sa libération. Le soufflé devrait retomber assez vite. Le procès des Dalton de la Croix-Rousse allait prendre une autre tournure et les idéologies terroristes faisant tache d'huile autour de lui perdraient peut-être un peu de terrain.

Il retourne au Café du Soleil. C'est là, accoudé au zinc, observant une bécasse en porcelaine qui oscille sur son axe, plonge le nez dans un ballon de beaujolais, part en arrière, replonge droit devant et trempe à nouveau son bec sans se lasser ni se fatiguer jamais, c'est là que Mila Galpérine essaie de le joindre. Un coup de téléphone de mauvaise qualité, interrompu au bout de quelques instants, qui pétrifie la patronne et laisse Théodore perplexe. La bécasse n'a besoin que d'une pichenette pour recommencer à tergiverser et à se balancer interminablement, mais Mila ce soir, à l'autre bout du fil, n'hésite pas. Elle lui communique deux nouvelles inattendues, qui l'ont rendue heureuse l'une comme l'autre. Sa voix est ensoleillée, très douce, très calme. Elle ne veut pas révéler l'endroit où elle se trouve. Après avoir dit que Bibi s'était fait la malle, elle annonce à Théo qu'elle l'aime de nouveau, qu'elle l'aime autant qu'au début. Elle le répète. Cela fait longtemps qu'il ne l'a plus entendue prononcer de tels mots sinon, par inadvertance, à l'acmé de leurs étreintes, comme si la phrase lui échappait… Serait-elle vraiment amoureuse ? Il est tellement surpris qu'il en oublie de relever l'information initiale, bafouille qu'il l'aime aussi, qu'il est entiché d'elle depuis le premier jour, que son amour n'a jamais cessé, et, pendant ce temps, petit à petit, la première révélation fait son chemin. C'est comme une barrière qui se baisse, une porte qui claque dans son dos. Bibi s'est évadé… Impossible à intégrer dans le schéma général. La nouvelle s'imprime lentement dans son cerveau. Mila redit de sa voix douce que le trimardeur est en cavale, puis, comprenant ses doutes et sa perplexité, lui raconte que leurs potes de la Croix-Rousse avaient connaissance du jour et de l'heure de son transfert à la maison d'arrêt de La Talaudière grâce à leurs contacts dans la Marmite, et qu'ils ont eu le temps d'organiser une sorte d'arrêt pipi impromptu à la sortie de Saint-Chamond, devant le massif du Pilat. Guet-apens plutôt qu'arrêt pipi. Les policiers de l'escorte ont été maîtrisés en un tournemain et Bibi s'est évanoui dans la nature.

Théo commence à entrevoir les conséquences de cet événement et, tout en se sentant aimé, en jouissant de l'intonation de Mila, réalise à quel point la vie est injuste, arbitraire, mal fagotée. La ligne grésille de plus en plus. Il songe à lui dire qu'il a retrouvé Marianne, mais la communication est vraiment mauvaise. Elle se coupe peu après. Il entend un petit gloussement au loin, comme si Mila ravalait sa salive, puis une sonnerie agaçante annonçant que la ligne est occupée. Elle ne l'est pas. Elle est interrompue. Il attend que Mila le rappelle. Elle ne rappelle pas. Il se morfond une heure au zinc du Café du Soleil jusqu'à ce que Gisèle, la patronne, ferme son établissement et le fiche dehors. Il rentre à pied en hésitant sur la marche à suivre, se demandant si les marginaux de la Croix-Rousse ne ressembleraient pas à cette bécasse qu'une simple pichenette dans le cul suffit à faire osciller sur son axe et boire indéfiniment le bouillon.

Cinq heures du matin. On frappe à la porte d'entrée. Dans son rêve, le martèlement se confond avec d'autres bruits familiers, le pianotage des mains chérubines sur la table du salon, le grignotage du rat sur l'épaule de Bibi, le cliquetis du clairon en cuivre contre la falaise du cap Canaille ou même le tapotement de ses ongles sur le combiné de téléphone. Rien de tout cela. On tambourine de plus belle. Il émerge douloureusement du sommeil, jette un coup d'œil à son réveille-matin, et maudit les flics qui n'ont rien d'autre à faire que de se lever à point d'heure pour emmerder les honnêtes gens. Il s'habille, regarde en vitesse dans l'œilleton et, au lieu de l'officier Rodari et de ses sbires, découvre un tandem inattendu sur le palier, le trimardeur Bibi coiffé d'une casquette en tweed trop grande pour lui, mal rasé, le bras en écharpe, accompagné d'un Italien noiraud qui se donne des airs de caïd, mais oscille d'une jambe sur l'autre comme un enfant. Bibi est nerveux. Il glisse son pied dans l'entrebâillement de porte, écarte le tissu qui recouvre son bras, découvre un fusil à canon scié et, le doigt sur la détente, désigne son compagnon.

— Marco… Un pote de cavale.

Il pousse la porte.

— On s'arrache au plus vite. Je t'expliquerai. On passe par l'Italie. Tu connais ces coins, non ?

Théodore file dans la cuisine leur préparer un café que Bibi, tellement agité, commence par refuser. Théo doit l'emmener sous la fenêtre et l'asseoir de force sur une chaise. Oui, il connaît bien la frontière italienne. Il l'a arpentée en tous sens quand il voulait être guide mais, là, il ne comprend pas. De quoi Bibi veut-il s'arracher, maintenant qu'il n'est plus accusé de rien ?… De lui-même, de cette société qui l'ignore ou le méprise, de la mélancolie ambiante ? Bibi, le feu aux joues, ne relève pas. Théo ne l'a jamais vu comme ça, nerveux, se levant sans arrêt de son siège, faisant les cent pas dans la pièce, se rasseyant pour triturer son arme.

— Tu nous aides à franchir la douane.

Marco, son compagnon de cavale, explique que le copain qui devait les recueillir à Marseille s'est fait alpaguer deux jours avant leur évasion et qu'ils se retrouvent donc le bec dans l'eau. Ils ont du fric, mais ne savent pas comment quitter le pays. Théodore se laisse tomber sur le canapé. C'est le monde à l'envers. Bibi pourrait tranquillement sortir de prison à l'heure qu'il est, seulement voilà, il recommence ses conneries et fonce à nouveau dans le mur. On peut sans peine deviner la suite puisqu'il est en cavale à présent et qu'il ne laissera jamais tomber son pote. Théodore lui annonce tout de même qu'il a retrouvé Marianne et qu'on ne peut plus l'accuser de quoi que ce soit. Une seconde, il a l'air ébranlé. Théo le prend par les épaules et le secoue. Finalement, Bibi marmonne que les dés sont jetés, qu'il s'en fout, que le pistolet-mitrailleur des Tables-Claudiennes a déjà été utilisé dans d'autres casses et que là, de toute façon, il est impliqué. On ne lui lâchera pas la grappe. Il déguste son café à petites lampées – tellement meilleur que la chicorée de la taule –, puis, du bout des lèvres, demande comment va Marianne. Théo répond qu'il n'en sait rien. Bibi bondit sur ses pieds, récupère son fusil, le lui fourre sous le nez et gueule que s'il l'a retrouvée il sait bien comment elle va. Il répète sa question. Théo pose la main sur son poignet, écarte doucement l'arme et se résout à parler du clairon d'infanterie découvert en haut de la falaise. Les rafales du cap Canaille en tiraient une sorte de plainte, un gémissement très étrange. Bibi serre les poings. Si Marianne a posé la trompette à cet endroit c'est qu'elle a sauté dans le vide juste après. Il se prend la tête entre les mains. Théo veut mentionner l'article du *Provençal*, mais il renonce. Il le serre dans ses bras. L'autre éclate en sanglots. C'est le contrecoup. Il pleure comme une madeleine.

Le plus célèbre trimard de la Croix-Rousse en pleurs, c'est un spectacle insolite et navrant. Théo, très ému lui aussi, décide d'aider les deux fuyards. Son propre destin bascule à ce moment-là, bien qu'il l'ignore. La P60 vert bouteille de Mila attend dans la maison des Terres froides. Il leur manque juste un peu d'équipement, des tenues adéquates que le magot va permettre d'acheter. Bibi s'essuie les yeux. Il ne pleure plus, ne salue pas la décision de son ami. Il a l'air de se ficher de tout. Théo lui parle de la commune libre de Figuerolles, il n'écoute pas. Il veut juste partir, répète qu'il n'en a plus rien à foutre de ce pays, qu'il faut se dépêcher de passer la frontière avant que les routes soient bloquées. Elles ne le seront pas, à l'exception de la nationale 6 au sortir de la ville. Le réseau secondaire restera libre tout comme eux, maigre gibier en cavale n'ayant à ce jour écopé que de petites peines. Théo récupère la voiture, et ils partent en fin de matinée.

Routes secondaires, stations-essence en pleine campagne, courses rapides à Grenoble, crampons, piolets et sacs à dos choisis en vitesse au magasin *La Randonnée*, chaussures, gants, anoraks, lunettes de soleil, crème autobronzante, une carte IGN et quelques provisions de bouche, sans compter une paire de jumelles pour faire bonne figure. Tout ceci est un peu neuf, et ils s'arrêtent le long du Drac pour frotter leurs nouvelles tenues dans le limon de la rivière. La boue iséroise est d'un gris soutenu, collant, qui n'a pas sa pareille pour vieillir et patiner. Bibi prend plaisir à cet exercice de salissure obligée et ça rassure les autres. Ils font sécher leur matériel le reste du voyage, pique-niquent sur les rives du lac d'Aiguebelette et, là, décident d'étrenner ces uniformes d'alpinistes. Ils se harnachent l'un après l'autre. Ils ont l'air de sortir d'une poubelle, trois montagnards boueux achevant leur tournée des popotes avant d'aller affronter les neiges éternelles. Ils n'affronteront rien, Théo l'a promis. Ils roulent vers le nord, puis vers l'est, bivouaquent dans une grange désaffectée au-dessus de Sallanches, grillent des saucisses et boivent en quantité du vin des Abymes de Myans. Bibi se saoule sans mesure. Au moment de dormir, le voyant chanceler entre les ballots de paille, Théodore l'interroge sur sa relation avec Marianne Delcourt qui, tout compte fait, est encore plus singulière que la sienne. Le trimard ne veut pas en parler. Son amante est morte. C'était un grand fauve, une lionne, une panthère qui sortait ses griffes à la moindre occasion. Il n'aurait jamais dû s'intéresser à elle. Elle baisait à merveille, mais se trompait de proies. Un jour qu'il lui souriait béatement après l'amour, elle avait saisi ses mains avec une douceur étrange, les avait embrassées l'une après l'autre en disant que jamais personne n'avait souri de la sorte pour elle, pour elle seule. Elle ne se souvenait même pas d'avoir vu ses parents lui sourire tous les deux ensemble. Elle disait cela en le dévorant des yeux. C'est le meilleur souvenir qu'il gardera d'elle.

Le lendemain, ils roulent vers Chamonix. Il fait grand beau. Ils ont enfilé leur tenue d'alpiniste et vont changer leur argent à l'ouverture des banques. Ils garent la P60 dans le parking du téléphérique, attrapent la première benne et montent jusqu'au Plan de l'Aiguille. Là, Théodore les emmène s'entraîner un petit quart d'heure dans les alpages. Il a des instructions à leur donner, très peu en vérité, juste de parler fort, d'être sportif et grivois comme il sied aux montagnards, bronzés, grande gueule, et de ne jamais laisser voir leur appréhension. Tout le monde pète de trouille dans le deuxième tronçon du téléphérique de l'aiguille du Midi mais, c'est la règle, on ne le montre pas. Théo contemple son duo de taulards qui donne le change avec un certain brio. La crème autobronzante dont ils se sont tartinés la veille commence à faire effet sur leur visage et leurs mains. Bibi a planqué l'arme dans son sac et parade devant les glaciers avec son bonnet, ses crampons et son piolet. Il ne pleure plus. Marco, qui parle l'italien à la perfection, joue les gros bras lui aussi. Il fera diversion le moment venu.

La seconde partie du voyage est terriblement vertigineuse. Les câbles frôlent la paroi. Ils s'élèvent d'une traite, verticalement, vibrent, ploient, se raidissent sous les rafales, se croisent parfois. On a le sentiment que la cabine va racler la muraille à chaque instant. Les fuyards serrent les fesses et ne montrent rien de l'angoisse qui les étreint. Arrivés au sommet de l'aiguille du Midi, blancs comme linges, ils enfilent gants et bonnet, vérifient une dernière fois que leur magot est bien arrimé dans le rabat supérieur du sac de Marco, puis progressent en tremblotant sur la passerelle qui mène à la télécabine de la vallée blanche. Le blizzard souffle. La température est largement tombée au-dessous de zéro. Leurs yeux pleurent, leur nez coule, leurs oreilles commencent à picoter. Il est encore assez tôt, et ils croisent quelques cordées d'alpinistes pressés d'aller se colleter avec le fameux granite des Aiguilles. Eux ne veulent se colleter à rien, ne souhaitent surtout pas en découdre avec les éléments, rêvent d'être les plus discrets et les moins héroïques du monde. Ils ont déjà beaucoup donné. Ils ont le mal de l'altitude, et rejoignent sans discuter et au plus vite la gare d'arrivée de l'autre téléphérique. Ils attendent un quart d'heure dans le froid, avant de se retrouver tous les trois dans l'une des cabines menant à la pointe Helbronner. Il n'y a personne d'autre dans leur petit habitacle gelé… Ils respirent, regardent à peine le paysage, parcourent cinq kilomètres à l'horizontale à plus de 3 500 mètres d'altitude, longent les plus beaux sommets d'Europe, traversent la Mer de Glace puis le glacier du Géant. La cabine se balance dans le virage du Gros Rognon, dépasse les Flambeaux et, là, ils sont déjà hors de France. Ils reprennent peu à peu des couleurs. Leur aventure est en passe de se terminer, et ils commencent à se sentir en sécurité en arrivant devant le refuge Torino. Ils entendent parler italien autour d'eux. Un café et une brioche au sucre les attendent à l'intérieur. Le café est délicieux. Deux heures à peine se sont écoulées depuis leur départ de Chamonix et ils n'ont rencontré ni flics ni douaniers ou, s'ils en ont croisé, ils se fondaient avec eux dans la masse. Rien ne ressemble plus à un mordu de montagne qu'un autre mordu de montagne. Théo les accompagne jusqu'au téléphérique de Courmayeur, ultime étape de leur périple. Ils s'assoient sur la banquette arrière, contemplent leurs gros sacs tout neufs, leurs piolets, leurs godillots maculés de boue… Bibi bredouille que c'est quand même de l'argent jeté par les fenêtres. Au moment où les portes se referment, il fait signe à Théo, désigne les montagnes autour d'eux, gueule que c'est beau, grandiose, magnifique, et que Marianne Delcourt aurait bien pu les suivre jusque-là. Théodore serre les lèvres tandis que la benne plonge vers l'Italie. Il repart en sens inverse en sachant qu'il ne les reverra plus.

23

Elle arrive tard dans la nuit. Il comprend qu'elle a repris le boulot au Café du Soleil, mais ne sort pas de son lit en entendant la clef tourner dans la serrure et le verrou se refermer. Elle ôte une à une ses chaussures dans le couloir. Une porte grince, peut-être celle du salon ou du placard de l'entrée, il ne sait pas. Ses pieds nus virevoltent sur le carrelage. Elle accroche la clef sur la planchette à côté du miroir. Le battant grince à nouveau. Après un silence, il perçoit deux bruits distincts et quasi simultanés en provenance de la cuisine : une toux sèche et contenue suivie par le claquement caractéristique d'une tartine s'éjectant du grille-pain. Mila doit se brûler légèrement les doigts, car elle étouffe un cri et jure à voix basse. Elle soupire, se racle la gorge, puis ouvre un pot de confiture. Il entend le couvercle claquer. Le tintement de la cuillère contre la paroi en verre le rassure et le fait sourire. Au moins ne dévore-t-elle pas sa tranche de pain en vitesse, sans rien déposer dessus. Elle doit étaler un peu de miel ou de gelée de coing. Puis le silence retombe, à peine troublé par le bruit de la circulation au loin. Elle mastique. Il repousse ses couvertures. Il a chaud. Il sent le goût de la gelée sur le bout de la langue et, immédiatement après, énervant, suggestif, celui de son sexe. La moindre évocation gustative provoque une mini controverse au fond de lui-même. Le ventre de Mila n'a rien à voir avec les coings, évidemment, mais cela fait deux semaines qu'il attend son retour et voici qu'elle est là soudain, faisant tout pour ne pas le réveiller, accumulant les gestes banals et réconfortants, multipliant les petits impairs sonores qu'il se plaît à identifier, à décompter. Deuxième tartine avant que le couvercle ne se referme. Le pot de gelée retrouve sa place sur l'étagère et, dans la foulée, il entend les lames de parquet du couloir craquer, signalant un bref aller-retour aux toilettes… Les sons en provenance des W-C lui conviennent aussi, de même que le bruit du jet d'urine frappant l'eau ou celui du papier qu'on déroule. Il sourit dans le noir en entendant le vacarme de la chasse d'eau. Une cataracte… Mila est de retour. Elle est là. Elle s'active. Elle heurte les meubles dans le noir, part dans la salle de bains et il perçoit un petit bruit chuinté, à peine audible, probablement celui de la brosse à dents. Peu après, un autre son encore plus ténu, celui de sa chemise de nuit qu'elle enfile après une seconde d'hésitation. Il ignore pourquoi elle hésite. Songe-t-elle à prendre une douche ? Choisit-elle une deuxième nuisette ? Le tiroir de la commode grince et elle est peut-être surprise par la pile de sous-vêtements qu'il a soigneusement lavés, pliés et rangés, ce qu'elle n'a jamais fait depuis qu'ils sont ensemble. Habituellement elle jette ses lingeries en vrac, ses soutiens-gorge, ses culottes. Elle aime ces désordres vestimentaires annonciateurs, à l'en croire, de celui du corps et des sens. Ou même, pourquoi pas, de ceux de la pensée. Il est d'accord avec elle mais il avait besoin de s'activer au retour de Chamonix, de se vider la tête, et il a tout lavé, tout repassé.

Ultimes frottements de pieds. Les talons glissent de plus en plus doucement sur le carrelage à mesure qu'ils approchent de la chambre. Il a le sentiment que le temps s'amplifie, comme ennobli par ces déambulations, ces incartades silencieuses dans l'espace commun. C'est vertigineux. Il prête l'oreille, identifie le moindre son, écoute et écoute encore, ne voudrait jamais cesser d'errer d'un bruit à l'autre. Sauf qu'elle est là. Elle se glisse entre les draps et, devinant qu'il ne dort pas, lui demande de faire l'amour.

— Couche avec moi.

C'est tellement inattendu après son absence qu'il reste bouche bée. Elle fait la moue et rien ne se passe comme prévu. Ce souhait clairement exprimé le paralyse. Il a peur de ne pas y arriver, de bâcler leurs retrouvailles. Il bafouille qu'il a trop bu. Elle se blottit contre son épaule et redit qu'elle a envie de sentir son sexe en elle.

— Pas seulement envie, Théodore… Besoin.

Il est paralysé. Elle change de sujet devant son air piteux, s'appuie sur ses deux coudes et, cachant sa déception, annonce qu'elle a encore faim. Un petit creux à l'estomac, les tartines n'ont pas suffi, elle dévorerait volontiers une caillette aux herbes ou même une assiette entière de pieds de cochon. Plutôt un clafoutis en fait. Elle en a rêvé tout le temps qu'elle était partie… Elle évoque le clafoutis de la Baronne d'une voix enjouée, et soudain c'est sa Mila du début qu'il retrouve, cette façon de butiner, de sauter d'un sujet à l'autre, de contourner l'obstacle.

— La lingère du Vinatier est un gros nounours, une sorte d'extraterrestre obèse et séraphique, mais son clafoutis est à se damner.

Il lui passe la main dans les cheveux puis, peut-être pour l'étonner à son tour, retrouver grâce à ses yeux, annonce qu'il s'est occupé de Bibi et de son copain taulard. Il les a fait passer tous deux en Italie.

— Je sais.

Dépité, il continue. Il enfonce le clou en déclarant d'une voix légère, la plus légère possible, que Marianne Delcourt est morte. Elle s'est suicidée il y a dix jours en sautant du haut des falaises de La Ciotat. Mila a l'air de le savoir aussi. Elle sait tout. Elle se penche vers lui, l'embrasse, murmure qu'ils n'ont pas besoin de ces corps morts, claque les doigts, glisse à nouveau la langue dans sa bouche. Il n'en revient pas... Normalement le French kiss la dégoûte. Elle n'apprécie pas trop ces baisers profonds qu'il était de bon ton de décrier au moment des barricades. À l'évidence, elle a oublié les barricades. Elle mélange de nouveau leurs salives en gloussant de rire. Théo en profite un instant, s'écarte, se lèche la lèvre supérieure et contemple avec tendresse son amour des tout débuts, sa grilleuse, sa petite plongeuse du Café du Soleil qui sait se montrer excellente pâtissière à l'occasion. Il a l'impression qu'elle remue la langue dans sa bouche avec la même application tatillonne que lorsqu'elle incorpore les blancs d'œufs montés en neige à la pâte de ses gâteaux de Savoie.

— Montés en neige ?!...

Oui, c'est l'image qui lui vient. Mila éclate de rire. Théodore lui demande ce qu'elle a fabriqué ces jours mais, rien à faire, c'est la boulange qui l'intéresse. Elle se redresse dans le lit, s'appuie sur les coudes et déclare que le clafoutis de la Baronne surpasse tous les gâteaux du monde. Théo acquiesce, puis, songeur, rétorque que si les ballots lui ont fait un sort dans la maison des Terres froides ça ne prouve rien, car ils l'ont fait aussi aux pieds de cochon. Mila hausse les épaules. Ils se sourient, reprennent leur baiser là où ils l'avaient commencé… Théo oublie le gâteau de Savoie. Il a une brève pensée pour Bibi en cavale à travers l'Italie, une autre pour le pauvre rat resté seulabre à Torchefelon et une dernière pour la Baronne qui roucoule avec son puceau. Tout le reste est sans importance. Ils s'embrassent, se regardent dans le blanc des yeux, et partent d'un grand fou rire érotico-culinaire qui enfle peu à peu, les submerge, secoue fortement les ressorts de leur vieux sommier et redouble d'intensité lorsque les voisins du dessous se mettent à tambouriner sur leur plafond avec un manche à balai. Pas trop le choix. La rigolade s'arrête net mais l'amour continue. Ils tâchent d'apaiser la colère des voisins de la pire façon, en jetant leurs habits aux quatre coins puis en s'étreignant à même le plancher, avec une énergie débridée, haletante, qui s'achève sur un orgasme désopilant et trois grands coups de balai dans leur dos, comme au théâtre.

Elle a changé. J'en suis presque inquiet. Il y a quelque chose d'amplifié en elle, pas seulement dans son visage plus dense et plus rond, ou dans sa voix de gorge lorsqu'elle m'interpelle depuis la cuisine, mais dans sa façon de se mouvoir, de marcher plus lentement, d'occuper mieux l'espace. Elle a des gestes paisibles, quasiment stylés tout à coup. Elle ne dit plus que le chemin à suivre est trop long ou trop risqué. Elle ne parle plus d'en finir avec cette société de consommation qui interdit au peuple de vivre pleinement, elle parle simplement d'être heureuse et de retourner dans les Terres froides. Elle est méconnaissable. Le lendemain soir, au moment de partir au boulot, elle me saisit la main sur le palier de l'appartement de la Guillotière, pivote sur ses pieds et m'annonce avec un grand sourire que, ça y est, elle a pris sa décision. Elle reste là. Elle ne va pas travailler. Elle n'ira plus jamais travailler. Elle en a sa claque du Café du Soleil. Incrédule, je pose mon doigt à la saignée du poignet, là où le sang se bouscule d'habitude, et m'étonne de percevoir une pulsation lente et régulière. Changement de cap, pouls placide. Elle me répète qu'elle abandonne son boulot et veut partir à Torchefelon. Elle ajoute qu'elle est en train de renouer avec son moi solaire, qu'elle en a fini avec le moi ténébreux.

On ne s'installera jamais à Torchefelon, je le sais bien et elle aussi. Avec ça, aucune nouvelle d'Auzias et de Gilbert Legoff… Dès que j'évoque leurs noms, son visage se ferme. Elle se raidit exactement comme tout à l'heure sur le palier en renonçant à son métier de serveuse. Quant à Delphine Valladon, qui revient le soir d'après dans la conversation, Mila trouve le sujet soporifique. Elle le clôt d'un geste, s'écroule sur son oreiller et s'endort. Le lendemain matin, elle le remet d'elle-même sur le tapis et me demande si j'ai vraiment envie de baiser avec cette gouine. Je sursaute. Elle ne me laisse pas le temps de répondre.

— Oublie, c'est pas pratique, elle est enceinte.

— Sonia?

— Mais non, Delphine!… Tu n'as pas remarqué? Ça se voit comme le nez au milieu de la figure.

Je suis stupéfait. Notre amie médecin n'aime pas les hommes. Elle ne les a jamais aimés. Mila jette un coup d'œil dans le miroir de la chambre, claque la langue d'un air moqueur et me remémore la soirée organisée il y a trois mois pour fêter notre départ de la rue des Os rangés. À la fin de cette nuit-là, effectivement, elle avait accepté d'ouvrir sa porte à Danton et à Bibi. Elle nous avait sidérés en les attirant dans son lit.

— Elle était à moitié ivre. Elle a fait ça pour goûter.

— Pour goûter ?

— Plonger dans l'inconnu. Déguster. Embellir au passage… En réalité, elle ne supportait pas qu'on s'en aille. Elle est comme nous toutes, elle aime se changer les idées avec le pieu des hommes. C'est idiot, mais votre petit piquet nous séduit autant qu'il nous distrait. C'est un hochet. On se régale de le voir baisser pavillon après la montée de sève, rabougrir et ne retrouver sa raideur naturelle qu'au moment du sommeil. La vie est mal faite, note bien. Les femmes ont été labourées en donnant le jour aux hommes et elles doivent s'ouvrir à eux par la suite. Peut-être avons-nous besoin de ces deux écartèlements. C'est un mystère en même temps qu'une injonction.

Elle ajoute que Delphine était resplendissante après cet épisode.

— Votre pieu nous fait rêver. Il nous embellit, c'est comme ça. Rappelle-toi comme la beauté explose à l'adolescence, quand la question de l'accueil commence vraiment à hanter les filles.

— Je crois que c'est plutôt Delphine qui te hante.

Elle ne dit rien, se gratte le haut du crâne et accuse le coup. J'en profite pour lui demander ce qu'elles ont bricolé toutes les deux rue des Os rangés. Je n'ai jamais vraiment su. Elle retient sa respiration comme si elle allait me parler, puis botte en touche en commençant à enfiler ses habits n'importe comment. Il fait beau. Les rayons du soleil frappent la commode de la grand-mère et une odeur de cyprès s'en échappe. Elle fourre le nez dans le tiroir, hume longuement puis se relève les yeux brillants et me signifie qu'elle a envie de baiser. C'est ainsi depuis son retour. Elle a toujours envie de faire l'amour. C'est sa nouvelle façon de se rebiffer. Elle file à moitié nue vers la fenêtre, se penche au-dessus de la rue de la Guillotière, s'étire là sans pudeur, prend le soleil devant tout le monde et me dit qu'il s'agit de son quart d'heure de frivolité. Je la rejoins, la retrouve et la perds à la même seconde. Elle a changé, c'est sûr. Elle est d'une attention et d'une tendresse inhabituelles, quasi incompréhensibles. Elle se tourne vers moi, me donne une pichenette sur la joue, déclare qu'il ne faut jamais mésestimer la désinvolture. Seule la désinvolture est encore capable de bousculer les codes amoureux, d'explorer de nouvelles terres, de laisser les moralistes sur le carreau. C'est un pied de nez à la morosité ambiante, une ultime déclinaison de l'érotisme. J'adore quand elle profère ce genre de théories. Son corps, in fine, se révèle souvent plus transgressif que ses mots. Ici, par exemple, oubliant le sujet de Delphine, elle se casse en deux contre la rambarde et s'offre à moi en se fichant de la bienséance autant que de la foule qui arpente les étals du marché juste au-dessous. C'est suggestif, mais assez malcommode. Des regards se lèvent vers nous, interrogatifs, parfois encourageants, nous incitant à poursuivre notre besogne, sans toutefois pouffer de rire comme l'autre soir. Elle se retourne et murmure qu'elle a envie de goûter à tout comme Delphine, et me scrute d'un air navré, semblant s'excuser de quelque chose. Elle ferme la fenêtre, me tire jusqu'à notre lit et là, inclinant la tête, me demande si j'aime toujours autant les ostentations de son corps meurtri par la foudre. Elle me sourit, s'abandonne à moi avec une infinie douceur comme si elle tenait à m'émouvoir encore en rameutant les souvenirs. Elle me demande de faire durer nos fantaisies sexuelles le plus longtemps possible, car elles vont s'arrêter bientôt. On n'en finit pas de rendre hommage à la chair. Célébrer la sienne est un privilège éreintant. Je m'applique à l'aimer en ignorant son avertissement. Je ne rameute rien. J'essaie de l'étreindre sans perdre pied trop vite, mais il me faut une diversion, j'ai besoin de béquilles et c'est le clairon de Bibi, la trompette accrochée au plus vertigineux de la falaise que je convoque pour durer dans son ventre, ce clairon dont j'avais guetté les plaintes aléatoires sans savoir qu'elles célébraient la disparition de mon ancienne amante. Elles reviennent, ces lamentations étranges, se mélangent aux nôtres, et s'intercalent comme autant de petits repentirs.

Personne ne veut se souvenir de Michel Mougin.

Au matin du troisième jour, juste après le petit déjeuner, Mila se prend le visage dans les mains et, d'une voix différente, altérée, me rappelle qu'il a été retrouvé mort sur un trottoir en février 1970, peu avant le procès de l'affaire Lacroix. Selon les services de police de l'époque, il est décédé des suites de l'absorption d'une grande quantité d'éther, fatale pour sa constitution chétive. Il était maigre et nerveux en effet, mais pourquoi reparler de lui soudain ? Pourquoi lancer la polémique, redire ce qu'on sait déjà, que les soignants qui ont tenté de le réanimer n'ont pas décelé la moindre odeur d'éther, qu'il était déjà inculpé de meurtre, que la justice l'attendait sur le banc des accusés en compagnie de Raton et de Munch mais que, vu son jeune âge, il avait été récemment placé en liberté provisoire. Personne n'a oublié ce jeune ouvrier de dix-huit ans, noiraud et impulsif, bègue par moments, père d'un garçon de quelques mois, toujours prêt à jouer les gros bras. Il se trouvait lui aussi sur le pont Lafayette la nuit du 25, de toute façon peu importe, les autres s'en sont sortis. Pourquoi pas lui ?… Ses parents se battent depuis des mois pour comprendre les raisons de sa mort. Il était en parfaite santé, il s'est écroulé sur un trottoir alors qu'il se rendait au travail. Il ne souffrait d'aucune malformation et personne ne croit à cette histoire d'éther brandie par les médecins légistes, encore moins à l'hypothèse du suicide. Les parents Mougin ne se résignent pas. Il ne faut pas abandonner la lutte, Théodore… Gilbert Legoff ne renonce à rien. Il ne voit plus que d'un œil mais il a porté plainte et choisi d'abandonner la médecine, ce confort d'autrefois. Plus de fric, plus de flics autour de lui, plus de psychiatrie, plus de fonction officielle à l'hôpital. Les Dalton de la Croix-Rousse se rebiffent aussi. Ils croupissent dans la Marmite et ont commencé une grève de la faim. Je retrouve la Mila radicale du début qui m'effraie avec son pli amer au coin de la bouche. Elle reparle de la fusillade des Tables-Claudiennes et des autres camarades qui se battent en Allemagne – Ulrike Meinhof et son ami Baader récemment évadé de taule –, de ceux qui luttent ailleurs dans le monde, en Espagne, aux États-Unis, au Brésil avec Beto, en Palestine avec le Front populaire, en Amérique du Sud, au Pays basque ou en Italie avec le journaliste Sofri, l'écrivain Guido Viale ou le jeune Erri De Luca.

— Tous plus ou moins d'anciens maos…

— Et alors ?

— Alors, ils nous emmerdent avec leurs théories et leur culte du Grand Timonier. On dirait des curés. Ils ont réponse à tout. Je croyais que tu en avais ta dose, toi aussi. Tu rêves à quoi, Mila ?

— Tu ne me croiras pas si je te réponds à l'amour.

Elle rajoute avec un drôle de sourire qu'on devrait baiser ici même, en plein soleil, et je suis à deux doigts de la prendre au mot, ses yeux me retiennent pourtant, comme éclaboussés de l'intérieur, brouillés, presque poudreux. Je n'aime pas cette lumière cendreuse, pas plus que sa voix soudain cassée. On reparle un instant des révolutions qui essaiment d'un continent à l'autre, puis elle repousse sa chaise, finit d'un trait son bol de café.

— On va le faire une dernière fois.

Elle se lève, se déshabille avec solennité, me laisse le temps de la contempler, de faire pivoter son corps dans la lumière du matin, de repousser ses cheveux en arrière et de suivre du doigt la trace du coup de foudre en balbutiant que cette cicatrice est toujours aussi belle et inquiétante. Je le lui ai dit tellement de fois que ça me gêne. Ensuite, c'est elle qui m'ébouriffe, elle qui murmure que le désir n'en finira jamais, que c'est la chose la plus étrange et la moins partagée au monde. Nous nous aimons. Un quart d'heure plus tard, fiévreux, pantelants, nous filons sous la douche et là, dans la nonchalance de nos corps repus et commençant à vieillir, elle m'annonce qu'elle quitte la France le jour même. Sa décision est prise. Ses bagages sont faits. Sonia et Gilbert seront là dans dix minutes. La P60 est prête elle aussi et je n'ai pas le choix, je dois les emmener en Italie. Sonia va rejoindre son frère Bibi sur la route du Liban et Gilbert Legoff ne veut pas rester un jour de plus dans ce pays de merde. Ils prennent tous les armes.

24

J'ai arpenté ces montagnes. Je les connais par cœur. Du col de l'Échelle dont on reparlera bien plus tard, je connais le moindre blockhaus, les sentiers, les bornes, l'ancienne cabane des douaniers où adolescent j'ai fumé des lianes et tenté de distiller du génépi, le versant italien aussi, tellement abrupt, avec ses échelles pas si faciles à dénicher entre les vires de la falaise, et dont il faut vérifier la stabilité et les fixations avant de descendre. On s'y engage prudemment, le dos au vide, en se méfiant des barreaux pourris. J'ai connu les animaux d'altitude, tous plus farouches les uns que les autres, chamois, bouquetins, marmottes, harfangs et lapins des neiges. J'ai connu l'abbé Romagne, curé de Névache, sec comme une branche de mélèze, qui soignait ses ouailles et entretenait le chemin des frontières. Il s'occupait des vieux, des sacrements et des barreaux du col de l'Échelle. Il laissait le reste à son diacre. J'ai connu la mère Carles à Val-des-Prés. J'ai connu tout cela aussi bien que la révolution lyonnaise, mais mes passagers s'en foutent. Ils sont tendus, énervés et, puisque j'ai refusé de partir avec eux, ont décidé de faire comme si je n'existais pas.

Pour nous, au début, c'était différent. Le père-curé remplissait nos sacs de sucre en morceaux qu'on allait livrer à des collègues italiens dans la vallée Étroite. Le refuge était tenu par une voisine d'Émilie Carles qui, faute de clientèle, en avait fait la plaque tournante des petits trafics de la région du Thabor. Les butins des frontaliers aboutissaient dans sa cuisine, s'y accumulaient en même temps que le récit de leurs malheurs. La gardienne faisait commerce de misères et de produits détaxés, sucre et cigarettes essentiellement, parfois un peu de dynamite subtilisée aux tunneliers français ou un vieux fusil sans munitions. J'évoque ces souvenirs à voix haute, mais les passagers ne bronchent pas. Je me parle à moi-même. Il fait grand beau et, après l'embranchement du col de Montgenèvre, on ne croisera plus personne, c'est sûr et certain. Mila ne desserre pas les lèvres. Legoff ne cesse de caresser son arme comme si quelqu'un allait nous prendre en chasse en ces lieux connus des seuls bergers, des chiens de troupeaux, des brebis et des contrebandiers de pacotille. Que tout cela est triste ! Il est vieux, notre abbé Romagne. Il va bientôt mourir et il n'enverra plus ses ouailles vers l'Italie avec des sacs remplis de sucre.

— Allez les ouailles, on se bouge le cul !

J'ignorais le sens exact du mot, mais il m'interpellait autant que le regard limpide de l'ecclésiastique. Il sonnait haut et fort, m'évoquait les clarines des vachettes de la vallée Étroite. Dans la P60, on se fiche des clarines et de cette vallée coupée en deux, italienne au début, française ensuite, une aberration de la fin de la guerre qui oblige, pour rester en France, à passer par l'Italie. C'est pourtant là-bas que vont se retrouver mes fuyards. Ils s'en balancent. Ils se fichent de la terre entière.

Tout s'est déréglé. J'étais tellement stupéfait par la nouvelle de leur départ, tellement contraint et bouleversé par leurs instructions que je n'ai pas voulu laisser le volant de la P60 à Mila. Elle exigeait que je les emmène, alors, qu'à cela ne tienne, je conduirais moi-même. Dès la première halte, elle a préféré aller s'asseoir derrière. De quoi avait-elle peur ? D'elle-même, de mon jugement, du côté irrévocable de sa décision, de la mine butée et impénétrable du psychiatre qui les accompagnait ? Sonia m'a rejoint sur le siège passager et nous avons parlé d'autre chose, de sa fausse couche, du jeu d'échecs, de son frère Bibi avec qui elle avait fait la bringue sous le pont la Feuillée peu avant son arrestation. Le moteur de la Simca se mettait à vibrer passé les quatre-vingts kilomètres heure et on s'entendait mal dans l'habitacle. Ce grondement nous a peu à peu réduits au silence. Gilbert grommelait que nous allions perdre notre pot d'échappement sur un dos-d'âne, eh bien non, il n'y connaissait rien, c'était juste le collecteur. Ce boucan était le bienvenu. Combien d'heures avons-nous été assourdis de la sorte ? Six ou sept probablement… On ne s'arrêtait que pour pisser et même là, on se tournait le dos. J'avais mal au crâne. Mes passagers se taisaient. Mon esprit vagabondait. Je repensais à Antoine, mon Antoine Delcourt avec qui j'avais parcouru ces grands espaces, transporté jadis tout ce sucre, guetté des jours entiers ces animaux.

Il pouvait rester une éternité allongé dans l'herbe, seul, à surveiller la nature et les prouesses de ses habitants nomades. Incroyable comme il savait approcher les animaux. C'était son truc. Ton truc, Antoine. Ce que tu aimais surtout, c'était les lacs de montagne, le plein vent, les déambulations sans fin avec un pull noué autour du ventre et un oiseau sur l'épaule. Milan, pie, merle noir, peu importe, tu les apprivoisais tous. Les lapins aussi. Tu te couchais sur les talus et attendais là, le front dans l'herbe, à un mètre du terrier, te fichant pas mal du froid et de l'humidité. Tu dormais ou tu faisais semblant, peut-être que tu dormais pour de bon et les lapereaux finissaient toujours par sortir. Ils ne se méfient pas longtemps, ceux-là. Ils sont curieux, pointent leur petit nez, hument les parfums alentour et, toi, après une demi-heure d'immobilité absolue, tu les attrapais d'une seule main. Ton bras jaillissait, tu les chopais par les oreilles et les fourrais dans ta veste. Ils se débattaient une seconde, pas davantage. Les animaux sont ainsi. Sitôt emprisonnés, ils acceptent leur destin sans rechigner. Tu admirais leur résignation, tu adorais les planquer sous ta chemise et guetter le moment où ils sortiraient leur petit museau entre deux boutons. Tu les appelais sauvageons. Je me suis souvent demandé ce qui les attirait en toi. L'odeur, le musc… Ta peau les apaisait. Ils aplatissaient les oreilles sous la boutonnière. Ils respiraient ton corps.

La vieille Simca roule jusqu'à Briançon et nous faisons des courses dans la vieille ville sans échanger trois mots. Ça devient pénible. J'attrape le bras de Mila au moment de ranger les provisions. Elle recule, se raidit immédiatement. Le coffre claque dans son dos. Je lui demande si elle veut en finir avec notre histoire d'amour aussi, tirer un trait sur toute chose. Elle serre les lèvres sans répondre. J'attrape sa main et la pose sur mon front. Elle hésite. Ses doigts s'écartent légèrement, contournent mes sourcils et descendent jusqu'à ma nuque. Elle murmure que je n'y comprends rien. Je comprends tout.

Je remonte la main chérubine vers mon autre joue et les doigts glissent à nouveau très lentement, chauds et gonflés, laissant leur minuscule trace sur ma peau. C'est un geste de retrouvailles. Une caresse d'autrefois. Je lui dis qu'elle m'a épaté ces derniers jours, mais que c'était un mirage. Son côté espiègle, amoureux et stylé à la fois réapparaissait juste pour escamoter l'adieu. Elle serre les lèvres, me fait signe que oui, puis fait signe à Sonia de s'installer à l'avant. Elle retire sa main. Gilbert Legoff nous regarde avec une moue étrange, puis arrange son bandeau. Je reprends le volant. Nous roulons une demi-heure. Je ralentis en arrivant au pied du col de l'Échelle, stoppe dans la première épingle à cheveux et coupe le moteur.

— Vous me faites bien chier.

Ils font comme s'ils n'avaient pas entendu. Ils sourient. Aucun signe d'inquiétude dans leurs yeux, même pas le début d'un regret, pas la moindre interrogation sur la suite. Sonia, à mes côtés, semble un peu moins sereine. Un vol de choucas tournique sous l'Aiguille rouge, probablement à l'affût d'une charogne, et elle le regarde tristement.

— OK, on en a reçu plein la gueule, mais ce n'est pas une raison pour prendre les armes et aller poser des bombes. Vous avez un vieux pétard entre les mains et il vous grise, il vous monte à la tête. Il n'est même pas chargé. Regardez Auzias. Elle n'a jamais appuyé sur une gâchette et va payer très cher le coup de folie de ses potes rue des Tables-Claudiennes.

Legoff plonge la main dans sa poche et en sort une dizaine de balles qu'il égrène une à une sur ses genoux. Sonia le regarde faire en serrant les lèvres.

— On était non violents, que je sache… Vous allez descendre dans la rue, tirer dans le tas et vous congratuler ensuite ?

Y en a marre de ces poses de justiciers, ces sermons. Je préfère l'abbé Romagne et ses contrebandes.

Gilbert me fait un doigt d'honneur dans le rétro.

— D'accord, t'as eu ta dose. Mila aussi, Claire Auzias pareil. Mougin n'en parlons pas... Sans oublier les Dalton qui vont morfler plein pot eux aussi. Mais ça ne vous autorise pas à juger ou à mépriser les autres, la Baronne, les trimards, la petite sœur de Claire, Delphine Valladon, les ballots, moi-même au passage. Sans compter Marianne Delcourt qu'on n'aurait jamais dû laisser tomber... Vous vous prenez pour qui ?

Gilbert me regarde à nouveau dans le rétroviseur puis écarte son bandeau et fait mine de planter l'index dans son œil mort. OK, j'arrête... Son geste me cloue le bec. Je fixe la route et explique la suite de l'opération avec un soupir résigné. Je vais les accompagner jusqu'aux premiers lacets en Italie. Il faudra remonter le vallon herbeux qui marque la frontière, on ne court aucun risque là-bas, on ne croise jamais personne. Cinq cents mètres après l'ancienne cabane des douanes, le chemin se rétrécit brusquement et bascule vers Bardonnèche. Je les emmène jusque-là. Le versant italien est abrupt, la route étroite et non goudronnée. On peut parfois buter sur quelques blocs de rochers ou des petits éboulis qui dévalent du col, ils n'obstruent jamais complètement la voie de descente. Il faut dégager le passage à la main, repousser les cailloux. De toute façon, le plus dur sera passé, ils seront déjà en Italie. La montagne est stable en fin d'été. J'y suis passé des tas de fois. J'ai l'expérience.

Le toubib me souffle d'un ton blagueur que l'expérience est un peigne pour les chauves. Il m'énerve. Qu'il se débrouille avec ses maximes à deux balles. J'ai jeté une pelle dans le coffre, mais n'en parle même pas. La Simca grimpe gaillardement au-dessus du village de Plampinet, pétarade dans les derniers virages puis pénètre dans le vallon supérieur envahi de crocus, un tapis lumineux qui s'étend bien au-delà des premiers mélèzes, jusqu'aux vieux blockhaus de la guerre, un édredon piqué de pointes jaune d'or que je suis seul à admirer, semble-t-il. D'ordinaire, j'ai le cœur noué en retrouvant ces lieux. Là, il est glacé et insensible, froid comme un galet. Je le bride du mieux possible. J'aimerais passer encore quelques instants seul avec Mila, mais elle ne le souhaite même pas, semble-t-il. Et puis le temps presse. Ils sortent un à un de la voiture et me remercient. Au moment de prendre le volant, le médecin psychiatre me demande des précisions sur le collecteur. C'est une pièce métallique chargée de recueillir les gaz d'échappement au sortir des cylindres. Celle-ci est sûrement fendue. Le bruit va empirer. Je lui conseille de la changer à Bardonnèche ou à Suze. Il me remercie, jette un coup d'œil sur le chemin en terre qui zigzague vers l'Italie, me prend dans ses bras et m'embrasse sur la bouche. Je n'en reviens pas de ce geste. Sonia aussi m'embrasse sur les lèvres. Je sens son cœur qui bat, son corps qui tremble. J'ai envie de pleurer. Mila fait de même et, là, j'ai plutôt envie de la gifler pour m'assurer qu'elle est vraiment vivante. Il paraît qu'on gifle les morts dans les pays du Grand Nord et que certains n'en reviennent pas d'être malmenés de la sorte. Je repars sans me retourner, avec l'impression de laisser une part de ma vie sur ce bout de frontière. Je descends à pied jusqu'à Névache.

Tout est blême et silencieux. La lumière perle le long des murs, blanche et éblouissante. Le lit est étroit, une civière plutôt qu'un lit, une couchette sans garde-corps soutenue par un petit vérin électrique à moitié dissimulé par une capote en plastique transparent. Les murs sont blancs comme les lampes du plafond et le visage de Delphine sur l'oreiller. Ses yeux sont très clairs. Ses lèvres blafardes tranchent contre le blanc des draps. Le corps est si pâle que ventre, cuisses et seins se distinguent à peine. Elle respire fort. Ses narines frémissent. Une silhouette bienveillante s'agite devant elle au pied du lit. Pas un bruit. Le temps est comme arrêté. Ce qui se joue en cet instant précis se passe complètement de sons et de couleur… Delphine est traversée de longs soubresauts. Son corps nu semble abstrait.

Un visage coiffé d'un calot apparaît derrière le hublot de l'entrée. La silhouette qui, à l'intérieur de la pièce, scrute intensément le corps de Delphine se redresse, abandonne le ventre nacré et glisse la tête dans l'entrebâillement de porte.

— Ce n'est pas le moment, monsieur.

— Elle a besoin de moi.

— Elle n'a besoin de personne.

La silhouette revient près du lit. Le corps continue à se mouvoir dans la lumière diaphane. Les hanches s'ouvrent et s'arc-boutent en silence. Peu à peu, l'absence de bruits devient aussi palpable et oppressante qu'un cri, un silence en fusion. Delphine respire profondément plusieurs fois de suite. Elle serre les lèvres, crispe les paupières. Sa main se lève, ses doigts s'entortillent bizarrement vers le plafond, puis retombent à quelques centimètres du lit et s'écartent. Ils agrippent l'air, se crispent sur le drap. Ses hanches roulent. Elle ouvre grand la bouche, stupéfaite. Un crâne bombé apparaît entre ses cuisses, puis une épaule et un bras étrangement colorés au milieu de toute cette blancheur. La silhouette penchée agrippe le petit crâne humide et silencieux, l'extirpe du corps nacré, le brandit en pleine lumière.

Dans le hublot de la porte d'entrée, le visage pâlit.

Delphine reprend souffle. Ses lèvres s'écartent en un pâle sourire. Elle tend les bras et un peu de couleur lui monte aux joues alors que – premier son – un cri traverse la pièce. Le nouveau-né remplit ses poumons d'air, pousse un vagissement timide, presque étonné, puis voit le jour avec de grands yeux confiants, tournés en eux-mêmes comme les pages d'un livre.

25

J'ai dû réitérer l'exploit à six ou sept reprises avant de me décider à disparaître tout à fait. Il m'a fallu changer plusieurs fois de protocole, modifier les trajets, les tenues, les stratégies, intervertir les jours de la semaine. Je n'ai jamais su comment Bibi ou Marco avaient fait courir ce bruit selon lequel il existait un type de confiance à la Guillotière qui pouvait faire franchir à la demande les différentes frontières du pays. La nouvelle s'est répandue comme une traînée de poudre, est remontée jusqu'à la Marmite du diable, confirmée par le fait que Gilbert Legoff et Mila Galpérine avaient également gagné l'Italie grâce à mes services. L'info a fuité vers d'autres lieux de détention du sud-est de la France. C'était un bon tuyau. Avec le temps, c'est devenu un calvaire pour moi, mais une bouée de sauvetage pour tous les petits malfrats du secteur, les détenus en cavale, les criminels sans envergure. Réglo, pas gourmand côté fric, casier judiciaire vierge, efficace et discret, j'étais le brave con dont on se refilait les coordonnées et qu'il suffisait de réveiller aux aurores et de secouer un peu. J'ai tiré cette croix des mois durant, presque une année, en même temps que j'essayais d'oublier Mila Galpérine.

Combien de fois, cherchant le sommeil vers quatre heures du matin, ai-je sauté du lit en entendant frapper à l'entrée, pas même un coup de sonnette, des heurts de plus en plus furieux sur le battant et, de l'autre côté, des excités en cavale se foutant de rameuter le voisinage ou d'enfoncer ma porte. Je finissais par me retrouver nez à nez avec un canon de PPK ou de Sig-Sauer. On pliait bagage dans l'heure qui suivait et j'improvisais en route. Cela aurait dû m'inciter à fuir immédiatement, à changer aussitôt d'appartement, mais au début je ne pouvais imaginer que ce rôle de passeur me collerait ainsi à la peau. Je ne me préoccupais que de ma vie amoureuse, un champ de ruines.

Je me suis fait tabasser. J'ai essayé de fuir, mais les types m'ont rattrapé dans l'heure qui suivait. Ils étaient prêts à tout, avaient du fric plein les poches et une détermination glaçante. Soit je partais avec eux et les menais à bon port, soit ils se débarrassaient de moi. Ils n'avaient rien à perdre. Ils étaient parfois motorisés, parfois non, souvent blessés, se pointaient à deux ou à trois, rarement seuls. Ils étaient fébriles et surexcités, n'avaient aucune considération pour leur passeur, un pion, une merde qu'on pouvait écraser à la première occasion. Je n'ai gardé la vie sauve que parce qu'ils tenaient à préserver le filon. Ils pensaient à leurs potes, entretenaient leur réseau et ne me remerciaient pas. Je n'ai jamais su leurs noms. Ils passaient en Italie et je n'entendais plus jamais parler d'eux.

Chômeur, privé de mes amis, à la dérive côté amoureux, il ne me restait plus grand-chose ni grand monde pour tenir debout, sinon la lointaine Marie Laffranque, Mme Baron et les ballots du Vinatier. Peut-être aussi Delphine Valladon, mais elle venait d'accoucher et ne savait même pas qui était le père de son enfant. Elle avait fermé les écoutilles. J'ai donc fait ce qu'on me demandait. J'ai conduit une vingtaine de connards sur les sentiers d'altitude et, pris peu à peu dans l'engrenage, en suis arrivé à la conviction que, pour survivre, je devais disparaître, m'évanouir dans la nature. Mila détestait courber l'échine. C'est pourtant ce qu'elle avait fait en m'abandonnant et en fuyant le pays. Là, une fois encore, j'allais l'imiter. Je n'avais pas le choix. J'étais dans l'huile bouillante un jour sur deux. La perspective de voir l'un de ces foutus malfrats se pointer sur le coup de cinq heures du matin me rendait malade. Il en venait toujours de nouveaux… Bizarrement, les choses allaient mieux quand je les découvrais derrière ma porte, dans un état d'excitation inimaginable, et que je reprenais tant bien que mal mon rôle.

J'ai préparé soigneusement la suite. J'ai donné mon préavis au propriétaire de l'immeuble, m'engageant à partir avant la fin du bail. Comme je le payais en liquide, j'ai pu régulariser mon compte sans problème, versant le solde à l'avance, caution comprise. J'ai annulé préventivement mes compteurs d'eau et d'électricité, averti la poste que je partais à l'étranger pour un temps indéterminé et qu'il fallait conserver mon courrier dans une boîte postale que je viendrais relever de temps à autre. J'ai payé pour cela. Je ne l'ai jamais relevée. Puis je suis retourné chez les flics – c'était le plus délicat – et leur ai déclaré que j'avais perdu mes papiers, qu'on me les avait volés montée de la Grande Côte à la Croix-Rousse. Ça ne les a pas du tout intéressés. Ce qui les préoccupait, c'était Mila Galpérine dont je n'avais plus de nouvelles, ou encore le trimard Bibi, ou ce psychiatre du Vinatier devenu borgne dans des conditions bizarres. Ils m'ont longuement cuisiné à leur sujet, mais je n'ai rien lâché. Je leur ai livré in extremis un os à ronger, les coordonnées lyonnaises de Lardanchet, le puceau de Mme Baron qui lui ne risquait rien et que je ne devais plus revoir non plus. Je suis sorti du commissariat avec ma déclaration de vol signée en bonne et due forme, valable trois mois. J'ai résilié mon contrat EDF, mon compte en banque, brûlé mes fiches de paie et autres papiers de moindre importance. Côté fisc, aucun souci, je n'avais jamais eu à déclarer quoi que ce soit. Je vivais sans télé et ne payais pas de redevance. Je n'étais jamais malade. Mes papiers de sécurité sociale avaient été perdus avec les autres documents. La P60 n'était plus dans la maison de la grand-mère. Elle avait disparu elle aussi. Je suis allé voir plusieurs fois mes parents au Guillermet, sans souffler mot de ma décision. Je n'ai plus jamais remis les pieds au Café du Soleil. Je voulais disparaître radicalement, méthodiquement, tourner le dos à ces mecs en cavale, en finir avec ce cauchemar. On me prenait pour un larbin, un brave con, j'allais me volatiliser. Je n'avais aucune nouvelle de Mila.

Le brave con emmerde la terre entière. Je n'existe plus.

De notre révolution tant aimée ne surnagent qu'une grande lassitude et quelques victoires, amélioration de la condition des femmes, léger mieux-être pour certains ouvriers et belle réhabilitation du désir pour tout le monde. En arrière-plan, la mémoire de la joie, cet emballement débridé, ces bonheurs époustouflants et furtifs, sitôt balayés par le doute ou l'incompréhension. On dit que les rêves ou les utopies soulèvent les montagnes mieux que la foi. Quelques photos en témoignent, Mila sur sa barricade, grave et rayonnante à la fois, la jument alezane agitant sa crinière cendrée au milieu du gaz lacrymogènes, le va-et-vient de la boyard papier maïs entre les lèvres du conducteur de bus, les mains chérubines agrippant la portière du camion, la peau crayeuse de Delphine Valladon descendant les marches de la mezzanine, le clairon de Bibi, le corps dévasté de Marie Laffranque, ses seins adolescents, son sourire incompréhensible et puis nous tous les déviants, les marginaux, les pédés, les gouines, les prisonniers, les avortées, les fous, les asociaux, les brebis bêlantes mais nomades, très peu casanières, parmi lesquelles il faudra un jour chercher les signes de notre improbable réussite. Sans compter les ballots et le clafoutis.

Mila est morte.

Dans le désordre de sa mort, toute confusion temporelle est la bienvenue. Voici donc un creuset d'éternité, une coda. Adieu la chronologie. Qui voudrait en découdre à présent ? Policiers, procureurs, juges, journalistes… Peu importe, tous sont obsédés par le témoignage et je ne témoigne de rien. J'obéis seulement à mes amis. La vérité de Mila est insupportable à dire. Mon cœur saigne. Qui s'en plaindra ? Mila est morte. Vous attendez de nouvelles victimes. Elles viendront. Promis juré, elles arrivent.

Première disparition après le décès de Mila, premier tombeau : la baignoire en fibre de la rue des Os rangés… Le baquet litigieux a été démonté trois ans après les événements dramatiques de l'été 1971 et le procès retentissant qui a suivi. Mai 68 était déjà loin. M. Thouzet, propriétaire des lieux, avait décidé d'acquérir la dernière chambre de l'étage, de l'accoler à son appartement et de privatiser l'ancien couloir. Il a conçu une sorte d'immense loft à l'américaine après avoir expulsé le couple de Marocains qui avaient succédé à Delphine Valladon. Il voulait une vraie cuisine cette fois, une vraie salle de bains avec baignoire, jets de refoulement et buses de massage, et un grand mur de pavés de verre à l'entrée troué d'une porte en alu ouvrant sur une vaste pièce avec bar et percolateur, velux, cuisine intégrée, table basse, nus de David Hamilton, clic-clac imitation cuir. C'est le temps de l'érotisme soft et des architectes d'intérieur. La société s'emballe, l'ombre de la révolution s'estompe, la solidarité s'étiole, le monde occidental noircit comme une châtaigne dans sa poêle à trous.

Ils ont démonté la baignoire. Les Marocains sont partis et la rue des Os rangés va disparaître aussi, ce nom étant trop suggestif, sa localisation dans les pentes de la Croix-Rousse trop liée à la fusillade de l'été 1971. La ruelle sera débaptisée après que nous aurons tous choisi de prendre la fuite. Delphine, elle, ne disparaîtra pas tout à fait, ou pas du tout selon les versions. Au début, elle ne savait que faire de sa fille, à présent ça va, elle l'aime, en fait elle l'a toujours aimée, elle la regarde grandir avec stupéfaction. Elle s'est mise en disponibilité avant d'avoir fini son internat, a acheté un deux-pièces dans le quartier de la Mulatière et fréquente de nouveau Claire Auzias qui a été libérée le 5 mai 1972 et n'habite plus rue des Tables-Claudiennes… Claire a épousé son amant Gélineau en prison dès le mois d'août 1972, mais Didier est mort en prison le 23 février suivant, un mois avant son procès, d'une overdose de médicaments tout comme Michel Mougin, avant lui, avait succombé à une overdose d'éther. Je ne parle pas de Michel Marsella suicidé bien plus tard, ou de Jackie Orsel immolé par le feu place Bellecour, ou de Pierrot, l'ami de Georges Laurent… Les flics ne savent plus quoi inventer.

Rue des Os rangés, rue des Tables-Claudiennes. L'une évoque le choléra et les pestilences du Moyen Âge, l'autre l'empereur Claude et la tablette en bronze où fut consigné le fameux discours de l'an de grâce 48. Il y demandait l'ouverture du Sénat romain à la Gaule chevelue. Qui a fait vœu de tout dire, de ne rien cacher, doit admettre avec un sourire gourmand que la Gaule est toujours chevelue dans ces années 70, encore et toujours chevelue, le moindre crâne rasé faisant peur, évoquant l'Allemagne nazie, les camps de concentration, la guerre du Vietnam, le Biafra, les GI américains qui débarquent sur tous les fronts.

Mila est morte. Je n'ai même pas essayé de lui rendre visite. Je n'aurais sûrement pas été autorisé à le faire. Ulrike Meinhof a été retrouvée pendue dans sa cellule peu de temps après. J'avais réussi le concours de l'école normale et je suis resté chez moi avec ma flopée de bambins à qui il est bon d'apprendre la lecture et les nombres premiers. Je ne suis allé au chevet de personne. Je les ai saluées de loin du mieux que j'ai pu. Mila prétendait que lorsqu'on visite un mourant on l'oblige à une forme de bienveillance au-dessus de ses forces. Il doit accueillir, remercier, se conformer aux usages de l'humanité qu'il est en train de fuir. Ce n'est ni un appui ni un réconfort, seulement un pied de nez du visiteur à sa propre mort. Nous nous persuadons d'avoir quelque chose à solder, un différend à éclaircir, une incompréhension à lever, mais non, rien de tout cela à l'en croire, il s'agit d'un vivant épuisé par nos rituels, et de la mort qui s'impatiente alentour. Peut-être faut-il seulement toucher. J'aurais aimé la caresser encore une fois, toucher son épiderme, sa peau craquelée, ses veines d'un bleu intense, ses narines frémissantes, soutenir sa déglutition hasardeuse. Revenir au geste et effleurer en même temps cet arrière-monde dont on avait prétendu s'affranchir. Sauf qu'on en avait fini avec le geste et la bienveillance dans les quartiers de haute sécurité allemands. Fini la compassion. Depuis des mois il ne se passait plus rien là-bas. Ni visite, ni bruit, ni odeur. La lumière ne s'éteignait jamais.

BIBLIOGRAPHIE

Auzias Claire, *Trimards (Pègre et mauvais garçons de mai 68)*, Atelier de création libertaire, 2017

Guigou Jacques et Wajnsztejn Jacques, *Mai 1968 et le Mai rampant italien,* L'Harmattan, 2008

Kerouac Jack, *Sur la route, le rouleau original*, Folio 2012

Kerouac Jack, *Sur les origines d'une génération,* Folio 1998

Le Goff Jean-Pierre, *Mai 68, l'héritage impossible,* La Découverte, 2002

Porhel Vincent, Ochandiano Jean-Luc, *Lyon 68, deux décennies contestataires,* Lieux Dits, 2017

Pucciarelli Mimmo, *Claire l'enragée,* Atelier de création libertaire, 2006

Wajnsztejn Jacques, *L'intelligence d'une ville,* Bibliothèque de la Part-Dieu, 2008

Composition : Entrelignes (64).
Achevé d'imprimer
sur Roto-Page
par l'Imprimerie Floch
à Mayenne, en juin 2018.
Dépôt légal : juin 2018.
Numéro d'imprimeur : 92799.

ISBN 978-2-7152-4867-0 / Imprimé en France.

337514